KB113775

북천십이로

北天十三路

북천십이로 9

허담 新무협 판타지 소설

초판 1쇄 찍은 날 § 2013년 3월 7일
초판 1쇄 펴낸 날 § 2013년 3월 13일

지은이 § 허담
펴낸이 § 서경석

편집부장 § 권태완
편집책임 § 어정원
디자인 § 이혜정

펴낸곳 § 도서출판 청어람
등록번호 § 제1081-1-89호
등록일자 § 1999. 5. 31
어람번호 § 제2-2315호

주소 § 경기도 부천시 원미구 심곡2동 163-2 서경B/D 3F (우) 420─822
전화 § 032-656-4452 팩스 § 032-656-4453
http://www.chungeoram.com
E-mail § chungeorambook@daum.net

ⓒ 허담, 2013

ISBN 978-89-251-3205-1 04810
ISBN 978-89-251-2964-8 (세트)

※ 파본은 구입하신 서점에서 교환하여 드립니다.
※ 저자와 협의하여 인지를 붙이지 않습니다.
※ 이 책은 도서출판 청어람과 저작자의 계약에 의해 출판된 것이므로,
   무단 전재 및 유포·공유를 금합니다.

北天十二路

북천십이로

운명(運命)

9

허 담 新무협 판타지 소설

ORIENTAL FANTASY STORY

[완결]

도서출판
청어람

北天十三路

第一章 만남

숲이 죽음으로 가득했다. 적아의 구분이 없는 혼전이 반나절 동안 이어졌다. 피가 대지를 덮었다. 인간이 인간일 수 없는 시간이 흘렀다. 석요송은 그 속에 있었다.

"죽엇!"

석요송의 눈에 살기 번들거리는 눈으로 금문의 장로 무탕과 겨루고 있는 천왕신이 들어왔다. 그는 이미 석요송에게 부상을 입은 몸이므로 무탕의 상대가 되지 못했다. 그러나 아니 싸울 수도 없는 지경이다. 금문의 구원대가 단심맹의 퇴로를 끊었기에 도주할 길이 없었다. 눈치 빠른 공손을 정도가 몸을 뺀 유일한 사람이었다.

추가락은 이미 고혼이 되어 있었다. 그를 벤 사람은 금무해 본인이었다. 금무해의 유한 성정 속에 숨어 있던 무인의 본성이 터져 나오는 순간 추가락은 자신의 목숨을 지켜낼 수 없었다.

당금 무림의 천하제일문 금문의 명성은 그냥 얻어진 것이 아니었다. 일단 승기를 잡자 금문의 고수들은 처음과는 전혀 다른 고수들로 변모했다. 여전히 숫자로 보면 단심맹의 고수들이 많았으나 전세가 일변하자 금문의 고수들은 일당백의 용사로 거듭나 단심맹의 고수들을 베어 넘겼다.

그 중심에 있는 금무해는 그에 걸맞은 무공을 드러내며 추가락을 베고 십여 명의 단심맹 고수를 벤 후 태산처럼 우뚝 서서 전장을 호령하고 있었다. 이쯤 되면 석요송이 이 싸움에 관여할 필요는 없다. 석요송이 천천히 전장에서 물러나기 시작했다.

"어딜 가요?"

옷에 선혈이 낭자한 금불현이 석요송 곁으로 다가서며 물었다. 석요송이 고개를 돌렸다. 금불현의 눈에 살기가 어른거린다. 이 숲에서 일어난 피의 광란이 금불현조차도 변화시킨 것이다. 석요송은 한순간 소름이 끼쳤다. 금불현에 대해서가 아니라 인간에 대한 섬뜩함이다.

사람은 누구나 그 내심에 이런 살기를 숨기고 살고 있는 것이 아닐까. 그러다가 한 계기를 만나면 그 살기를 토해내며 살귀로 변하는 것이 인간의 본성이 아닐까 하는 생각에 석요송이 몸을 떨었다.

"왜 그래요? 다쳤어요?"

석요송의 표정이 심상치 않자 금불현이 석요송의 팔을 잡으며 물었다. 그런데 그 순간 석요송은 금불현의 눈에 깃들어 있던 살기가 거짓말처럼 사라지고 오직 석요송을 걱정하는 애정

가득한 눈빛을 보았다. 따뜻한 눈빛이다.

"아! 사람이라……."

석요송이 자신도 모르게 중얼거렸다.

"무슨 말이에요?"

뜻 모를 석요송의 말에 금불현이 급히 소리쳤다. 필시 석요송에게 무슨 일이 일어났다고 생각한 모양이었다.

"아니야, 금 매. 아무 일도 없어. 그런데 이젠 조금 물러나 있어도 되지 않을까?"

석요송이 부드럽게 금불현의 어깨에 손을 올리며 말했다. 그러자 금불현이 어리둥절한 표정을 짓더니 이내 석요송의 마음을 읽었는지 고개를 끄덕였다.

"그래요. 그렇지 않아도 조금 지쳤어요. 가요."

금불현이 순순히 석요송의 말에 따랐다. 그러고는 자신이 먼저 앞서서 전장을 벗어나기 시작했다.

전장으로부터 이십여 장 거리까지 멀어진 석요송과 금불현이 작은 바위에 올라 싸움이 벌어지고 있는 숲을 응시했다. 비명도 간간히 들려올 뿐이다.

아마도 지금부터는 고수들의 싸움이 이어질 테니 소란도 조용해 질 터였다.

"후우, 이런 싸움은 처음이에요."

금불현이 깊게 숨을 내쉬며 말했다.

"그렇지?"

석요송이 되물었다. 그러자 금불현이 조금 겸연쩍은 표정으로 말했다.

"제가… 이상했어요?"

"응?"

"좀 전에 날 보던 가가의 눈빛은 마치 저를 동정하는 듯했어요."

"그랬나?"

"네, 제가 이상했나요?"

금불현이 같은 말을 물었다. 그러자 석요송이 잠시 생각에 잠겼다가 말했다.

"우리 모두 평상시와는 조금 달랐지. 모두가 살기에 휩싸여 있었으니까. 난 불현의 눈에서 내 모습을 봤어. 아니, 인간의 모습을 봤지. 인간은 나약한 존재야. 상황에 따라 그 본성이 하루에도 수십 번 변하지. 너무 나약해. 그래서 정(正)을 버리고 사(邪)를 택하기 쉽지. 약해서 그래. 그래서 불쌍한 존재야, 우리 모두는."

석요송의 말에 금불현이 묵묵히 고개를 끄덕였다. 그러면서도 얼굴에 슬픈 빛이 돈다. 금불현에게 석요송은 전부다. 그런 석요송이 자신에게서 보기 싫은 모습을 봤다는 것이 마음에 걸린다. 금불현의 기분을 알았을까, 석요송이 금불현의 어깨를 감쌌다.

"마음 쓰지 마. 사람이 나약한 존재니까 하나가 아니라 둘이 필요한 거야. 혼자서는 자신의 마음조차 제대로 지키기 어렵거든."

금불현이 석요송을 봤다. 그러자 석요송이 빙긋 미소를 지었다. 그 미소에 금불현의 마음이 눈 녹듯 녹아내린다. 역시 사람은 나약한 존재다.

"쿡!"

부드러워지려는 분위기를 나직한 신음 소리가 깼다. 그 소리는 나직했지만 장내의 상황을 일변시켰다. 신음 소리가 흘러나온 순간 싸움이 멈췄던 것이다

쿵!

거목이 쓰러졌다. 천랑원에서 수위를 다투는 고수 천왕신이 금문 남종의 장로 무탕의 검에 쓰러진 것이다. 머리가 잘린 뱀은 더 이상 힘을 쓰지 못한다.

"병기를 버리는 자는 살 수 있다!"

금무해의 사자후가 터졌다. 그러자 여기저기서 병기 내려놓는 소리가 들렸다. 수장을 잃은 단심맹의 고수들이 싸움을 포기한 것이다. 단심맹은 천랑원을 중심으로 모였다고는 해도 여러 문파의 고수들을 끌어모아 급조한 세력이다. 그러니 맹에 대한 충성심이 금문의 문도들과 같을 수는 없었다.

싸움은 끝이 났다. 죽은 자의 수가 수백, 단심맹의 생존자들은 오십을 넘지 못했다. 개중 몇몇만이 운 좋게 이 생사의 전장을 빠져나갔을 것이다.

"하하하! 금 장로님, 대승이오, 대승!"

천왕신을 뱀으로써 오늘의 싸움을 끝낸 무탕이 호탕한 웃음을 터뜨리며 금무해에게 다가왔다.

"그렇구려. 생각보다 훨씬 좋은 승리를 얻었구려."

"그러게 말입니다. 역시 금 장로님의 지모는 금문 제일이시오."

무탕이 연신 웃음을 흘린다. 그도 그럴 것이 금문에서조차도 형식적으로 보낸 구원대를 이끌고 단심맹의 고수들을 전멸시켰으니 무탕으로서는 생각지도 않은 큰 이득을 얻은 셈이다. 더군다나 천왕신을 그의 검으로 베었으니 금문에서 무탕의 명성은 낙성곡의 반란 사건 이전으로 돌아갈 것이 분명했다. 아니, 오히려 그때보다 더 큰 명성이 무탕을 따를 것이다.

"모든 것이 무 장로께서 제때에 와주셨기에 가능한 일이었소. 서둘러 구원해 주신 것을 감사드리오."

금무해가 정중하게 포권을 한다. 그러자 무탕이 겸연쩍은 표정으로 말했다.

"아, 뭐……. 우리가 어디 남입니까? 같은 금문의 식솔인데 고마울 것이야 없지요. 오히려 조금 늦은 것을 양해 바랍니다. 태상장로의 명이 늦게 떨어지는 바람에……."

사실대로 말하자면 무탕의 구원대는 지나치게 늦은 행보를 보였다. 물론 적의 눈을 속여 단심맹의 주력이 심양에 도달할 시간을 벌기 위한 계책 때문이기도 했지만 현종의 사람들로서는 원망스런 일이 아닐 수 없었다. 그럼에도 금무해가 감사의 말을 하니 아무리 무탕이라 하더라도 낯이 뜨거울 수밖에 없었다.

"이곳의 싸움이 끝난 이후의 일에 대해 태상장로의 명이 있으셨소이까?"

금무해가 물었다. 그러자 무탕이 고개를 끄덕였다.

"일이 끝나면 심양으로 돌아와 단심맹의 퇴로를 끊는 일을 도우라는 명이 있었소이다."

"퇴로라. 이번 한 번의 싸움에서 아예 끝을 보겠다는 말이군."

금무해가 중얼거리자 무탕이 굳은 얼굴로 입을 연다.

"맞소이다. 태상장로께선 이 한 번의 싸움으로 북천십이문을 손에 넣으실 생각을 하고 계시오. 해서… 이렇게 무리한 계획도 세운 것이지요."

현종을 미끼로 쓴 계책을 두고 하는 말이다.

"음……. 계책대로만 된다면 금문이 무림을 제패하게 되겠지요. 물론 황하 이남에 대화련이 있고, 해동에 선문이 있기는 하지만……."

"아마 북천십이문을 일통하시면 태상장로께서는 필시 압록을 넘으려 하실 것이오."

"압록을 말이오?"

금무해가 조금 뜻밖이라는 듯 물었다.

"그렇소이다."

"음……. 그것은 조금 성급한 것 같은데. 차라리 황하를 넘어 대화련을 상대하는 것이 우선일 터인데?"

금무해가 고개를 갸웃하며 말했다. 그러자 무탕이 의미심장한 표정으로 말했다.

"이에는 곡절이 있소이다. 지난번 고려가 두만강 일대에 구성을 쌓았을 때 해동 선문의 승려들이 대거 원정에 참여했지요. 그런데 그중에 일부가 태상장로를 암습했소이다."

"그 이야기는 나도 들었소."

금문 내에서 태상장로 금령이 선문의 무승들에게 습격을 당해 한동안 정양을 한 것은 공공연한 비밀이었다.

"당시 선문 무승들의 공격은 정말 놀라운 일이었소. 선문의 무승들이 강호에 나온 것도 그렇지만 당금에 들어 세속의 황제보다도 만나기 어렵다는 태상장로에게 접근해 암습을 가했다는 사실을 태상장로나 청도의 수뇌들은 무척 심각하게 받아들였지요."

무탕의 말에 금무해가 고개를 끄덕였다.

"그렇긴 하지요. 나도 그들이 어떻게 태상장로께 접근을 할 수 있었는지 정말 의문이오."

"당시 그들은 태상장로께서 몇 명의 수하만을 데리고 이동하시는 길목을 지켰는데 그 길을 알고 있었다는 것은 곧 태상장로의 곁에 선문의 간자가 있다는 의미가 되지요. 그런데 선문이란 곳이 어떤 곳이오이까? 그들은 고려가 멸망해도 세상에 나오지 않을 사람들이라고 알려져 있지 않았소이까? 그런 그들이 간자를 두고 태상장로를 암습했으니 이건 보통 일이 아니지요. 그러니 이제 와서야 선문을 그대로 두고 천하를 도모할 수 없는 지경이지요. 선문을 두고 중원으로 진출해 황하를 넘는다는 것은 등 뒤에 칼을 꽂고 다니는 격이 아니겠소이까?"

"무 장로의 말이 맞소. 선문이 금문의 일에 관여한다면 절대 그들을 두고 중원행을 할 수 없지요."

"그래서… 결국 태상장로께서는 이번 일전을 승리로 이끈 후 북천십이문의 문도들 중 최고수들을 뽑아 모아 압록을 넘기로 생각하고 있는 것이오. 선문이 아무리 대단하다 해도 북천십이문 최고의 고수들을 감당하기는 힘들 것이오."

무탕의 말에 금무해도 고개를 끄덕였다. 선문이 천외천의 문파라 해도 북천십이문 최고의 고수들을 총동원한 공세를 견뎌내기란 쉽지 않을 터였다.

"그 싸움이 무림 천하의 주인을 가르겠구려."

"그렇지요. 해서… 태상장로께서는 인검의 부재를 무척 아쉬워한다고 하더이다. 인검이라면 선문의 고승들을 능히 대적할 수 있을 거라 하시면서……."

무탕이 시선을 돌려 부상자들을 돌보고 있는 석요송을 바라봤다. 그러자 금무해가 나직하게 한숨을 쉬었다.

"그는 이제 금문의 사람이 아니오."

"도대체 그에게 무슨 일이 있었던 것이오?"

대부분의 금문 고수들은 석요송이 그저 은올기와 동패구사한 줄로 알고 있을 뿐 그가 밀영들의 암습을 받아 금문을 떠나게 된 사연을 모르고 있었다.

"휴……. 그 일은 나도 말해드릴 수 없소. 어쨌든 인검은 더이상 금문에 매인 몸이 아니오."

"그렇구려. 아쉬운 일이오. 이젠 세력이 아니라 고수가 필요한 시기가 되었는데……. 중원의 대화련을 상대하는 일도 그렇고 해동의 선문을 상대하는 것은 더더욱 그렇지요. 고려와 송으로 들어가 일을 해야 하니……."

무탕의 말이 틀리지 않다. 역사 이래로 주인이 명확치 않은 북방에서야 금문이 마음껏 세력을 동원해 무림을 휩쓸 수 있지만 관의 힘이 강력한 고려와 송은 다르다. 그곳에선 대규모의 세력보다는 고수 한 명이 더 큰 힘을 발휘한다.

"언제 떠날 생각이오?"

금무해가 더 이상 석요송에 대한 이야기는 나누기 싫다는 듯 물었다. 그러자 무탕이 대답했다.

"금 장로께서 준비가 되시는 대로 떠나지요."

"음……. 내가 준비를 마치려면 시간이 제법 걸리오. 일단 따로 도피시켜 놓은 식솔들을 찾아와야 하고, 또 죽은 자들을 장사 지내야 하오. 그러니 무 장로께선 먼저 떠나시구려. 단심맹의 퇴로를 막는 일은 은무척 중요한 일 아니오?"

금무해의 말에 무탕이 금무해의 내심을 살피려는 듯 잠시 그를 바라보다 고개를 끄덕였다.

"알겠소이다. 그럼 먼저 떠나리다. 오늘은 하루 이곳에서 노숙을 하고 내일 아침 떠나겠소. 그런데… 포로들은 어찌하면 좋겠소?"

무탕이 사로잡은 오십여 인의 단심맹 고수를 보며 물었다. 그의 눈에 자신이 그 포로들을 데리고 가고픈 욕심이 서렸다. 승리의 증표로 포로를 데려가는 것만큼 좋은 볼거리는 없다. 금무해가 그런 무탕의 내심을 읽었는지 망설이지 않고 대답했다.

"번거로우시더라도 무 장로께서 포로들을 데려가 주시오. 우리 현종의 일행은 남녀노소가 섞여 있어 포로들을 살피기가 쉽지 않소."

"하하하, 생각해 보니 그렇구려. 그럼 내가 포로들을 데리고 가겠소."

무탕이 기분 좋은 웃음을 흘렸다.

피비린내 나던 전장의 밤이 지나갔다. 아침이 밝았지만 여전히 산야에서 피 내음이 사라지지 않았다. 금무해는 아침 일찍 현종의 고수들을 데리고 다시 길을 나섰다. 그들이 봉화진을 펼쳤던 곳 북쪽에 은신시켜 놓은 식술들을 데리러 가기 위함이었다.

무탕은 떠나는 금무해를 미소로 전송했다. 비록 적의 눈을 속이기 위한 행보였지만 생각지도 않게 큰 전과를 올린 무탕으로서는 아무 이득도 챙기지 않고 떠나는 금무해가 고마울 수밖에 없었다. 이제 포로들을 데리고 회군하면 오늘의 전공은 고스란히 자신의 것이 될 것이다.

"음흉한 자예요."

금불현이 불만스러운 듯 손을 흔들고 있는 무탕을 보며 말했다. 그러자 석요송이 대답했다.

"권력을 따르는 자들에게 정대함을 바라면 안 되지."

"그럴까요?"

"당연한 일이야, 이미 영혼을 잃은 자들이니. 그들에겐 오직 본능만이 남아 있지."

"가가께서 그렇게 심한 말을 하는 것은 처음 보네요."

"그들을 비난하는 것이 아니라 동정하는 거야."

"그렇군요. 아! 어쨌든 모든 일이 끝나서 다행이에요. 이젠 어쩌실 거예요? 다시 학산 묘동으로 가나요?"

금불현의 물음에 석요송이 잠시 생각에 잠겼다가 대답했다.

"할아버님의 말씀을 좀 들어보고."

"알았어요."

금불현이 고개를 끄덕였다.

＊　　　＊　　　＊

금무해가 이끄는 현종의 무사들은 하루 밤낮을 달려 현종의 식솔들이 은신한 숲에 도착했다. 일행이 미처 숲에 이르기 전에 심여궁과 금무학이 달려 나와 금무해를 맞았다.

"형님, 어찌 되었습니까?"

"음, 일은 계획대로 되었네. 완승을 거뒀어."

"잘되었군요. 시간이 중요한 일이라 걱정을 했는데……."

금무학이 안도의 숨을 내쉬었다.

"이곳의 사정은 어떤가?"

"다행히 별일 없었습니다."

"반가운 일이군. 이젠 정말 마무리를 짓는 일만 남았군."

금무해의 말에 금무학이 걱정스런 표정으로 말했다.

"정말 계획대로 그리하실 생각이십니까?"

"그렇다네. 내 결심은 변함없네. 아우의 뜻은 어떠한가? 아우가 원하는 대로 하게. 만약 금문에 계속 남아 있겠다면 현종 종성의 자리를 자네에게 넘기겠네. 뭐, 어차피 이 자리는 결국 금종에게 넘겨질 자리였지만 금종이 지금 바로 종성의 위치에 오르는 것은 부담이 되는 일이지."

금종은 금무학의 아들이다. 침착한 성정과 과묵한 행동으로

금문 내에서도 제법 명망이 있는 중년 고수였다. 애초에 금무해
는 그의 아들 금후문이 계림혈사에서 석묘문과 함께 죽은 후 손
녀인 금불현을 후계자로 키울 생각이었다. 그러나 금불현이 석
요송을 따라 금문을 떠난 이후로는 조카인 금종에게 현종의 종
성 자리를 넘길 생각을 하고 있었던 것이다.

"저희 부자는… 조금 생각을 해봐야겠습니다."

금무학이 망설이며 말했다. 그러자 금무해가 고개를 끄덕였
다.

"그리하시게. 비록 우리 현종이 금문의 미끼로 쓰이기는 했
으나 금문 내 위치가 가볍지는 않지. 이번 일의 대가로 태상장
로에게 적지 않은 양보를 얻어낼 수 있을 걸세. 원하는 곳에 다
시 현종을 세울 수 있을 거야. 그것도 나쁘지는 않네. 하나 한
가지 걱정이 되는 것은 미끼로 쓰이는 일이 과연 이번 한 번뿐
일까 하는 점이지."

"그렇기는 하지요."

금무학이 고개를 끄덕였다. 그렇다고 그의 얼굴에서 금문 현
종 종성의 자리를 포기할 기색도 보이지는 않았다.

"자, 고민은 밤에 하시고 일단 숙영지로 가세."

금무해의 말에 금무학이 서둘러 일행을 숲 안쪽으로 인도했
다.

엉성한 천막 위에 나뭇가지들이 올라 있다. 멀리서 보면 그냥
숲일 뿐인 이곳에 수백의 현종 식솔이 들어 있었다. 그들은 금
무해가 돌아오고 승리의 소식이 전해지자 그제야 얼굴에 웃음

을 띠며 사방에서 모습을 드러냈다. 나뭇가지들이 걷어지고 곳곳에서 모닥불이 피어올랐다. 적의 추격을 걱정해 간밤에는 불도 피우지 못한 그들이었다.

"손님?"

문득 금무해가 심여궁을 바라봤다.

"네, 아버님."

"이곳으로 손님이 찾아와? 우리의 움직임을 읽고 있던 자가 있었다는 건가?"

"그의 말로는 본가의 사람들이 임황을 떠날 때부터 따랐다고 합니다."

"누구라고 하더냐? 은밀히 우릴 따랐다면 필시 연유가 있을 터!"

"그는 바로 지난 세월 종적이 묘연했던 이십사룡의 일인 거할입니다."

"거할!"

금무해가 놀란 표정을 지었다. 그러나 그보다 더 놀란 사람은 석요송이었다.

"정말 거할이라는 사람이 왔습니까?"

석요송이 앞으로 나서며 물었다. 그러자 심여궁이 의미심장한 표정으로 고개를 끄덕였다.

"그렇다네. 그도… 자네를 만나고 싶어 하더군. 기실 그가 우리 현종을 찾은 이유도 자네 때문이라고 했네. 아마도 불현이 자네와 인연을 맺었다는 소문을 들은 모양이야. 그래서 현종에 오면 자네의 행방을 알 수 있을 거라 생각했다고 하네."

"그는 어디 있느냐?"

심여궁의 말이 끝나기 무섭게 금무해가 물었다.

"저곳입니다."

심여궁이 손을 들어 서쪽으로 이십 여 장 떨어진 곳에 외롭게 서 있는 천막을 가리켰다.

"어서 가보자. 거할이라면 만나봐야지. 그는… 계림의 일을 정확히 알고 있는 유일한 사람이니."

금무해가 말했다. 그 말에 석요송이 다시 놀랐다. 계림혈사에 세상에 알려지지 않은 내막이 있다는 것을 금무해도 알고 있었던 것이다.

'하긴 불현의 아버지도 그곳에서 돌아가셨으니……'

석요송이 금무해의 내심을 추측하는 사이 금무해는 벌써 바삐 걸음을 옮기고 있었다.

허름한 마의에 깊이 눌러쓴 삿갓, 그는 천막 안에서도 삿갓을 쓰고 있었다. 갈대로 엮은 삿갓은 그나마도 오래되었는지 곳곳에 구멍이 숭숭 뚫려 있다.

금무해가 들어서자 그가 고개를 돌렸다. 그러고는 금무해의 얼굴을 확인하고는 자리에서 일어나 정중하게 포권을 한다.

"현종 종성님을 뵙습니다."

비루한 차림이지만 그 목소리와 행동은 절도가 있다. 외모로는 광인이지만 행동으로 결기 넘치는 무사의 모습을 간직하고 있는 거할이다.

"정말 자네가 이십사룡 거할인가?"

금무해가 물었다. 삿갓으로 얼굴을 가리고 있으니 상대의 진면목을 의심할 수밖에 없다. 더군다나 이십사룡 거할은 수십 년간 모습을 숨기고 살아온 자가 아닌가.

금무해의 물음에 거할이 천천히 삿갓을 벗었다. 그러자 해골 같은 얼굴이 드러났다. 그 모습이 너무 비참해서 심여궁과 금불현이 흠칫 놀라 뒤로 한 걸음씩 물러날 정도였다.

"자네……?"

금무해도 놀라긴 마찬가지였다. 스스로를 거할이라 밝힌 사람의 얼굴은 금무해의 기억에 없다. 그러나 이십사룡 거할의 얼굴을 모를 리 없는 금무해다. 이십사룡이 한창 금문의 동량으로 인정받을 때 금문의 장로들은 하루가 멀다 하고 이십사룡을 접견했었다. 수십 년이 지났다고 해서 그 얼굴을 잊을 리 없는 거할이다. 그런데 지금 사내의 얼굴에선 과거 거할의 모습을 찾아볼 수 없다.

움푹 들어가 그 깊이를 알 수 없는 눈은 눈동자조차 밖으로 드러나지 않았다. 광대뼈는 툭 튀어 나와 있었고, 턱은 칼처럼 날카롭다. 그러나 이는 그의 본래 모습이 아니다. 살이 너무 많이 빠져 그의 두개골이 그대로 드러난 형상이었다. 마치 살아 있는 해골과 같았다.

"종성님, 많이 변하기는 했지만 전 거할이 맞습니다."

거할이 조금 눈을 크게 뜨고 금무해를 보며 말했다. 그러자 금무해가 한참 동안 사내의 얼굴을 들여다보다가 천천히 고개를 끄덕인다.

"그렇군. 자네군. 그런데 이게 무슨 몰골인가? 그동안 어찌

지낸 것인가?"

금무해가 추궁하듯 물었다.

"아시다시피 금문을 떠나 모습을 숨기고 살았지요."

"도대체 이유가 뭔가? 금문의 전 문도가 자네의 행보에 대해 의문을 품고 있다네. 그리고 이곳에는 어떻게 온 건가?"

금무해의 물음에 거할이 나직하게 한숨을 내쉬었다. 한숨의 깊이가 너무 깊어 그의 몸과 마음이 심연으로 꺼지는 듯했다.

"음……. 일단 앉게."

거할이 쉽게 답을 하지 못하자 금무해가 먼저 자리를 잡고 앉으며 말했다. 그러자 금무해가 고개를 숙여 보이고 본래 그가 앉아 있던 곳에 앉으려다 말고 시선을 돌려 천막에 들어온 사람을 살피며 물었다.

"혹… 인검이 함께 왔습니까?"

거할의 갑작스런 물음에 석요송이 잠시 뜸을 들였다가 앞으로 나서며 말했다.

"제가 과거 금문 인검이었던 사람입니다."

"그렇다면 그대가 석묘문 대협의 아드님이시오?"

"그렇습니다."

석요송이 고개를 끄덕였다. 그러자 거할이 한참 동안 석요송의 얼굴을 살피다가 탄식을 흘렸다.

"아, 과연 그분의 아드님이구려. 그분과 매우 닮았소. 내 지난 수년간 그대를 만나기 위해 동분서주했는데 오늘에서야 이곳에서 그대를 보는구려. 애초에 이곳에 온 이유는 종성님을 만나기 위함이었는데 하늘의 뜻이란 참으로 묘한 것 같소. 이곳에서 그대를 보다니."

그러자 석요송이 대답했다.

"저 또한 거 대협을 만나 뵙게 되어 무척 반갑군요. 사실 그동안 제게 거 대협을 만나볼 것을 권하는 사람이 여럿 있었지요."

"그렇소? 누가 날 만나라 하더이까?"

거할의 질문에 석요송이 가만히 미소를 짓고 대답을 하지 않는다. 거할을 믿지 못해서가 아니라 말한 사람들에 대한 믿음을 지키기 위해서다.

"성정 또한 석 대협과 흡사하구려."

거할이 석요송이 자신의 질문에 대답을 하지 않는 이유를 알고 있다는 듯 고개를 끄덕였다. 그러자 이번에는 금무해가 물었다.

"이제 자네가 날 찾아온 이유에 대해 말해보게."

금무해가 정색을 하며 말하자 거할이 대답 없이 고개를 숙여 뭔가를 생각하다 오히려 금무해에게 질문을 던졌다.

"종성께서는 금문을 어찌 생각하시는지요?"

"그게 무슨 말이신가?"

"과연 금문이 목숨을 바쳐 충성을 해야 할 가치가 있는 문파라고 생각하십니까?"

"위험한 말이군."

금무해가 경고를 하기는 했지만 거할을 탓하지는 않는다. 금무해의 반응이 만족스러웠을까, 거할이 좀 더 여유를 찾은 표정으로 물었다.

"금문의 대업은 숭고하지요. 그 대업을 위해 죽어간 사람들을 모독할 생각은 없습니다. 그러나 적어도 그 희생은 그들의 동의를 얻은 것이어야 합니다. 만약 금문의 누군가가 문도들의 동의도 없이 형제들을 사지로 몰아넣었다면, 그리고 그것이 자신의 이득을 취하기 위해 한 일이라면 그 죽음은 결코 아름답지 않습니다. 오히려 추악할 뿐이지요. 이런 추악한 죽음이 늘어난다면 결국 천년계림의 황조를 다시 살려내겠다는 금문의 대업 또한 추악한 것이 될 것입니다."

"그래서 자네는 지금 금문이 하는 일이 추악하다고 말하고 싶은 건가?"

금무해의 질문에 거할이 괴로운 표정을 지었다. 그러면서 고개를 끄덕인다.

"그렇습니다. 금문은 추악합니다. 그러나 외람되지만 인간이 야망을 추구하는 데 아름다움을 구할 수는 없겠지요. 그래서 금문이 세상의 다른 야망가들과 문파들에 비해 더 추악하다고는 말하지 않겠습니다."

"그럼 자네가 하고 싶은 말이 뭔가?"

"단지 전 진실을 말하고 싶을 뿐입니다. 그래서 이곳에 왔지요. 이후의 일은 모두 종성님이나 혹은 여기 인검이 결정할 것들이지요."

"자네가 알고 있는 것을 말해보게."

금무해가 거할의 말을 재촉했다. 그러자 거할이 고개를 끄덕이고는 이십오 년여 전의 이야기를 시작했다.

거할의 이야기는 한 시진 가까이 이어졌다. 그의 이야기를 듣는 금무해와 석요송의 표정은 담담했다. 마치 그가 할 이야기를 모두 알고 있었다는 듯, 그러나 다른 사람들, 심여궁이나 금불현은 달랐다. 두 여인의 눈에선 파란 살기와 노기가 흘렀다.

"그래서 결국 계림혈사란 것이 묘문 그 사람을 제거하기 위해 전대 태상장로가 판 함정이었다는 말이지?"

금무해가 긴 거할의 이야기 끝에 물었다. 그러자 거할이 고개를 끄덕였다.

"그렇습니다. 당시에는 뭔가 이상하다는 것을 느끼기는 했지만 확신은 못했지요. 그러나 계림혈사가 있은 후 곰곰이 모든 일을 따져 보니 그 일의 전모를 추측할 수 있겠더군요. 태상장로가 금문의 정예들을 계림으로 출도시킨 것은 계림에 금문의 세력을 자리 잡게 하려는 목적보다 오히려 석묘문 대협을 제거하려는 목적이 더 컸던 것입니다."

"아!"

금불현이 나직하게 탄식하며 석요송을 살폈다. 그러나 석요송의 표정에는 변함이 없었다.

"자네의 그 모든 이야기를 증명할 수 있는가?"

금무해가 다시 물었다. 누구라도 지금까지 거할이 한 이야기들, 그가 청도주 금온과 계림에 파견된 원정대 사이를 오가며 행한 일들을 들으면 계림혈사가 금온이 석묘문을 죽이기 위해 만든 덫이라는 것을 짐작할 수 있었다. 그러나 그럼에도 불구하고 금무해는 좀 더 확실한 증거를 대라고 말하고 있었다.

"전대 태상장로께서 제게 명한 그 모든 일들이 증거지요. 더군다나 태상장로는 당시 은밀히 계림에 있었습니다. 태상장로를 따르는 정예 살수들인 은검들도 계림의 인근에 매복해 있었지요. 그러나 태상장로는 석 대협이 고려의 추룡대에게 죽어갈 때에도 전혀 움직이지 않았습니다. 당시의 전력을 고려하자면 태상장로와 은검들이 그 싸움에 간여했다면 필시 전멸한 것은 본문의 형제들이 아니라 고려 황실의 추룡대였을 겁니다. 그건… 완벽한 차도살인의 계였습니다. 그리고 다른 증거도 있습니다."

"또 뭐가 있는가?

금무해가 묻자 거할이 손을 들어 자신의 가슴에 대며 말했다.

"바로 저 자신입니다. 금문에서는 지난 세월 제가 스스로 몸을 숨기고 세상에 나오지 않았다고 하지만 사실 그것은 제가 원했다기보다 어쩔 수 없는 선택이었습니다."

"어쩔 수 없는 선택이었다고?"

"그렇습니다. 제가 계림혈사의 진실을 알고 있다는 것을 눈치챈 청도주께서 절 죽이려하셨기 때문이지요. 제가 그 일을 토하곡이나 금문의 다른 장로들께 전할 수 있다 생각했던 겁니다. 지난 수십 년 동안 전 수도 없이 죽음의 위기를 겪었습니다. 그러니 제 자신이 바로 그 증거이지요."

"음……!"

금무해가 나직한 신음성을 흘렸다. 금문십육사는 금문의 정점에 있는 사람들이다. 그러니 그들이라고 계림혈사에 세상에 알려지지 않은 사정이 있을 것이란 건 어렴풋이 짐작하고 있었다. 그러나 그것이 청도주 금온이 처음부터 계획한 차도살인의 계였을 거라고는 전혀 생각지 못했던 금무해다. 그 말이 사실이라면 결국 그의 아들 금후문도 청도주 금온의 계책에 의해 죽임을 당한 것이 된다.

석요송은 금무해의 늙은 손이 부르르 떨리는 것을 느꼈다. 뒤늦게 그의 눈에서 분노의 빛이 일렁인다. 그럼에도 불구하고 금무해는 자신의 감정을 다스렸다. 그리고 다시 침착하게 물었다.

"이 일을 토하곡에 알렸나?"

금무해의 질문에 거할이 슬쩍 석요송의 눈치를 살핀 후 고개를 저었다.

"아닙니다. 알리지 않았습니다."

"이유는?"

"두 가지 이유가 있었습니다. 그 하나는 토하곡의 안위 때문이었습니다. 만약 제가 이 일을 토하곡주님께 알리면 토하곡과 원수지간이 되어 반목할 것이고 전대 태상장로님의 성정으로 보건대 필시 고수들을 동원해 토하곡을 멸하려 했을 겁니다. 토하곡은 우군일 때는 세상에서 가장 든든한 힘이지만 적이 되었을 때는 금문의 천적과도 같은 곳이니까요."

거할의 말에 금무해가 고개를 끄덕였다.

"그래, 맞는 말이네. 도주님의 성정으로 보건대 후환을 그대로 방치할 리 없지. 그래 두 번째 이유는 뭔가?"

금무해가 다시 물었다. 그러자 거할이 한참을 망설이다가 어렵게 입을 열었다.

"그것이… 아무리 부정하려 해도 저 또한 금문의 사람이라는 것이었지요. 이 일이 세상에 알려졌다면 아마도 금문은 현재의 성세를 이루지 못했을 겁니다. 그리되면 금문의 대업도 공염불

이 되는 것이라…….'

"아, 자네는 여전히 금문을 버리지 못하는군."

"종성께서는 버리실 수 있겠습니까?'

거할과 금무해의 처지가 다르지 않다. 금무해 역시 청도주 금온의 계책에 의해 자식을 잃었으니 금온은 그의 원수라고 할 수 있었다. 그러나 원수는 금온이지 금문이 아니다. 금문은 태상장로 한 사람의 것이 아니다. 계림을 떠나 북방에 정착한 모든 금씨 일족의 것이다. 세상에 퍼져 있는 각 종파가 그것을 증명하고 있었다. 한 사람의 것이 아닌 모든 종파의 문파, 그것이 금문이다.

"어렵군."

"어렵지요. 그래서 전 이러지도 저러지도 못하고 이 몰골로 세상을 떠돌고 있었던 것입니다."

거할이 한탄하듯 말했다. 그러자 지금껏 침묵을 지키고 있던 석요송이 불쑥 물었다.

"그런데 오늘 이 자리에서 그 이야기를 털어놓으시는 이유는 뭡니까?'

갑작스런 석요송의 질문에 거할이 흠칫 놀란 표정을 짓다가 이내 한숨을 쉬며 말했다.

"휴, 그것 또한 두 가지 이유가 있구려."

"……?'

"그 하나는 내 목숨이 얼마 남지 않은 것 같았기 때문이오. 최근 들어 날 추격하는 차유, 그의 발길이 무척 빨라졌소. 가까스로 그를 따돌린 적이 아주 많았소이다. 그러나 이제 그도 최근의 내 모습을 알 테니 곧 나를 찾아낼 것이오. 그는 참으로 무서운 사람이오. 도주를 대신해 은검들을 자유자재로 움직일 수 있는 유일한 사람이니까. 은검들의 추격이 내 발밑까지 따라왔으니 나로서는 이 사실을 적어도 한 사람에게는 전해야 한다고 생각했소. 그래서 선택한 분이 여기 종성님이시오. 그런데 이곳에서 그대까지 보게 되었으니 이것도 운명인 것 같소."

거할의 말에 금무해가 고개를 끄덕였다.

"사람들은 차유를 그저 도주를 호위하는 무사 정도로 알고 있지. 그러나 사실 차유는 오랫동안 금문의 드러나지 않은 이인자였네. 우리 십육사 중 누구도 감히 차유를 함부로 대하는 사람이 없었지. 그의 행사가 얼마나 은밀하고 지독한지 모두 알고 있으니까. 그가 자네의 꼬리를 잡았다면 위험한 것이 맞네."

금무해가 걱정스레 말했다. 그러자 거할이 다시 말을 이었다.

"이젠 사실을 모두 전했으니 저도 그가 두려울 것이 없지요. 아무튼 두 번째 이유는 인검 바로 그대 때문이오."

"……?"

"그대가 금문을 떠났다는 소문을 들었고, 또 그 안에 숨겨진 곡절이 있을 거란 소문도 들었소."

"그런 소문이 있었나요?"

"형제들이 금문 내에 그런 소문이 있다고 전해주더구려. 그 일이 사실이라면 그대의 목숨이 위험해 질 거라 생각했지. 그래서… 그대에게 큰일이 벌어지기 전에 일의 진실을 전해야 한다고 생각했소. 현종은 그대와 깊은 인연이 있으니 종성께 진실을 전하면 그대에게도 전해질 거라 생각한 거요."

"형제들이라면 이십사룡을 말하는 것인가?"

금무해가 물었다. 그러자 거할이 묵묵히 고개를 끄덕였다.

"그들과는 연락을 하고 지냈군."

"그런 것은 아닙니다. 최근 들어 북종을 맡은 막내를 한 번 만났을 뿐입니다. 이제 다른 형제들과도 연락을 해야겠지요. 언제 죽을지 모르니 작별의 인사라도……."

"막내라면 금관유?"

"그렇습니다."

"음……. 그도 이 사실을 알고 있나?"

금무해의 질문에 거할이 고개를 끄덕였다. 석요송은 거할의 대답을 듣고는 다시 침묵에 들어갔다. 그가 무슨 생각을 하고 있는지 전혀 알 길이 없었다. 그러자 금무해가 물었다.

"어쩌겠느냐? 도주를 만나 보겠느냐?"

금무해의 물음에 석요송이 고개를 저었다.

"만나고 싶어도 만날 수 없는 사람이지요."

"네 실력이라면 아무리 도주가 소요림에 은거했다고 해도 만나는 것은 어려운 일이 아닐 것인데?"

금무해가 의아한 표정으로 물었다. 그는 당장에라도 도주를 찾아갈 듯한 기세였다. 아들의 죽음을 이대로 묻어둘 수 없다고 생각하는 모양이었다. 그러자 석요송이 나직한 목소리로 말했다.

"그는… 이미 죽은 지 오래입니다."

순간 장내의 사람들이 어리둥절한 표정을 짓다가 이내 석요송 한 말의 의미를 깨닫고는 경악스런 눈으로 다시 석요송을 바라봤다.

"그게… 무슨 말이냐?"

"청도주는 이미 죽었습니다."

"뭣? 언제, 어떻게……?"

금무해가 믿을 수 없다는 듯 되물었다. 그러자 석요송 대신 금불현이 입을 열었다. 금불현은 이미 오래전 석요송으로부터 청도주 금온의 죽음을 들어 알고 있었다. 청도주의 죽음이 오직 석요송과 금령, 그리고 차유만이 알고 있는 금문 내 제일의 비밀이라지만 금불현에게까지 비밀을 간직하고 싶지는 않았던 석요송이었다.

"오 년 전 낙성곡에서 암습을 당하고 나서 곧 죽었다고 해요. 당시 청도로 십육사를 소집해 태상장로의 직을 현 태상장로에게 전한 후 곧이요."

"아! 그랬군, 그랬어. 항상 이상하다 생각했지. 뒤로 물러나 있는다 하더라도 지금의 금문은 도주가 움직일 때와는 너무 달라 이상하게 생각하고 있었는데… 음……. 과연 무서운 사람이야. 죽은 지 오 년이 되어서도 여전히 그 이름으로 금문을 움직이고 있으니. 헛허, 우린 모두 눈 뜬 장님이었군."

금무해가 씁쓸한 표정으로 말했다. 그러다가 다시 석요송을 보며 말했다.

"그럼 이 일을 추궁할 사람은 사라져 버린 건가?"

"아니지요. 한 명 남아 있지요. 그를 만나야겠습니다."

"누굴 말이냐?"

"차유, 그를 만나야겠습니다."

第二章 차유

금무해가 금문의 현종의 문도들을 불러 모았다. 현종의 문도들이 금무해를 중심으로 작은 계곡을 채웠다. 단심맹과의 싸움에서 여럿이 상하기는 했으나 그래도 여전히 일백이 훌쩍 넘는 숫자다.

"모두 모였는가?"

금무해가 좌우를 돌아보며 말했다. 그러자 금무학이 얼른 대답했다.

"아이들을 빼고는 모두 모였습니다."

"좋아, 그럼 모두들 잘 듣도록 하라. 우리 현종이 금문의 한 종파를 이룬 것이 이미 이백여 년이 지났다. 그동안 현종은 금문의 대소사에 크게 관여한 바가 없었으나 누구도 우리를 소홀히 생각지 못했다. 그건 우리가 현종이 암중에 적지 않게 강호

행을 나섰고, 또 그로 인해 여럿의 형제들이 죽음을 당하기도
했기 때문이다."

금무해가 먼저 현종의 과거에 대해 말했다. 그러자 좌중의 사
람들 표정이 사뭇 경건해졌다. 새삼스레 수백 년 이어온 현종
문도의 삶이 떠올랐기 때문이었다.

"그런데 이번에 우리 현종은 아주 고약한 일을 당했다. 알겠
지만 이번에 우리 현종은 단심맹을 요동 깊이 끌어들이는 미끼
로 쓰였다. 우리의 생사는 오로지 우리 자신의 손에 맡겨졌으며
청도에선 우리의 생사를 포기했었다. 그러나 운이 좋게도 우린
단심맹의 공격을 물리치고 이렇게 살아 있다."

금무해가 다시 말을 끊었다. 그러자 현종의 사람들 얼굴에 복
잡한 감정이 흐른다. 금문의 식솔로서 그 쓰임이 죽음이라면 당
연히 감당해야 한다고 생각하는 사람도 있었고, 그들을 사지로
몰아넣은 금문 수뇌부에 대한 반감을 드러내는 사람도 있었다.
그런 사람들의 표정을 세심히 살피고 있던 금무해가 다시 입을
열었다.

"사람이란 항시 자신의 위치를 잘 살펴야 하는 법이다. 어제
까지 우린 금문의 충실한 문도였다. 그러나 오늘의 우리는 금문
의 패업을 위해 버려진 무리다. 그렇다고 태상장로의 결정을 원
망하지는 마라. 일문의 대업에 어찌 희생이 따르지 않을쏘냐.
우리가 금문의 문도로 살아가는 이상 우리의 희생이 필요하다
면 능히 그를 감당해야 한다."

달래는 듯한 금무해의 말에 사람들의 표정이 조금 풀어진다.
어느 문파든 대업을 위한 누군가의 희생은 피할 수밖에 없는 일

이다. 단지 오늘날 그 몫이 현종의 사람들에게 떨어진 것뿐이다.

"우리는 미끼로서의 역할을 충분해 해냈다. 지금쯤 심양 인근에서는 단신맹과의 대회전이 벌어지고 있을 것이다. 그리고 아마도 이 싸움은 본 문의 승리가 될 것이다. 우리 현종의 희생이 그 승리에 일조한 것이지. 그러나 이제 우린 선택해야 한다. 아니, 우리가 아니라 여기 있는 각자 자신의 삶을 선택해야 하는 순간이 왔다."

금무해의 표정이 사뭇 비장하다.

"저희로서는 종성님의 말씀을 이해하지 못하겠습니다."

누군가 너무 심각한 표정의 금무해를 보고는 걱정스런 표정으로 물었다. 그러자 금무해가 고개를 끄덕이고는 다시 입을 열었다.

"쉽게 설명하겠다. 우린 비록 이번에 금문의 대업을 위한 미끼로 쓰였지만 덕분에 이제 바로 그 금문의 대업이란 굴레로부터 자유로워질 수 있게 되었다. 명분이 생긴 것이지. 아마도 그대들 중에 금문의 천년 대업을 위해 자신을 희생해야 하는 이 삶이 만족스럽지 않은 사람이 있었을 것이다. 그동안은 타고난 운명에 의해 어쩔 수 없이 그 삶을 살았지만 이젠 우리에게도 스스로 자신의 삶을 선택할 수 있는 기회가 왔다. 우린 미끼였고, 고기를 낚는 순간 바늘이 빠졌다. 바늘이 빠진 미끼는 자유로운 법이지."

금무해가 한 가닥 미소조차 지었다. 지금의 상황이 그에게는 무척 만족스럽다는 표정이었다.

"저희가 어떤 선택을 해야 합니까?"

다시 누군가가 물었다. 그러자 금무해가 큰 목소리로 말했다.

"여기 두 가지 길이 있다. 청도로 가 희생을 감수한 영웅으로서 대접을 받고 다시 금문 문도로 살아가는 길과 이쯤에서 금문과의 연을 끊고 금문에서 벗어나 새로운 삶을 사는 것! 이 두 가지 선택이 그대들에게 주어졌다. 모두 심사숙고하여 원하는 바를 정하라!"

금무해의 말에 사람들 사이에 작은 웅성거림이 일어났다. 둘 모두 만만치 않은 선택이다. 금문은 천하제일문이니 그 명예를 버리는 것도 쉽지 않지만 또한 다시 금문에 든다면 오늘과 같이 전장의 한낱 미끼로 쓰이지 말라는 법도 없다.

"종성 어른께서는 어찌하실 생각이신지요?"

이런 경우 대부분의 사람들은 우두머리가 선택한 길을 따라가게 된다. 금무해의 행보를 묻는 것은 당연한 수순이다.

"난 금문을 떠난다."

금무해가 기다리지 않고 말했다. 그러자 장내의 현종 무사들이 놀란 표정으로 금무해를 바라봤다. 그러자 금무해가 다시 입을 열었다.

"내 나이 올해로 여든이다. 더 이상 강호의 일에 관여하는 것은 노욕(老欲), 더군다나 이번에 금문을 위해 제법 큰 희생을 치렀으니 태상장로도 내가 금문을 떠나는 것을 막지는 못할 것이다."

"하면, 현종은 없어지게 되는 것입니까?"

젊은 사내 한 명이 불안한 표정으로 물었다. 그러나 금무해가 고개를 저었다.

"아니다. 현종은 계속 이어진다. 무학 아우는 금문에 남기로 했다. 그러니 현종은 아우를 새로운 종성으로 해서 그 맥을 이어가게 될 것이다. 그러나 그대들은 여전히 선택의 자유가 있다. 계속 현종에 남아 금문의 일원으로 살아도 되고 또 나처럼 금문을 떠나도 된다."

"종성께선 금문을 떠나 어디로 가시려는지요?"

"그것까지는 말해줄 수 없다. 내가 금문을 떠난다면 다신 강호에서 날 보기 힘들 것이다. 그러니 내 행보를 알려줄 수는 없다."

"이곳에서 바로 떠나실 겁니까?"

그러자 금무해가 고개를 끄덕였다.

"그렇다. 난 이곳에서 종성의 자리를 무학 아우에게 넘길 것이다. 아우의 능력이라면 나보다 훨씬 강력한 현종을 만들 것이다. 그러니 그대들도 이곳에서 자신의 진로를 선택하라. 기한은 내일까지다. 내일 오전에 아우는 금문에 남기를 원하는 사람들을 데리고 청도로 갈 것이다. 심사숙고하여 결정들 하도록 하라."

금무해가 그 말을 끝으로 자리를 떴다. 그러자 장내의 사람들이 불안한 표정으로 삼삼오오 짝을 지어 이야기를 나누기 시작했다. 그러더니 불안한 표정을 하고는 자리들을 떠났다. 석요송과 금불현은 사람들의 모두 흩어질 때까지 계곡을 지키고 있었다.

"굳이 왜 이곳에서 종성의 자리를 작은 할아버님께 넘기신 것이죠?"

금무해의 막사 안, 석요송과 금불현이 금무해를 마주하고 앉아 있다. 금불현은 청도에 들기도 전에 현종 종성의 자리를 내려놓은 금무해의 결정이 의아한 모양이었다. 보통이라면 금무해가 청도까지 들어가 현종의 위치를 좀 더 단단하게 한 후 금문을 떠나는 것이 순리였다.

더군다나 과연 금령이 현종의 다음 종성으로 정해진 금무학의 존재를 인정할지도 확실치 않았다.

"내가 청도로 가면 스스로 떠나고자 하는 마음이 있어도 떠나지 못하는 사람이 생길 것이다. 일단 날 따라 청도로 들어간 후 행보를 결정하려 하겠지. 그러나… 청도가 어떤 곳인가. 천하의 야망가들이 모여 있는 곳이고, 강호제일세가 움직이는 곳이다. 그곳에 가면 떠나고 싶어도 떠나지 못할 수가 있어. 해서 이곳에서 좀 더 자유롭게 현종의 식솔들이 자신의 삶을 찾아가게 하려는 것이다."

금무해의 설명에 그제야 금불현이 고개를 끄덕였다. 석요송 역시 식솔들에 대한 깊은 애정으로 내린 결정이라는 것을 듣고 새삼스레 금무해가 존경스러웠다. 그때 금무해가 다시 입을 열었다.

"문도들이 떠나고 나면 우리끼리 조용히 심양으로 가보자꾸나."

"심양으로요?"

금불현이 놀란 표정을 지었다.

"일의 매듭은 지어야겠지. 현종의 종성으로서가 아니라 후문의 아비로서 말이야. 어쩌면… 태상장로까지 만나야 할지도 모르지. 괜찮겠느냐?"

금무해가 석요송을 보며 물었다.

"저야 상관없습니다."

"좋아. 그럼 우리끼리 호젓하게 여행을 즐겨보자꾸나."

금무해가 희미한 미소를 지어보였다.

사람은 인생의 항로를 쉽게 바꾸지 못한다. 대부분의 사람은 자신도 모르게 정해진 운명을 따라 걷는다. 그래서일까, 칠 할의 현종 식솔들이 금무학을 따라 청도를 향해 길을 떠났다.

그리고 새로운 삶을 꿈꾸는 삼 할의 사람들이 금무해에게 작별을 고하고 몇몇씩 짝을 지어 사방으로 흩어졌다. 그렇게 현종의 사람들이 제각기 자신의 운명을 정한 그날, 석요송도 좀 더 깊은 운명의 바다를 향해 심양으로 향했다.

*   *   *

요 황실의 권위가 급격하게 추락하고 있다는 것을 가장 잘 드러내는 도읍이 심양이다. 심양은 요동의 중심으로서 심양을 얻는 자가 곧 요동을 얻게 된다.

그래서 요의 야율씨도 심양을 애지중지하였으나 당금에 들어 심양은 더 이상 요의 도성이라는 말이 무색할 정도로 관의 권위가 추락하고 있었다. 대신 심양의 오랜 터주대감인 모용세가가 심양에 대한 지배력을 강화하고 있었다. 요에서 파견한 성주조차도 아침저녁으로 모용세가를 찾아 모용세가주에게 문안을 드릴 정도였다.

그런데 심양성의 사정은 그러하지만 심양성 밖의 사정은 또 달랐다. 강호무림의 정세에서 보자면 심양은 그야말로 고립무원, 바다에 떠 있는 하나의 섬과 같았다. 이유는 간단했다. 심양성을 제외한 요동 전역이 금문의 세력하에 들어갔기 때문이었다.

그런데 그런 심양성 주변의 정세가 근래에 들어 다시 큰 변화를 맞이했다. 그리고 그건 심양의 터주대감 모용세가를 기세를 끌어올리고 있는 변화였다.

단심맹의 고수들이 심양으로 찾아든 것이 열흘 전의 일이다. 그들은 무척 은밀하게 심양까지 모여들었으나 일단 심양에 들어온 이후에는 그 존재를 거침없이 드러냈다.

심양에 모인 단심맹 고수들의 숫자가 오백을 넘었다. 성 밖에는 더 많은 고수들이 모여 있다는 소문도 돌았다. 그들이 심양의 모용세가로 모인 이유는 강호에 관심있는 사람이라면 누구나 짐작할 수 있었다. 그들은 청도를 노리고 있었다.

단심맹의 고수들이 심양에 모여드는 사이 금문의 성지 청도의 움직임도 부산했다. 금문의 고수들도 하나둘 금주의 포구로 모여들었다. 금주와 심양의 거리는 빠른 말로 달리면 겨우 삼일 길이다. 무림의 고수라면 하루에도 주파할 거리였으므로 양측의 긴장은 일촉즉발의 상황으로 치닫고 있었다.

그리하여 천하 무림의 눈이 심양으로 모인 그때 석요송과 금불현이 금무해를 따라 심양에 접근하고 있었다.

"그를 만나는 일은 어렵지 않다."

말에 올라 몸을 흔들거리며 여유있게 길을 가고 있던 금무해가 문득 입을 열었다. 그 뒤쪽에서 금불현이 어떻게 차유를 찾아갈 것인가를 석요송에게 묻는 말에 자신을 대신하여 대답한 것이다.

"어떻게요? 그는 금문 내에서도 그 모습을 잘 드러내지 않는 사람이잖아요? 청도주가 죽은 이후에는 더더욱 그렇지요."

"그렇긴 하지만 우린 그가 모습을 나타낼 수밖에 없는 미끼를 가지고 있지 않느냐?"

"우리가요? 무슨 미끼요?"

금불현이 의아한 표정으로 물었다. 그러자 금무해가 미소를 지으며 대답했다.

"불현, 넌 요즘 들어 총명이 흐려진 것 같구나. 아무리 요송과 혼인을 했다고 해도 너무 나태한 것 아니냐? 청도주가 죽은 이후 차유가 가장 심력을 쏟고 있는 일이 무엇이더냐? 바로 거할을 잡는 일이지. 그런데 그 거할이 우리에게 있다."

"할아버님은 거 대협을 이용해 그를 끌어내실 생각이시군요."

"그렇지. 그가 걸려들지 않을 수 없는 덫이다. 차유, 그를 위해 한 말의 술을 준비해야겠지."

금무해가 손을 들어 눈 위에 그림자를 만들었다. 뭔가 부산한 심양의 성내가 한눈에 내려다보인다.

"어디에서 그를 보실 건가요? 심양인가요?"

"나쁘지 않지."

"하지만 지금 심양은 단심맹의 고수들로 가득하잖아요? 위험할 수도 있어요."

"그래서 오히려 안전하다."

"아이, 전 이제 할아버님의 내심을 짐작할 수 없어요. 쉽게 말씀해 주세요. 왜 심양 성내가 더 안전하다는 거죠?"

"심양이 단심맹 고수들의 천지가 되었으니 차유도 많은 은검들을 데리고 오지 못할 것이다. 우리가 상대할 사람은 단심맹이 아니라 차유이니 그의 손발을 묶을 수 있는 곳에서 만나는 것이 좋지 않겠느냐?"

금무해의 말에 금불현이 손을 머리를 치며 한탄했다.

"아아, 할아버님 말씀이 맞아요. 전 이제 정말 바보가 된 모양이에요. 그 간단한 이치를 생각지 못했다니."

석요송 일행은 심양 외곽의 조용한 객잔에 들었다. 그렇다고 객잔이 허름한 것은 아니었다. 본래 귀한 자들을 상대하는 객잔은 오히려 한적한 곳에 있게 마련이다. 빼어난 경치는 기본이다. 그러자면 당연히 성 외곽에 자리를 잡을 수밖에 없었다.

청송루가 바로 그런 곳이다. 청송루를 찾게 된 것은 그곳에 머물렀던 경험이 있는 금무해 때문이었다. 금무해는 정말 차유가 그들의 유인책에 걸려 거할을 찾아온다면 그를 상대하는 장소로 청송루만 한 곳이 없다며 청송루를 일행의 거처로 삼았다. 그리고 청송루에 든 석요송은 금무해가 청송루를 정한 이유를 금세 알 수 있었다.

청송루는 소나무 숲 사이에 있었다. 그 맞은편에는 청송루를 휘감아 도는 폭 십여 장의 작은 강이 흐르고 있었고, 뒤편으론 가파른 산이다. 그 산을 끼고 심양성의 성벽이 남쪽과 북쪽으로 이어져 있었는데 험하기가 마치 백두를 보는 듯싶었다. 본래 심양은 평지에 있는 성인데 이런 험산이 존재했나 눈을 의심할 정도였다.

청송루로 들어오는 길은 동쪽과 강을 건너 들어오게 되는 서쪽 두 군데가 있었는데 시전에서는 한참이나 걸리기 때문에 말과 마차를 타고 오지 않으면 쉽게 올 수 없는 곳이었다.

말과 마차를 타는 손님은 돈푼깨나 있게 마련이니 결국 청송루는 부유한 자들을 위해 세워진 객잔인 셈이었다. 그런 만큼 청송루는 독특하게 지어져 있었다. 저자의 객잔이 건물을 크게 세우고 그 안에 여러 개의 방을 만들어 최대한 손님을 많이 받으려 하는 것과 달리 청송루의 객잔은 모두가 별채로 이루어져 있었다.

별채 하나를 빌리는 값만 해도 하루에 금자 닷 냥이니 그야말로 보통 사람은 꿈도 꾸지 못할 객잔이다.

석요송 일행은 모두 스물 두 채의 별채 중 강 쪽에 치우쳐 있는 별채에 들었다. 금자가 그리 풍족한 것은 아니었으나 현종이 수백 년 이어져 오는 동안 모은 재물도 만만치가 않아서 별채를 빌리는 값은 충분히 치를 능력이 있는 금무해였다.

"이런 곳이 있는 줄 몰랐어요."

금불현이 청송루처럼 고급스런 객잔에 드는 것은 처음인 모양이었다.

"이런 곳에 맛을 들이면 안 된다. 더군다나 너의 낭군은 재물을 모으는 재주가 영 없는 듯하니 말이다."

금무해의 농에 석요송이 멋쩍은 웃음을 흘린다. 그때 문밖에서 중년 여인의 목소리가 들려왔다.

"잠시 들어가도 되겠습니까, 대인!"

"들어오시오."

금무해의 허락이 떨어지자 문이 열리고 기품이 느껴지는 여인이 들어왔다.

"인사드립니다. 오늘 대인의 시중을 들게 된 서옥이라고 하옵니다."

여인이 정중하게 허리를 굽혀 인사를 한다. 청송루는 손님이 들면 별채당 세 명의 시녀를 배치하는데 서옥이란 여인이 오늘 석요송 등의 시중을 맡게 된 여인들 중 우두머리인 모양이었다.

"음, 만나서 반갑소. 잘 부탁드리오."

"필요한 것이 있으시면 언제든 불러주십시오. 요기는 어찌 하실지……?"

"손님이 한 사람 더 올 것이오. 그때 하기로 합시다."

"알겠습니다. 그럼 편히 쉬십시오."

"아, 그리고……."

"달리 하실 말씀이라도……?"

"음, 내 알기로 청송루에서 손님을 도와주는 분들은 밤에도 별채에 머무는 것으로 알고 있소만."

"그렇습니다. 바로 옆에 저희들이 머무는 방이 있지요."

"음, 그런데 우리는 밤에 조용히 머물기를 원하니 밤에는 이곳을 지키지 않아도 좋소."

말은 그리했지만 밤에는 별채를 떠나 있으라는 당부다. 그러자 여인 서옥의 눈빛이 한 차례 반짝였다. 귀한 손님을 접대하는 여인의 눈치가 둔할 리 없다.

"알겠습니다. 그럼 해시부터는 별채를 떠나 있도록 하겠습니다."

"그리하시오."

금무해가 고개를 끄덕였다. 여인이 다시 한 번 고개를 숙여보이고는 방을 나갔다.

거할이 객잔의 별채로 찾아든 것은 해가 진 후였다. 그는 수십 년 도주를 한 사람답지 않게 대범하게 정문으로 청송루를 들어와 금무해 일행이 있는 별채를 찾았다.

거할이 별채로 오자 금무해가 서옥에게 저녁을 준비하라 시켰고, 서옥은 청송루에 이름에 걸맞은 저녁상을 내왔다. 석요송 등 네 사람은 마치 천하를 유람하는 부호들처럼 여유있게 저녁식사를 한 후 상과 함께 서옥 등 시녀들을 물러가게 했다.

시녀들이 물러가자 네 사람을 불을 끄고 일찍 잠자리에 들었다. 별채가 순식간에 어둠에 잠겼다. 워낙 외진 곳에 있는 객잔이라 불이 꺼지자 스산한 느낌마저 들었다. 그런데 해시가 지나자시가 시작될 무렵 한 떼의 검은 인영들이 귀신처럼 석요송 등이 잠들어 있는 별채 주변에 모습을 드러냈다.

"모두 몇이라고?"

"넷이라고 했습니다."

"음……. 일행이 있을 거라고는 생각지 못했는데……."

검은 인영 중 한 명이 늙은 목소리로 중얼거렸다. 그때 문득 달을 가리고 있던 구름이 바람에 밀려 하늘을 열었다. 그러자 초승달 빛에 노인의 얼굴이 드러났다. 차유다.

금온의 평생 충복이었으며 금온이 죽은 후에는 어둠 속에서 금령을 위해 살검을 휘두르고 있는 차유가 드디어 금무해의 예상처럼 거할을 잡기 위해 모습을 드러낸 것이다.

"어찌할까요?"

"그들의 정체는 모르는가?"

"그것이 이곳에 도착한 후에야 객잔 주인을 통해 알게 된 터라 그들의 신분을 확인할 시간이 없었습니다. 거할 그와는 따로 움직인 듯한데, 아마도 이곳에서 만나기로 약조가 되어 있었던 듯합니다."

"느낌이 썩 좋지 않군."

차유가 노안을 찌푸리며 말했다.

"물러날까요?"

검은 복색의 사내가 조심스레 물었다. 그러자 차유가 손을 들어 사내를 제지했다.

"아니야. 수십 년 그를 쫓았지만 오늘처럼 좋은 기회는 처음이야. 이렇게 온전하게 그를 제압할 수 있는 기회가 다시는 오지 않을 지도 모르네. 수십 년이 지났다고는 해도 그의 나이 아직 육십이 안 되었네. 반면 난 구십을 넘어 죽을 날이 얼마 남지 않았지. 내가 죽은 후 그가 청도에 들어 계림혈사의 진실은 언급하면 소도주의 행보에 큰 우환이 될 것이네. 그러니… 반드시 오늘 그를 베겠네. 이것이 도주께서 내게 남긴 마지막 유명이니."

차유가 입술을 굳게 물었다. 그러자 사내가 살기를 흘리며 말했다.

"모두 제거할까요?"

"음……. 신분을 알 수 있어야 하는데……."

"그렇다고 신분을 확인하기 위해 기습을 포기하면 그를 놓칠 수도 있습니다."

"은검이 몇이나 왔지?"

"아홉입니다."

"휴……. 이십만 되어도 별채를 포위하고 그가 만나는 자들의 정체를 확인할 수 있을 터인데……."

"단심맹의 눈이 있으니……."

사내도 아쉬운 목소리를 흘린다. 그러자 차유가 결심을 굳힌 듯 나직하게 말했다.

"치세. 별채의 구조는 확인했겠지?"

"그렇습니다. 방이 네 개인데 그중 하나는 평소 손님이 들 때 시녀들이 머무는 곳이니 나머지 셋을 은검 셋이 각기 나누어 치면 될 것입니다."

"알겠네. 우린 대청에서 거할의 소재가 확인되면 그리로 움직이세."

"알겠습니다."

"시작하게."

차유가 나직하게 말하자 사내가 고개를 돌려 두 사람을 둘러싸고 있는 검은 무복의 사내들에게 고개를 끄덕였다. 그러자 사내들이 품속에서 두건을 꺼내 머리에 쓰더니 일제히 석요송 등이 묵고 있는 별채를 향해 달려들었다.

퍼퍼퍽!

가차없는 칼질이 쏟아졌다. 그 덕에 베개와 이불이 순식간에 난자되었다. 그러나 기대했던 피는 튀지 않았다. 사람이 없다는 의미, 복면인들이 재빨리 방을 벗어나 옆방으로 이동했다. 그러나 옆방에 들었던 동료들 역시 헛칼질을 하고 목표를 찾아 밖으로 달려 나오고 있었다.

"없는가?"

"그곳도?"

마주친 사내들의 목소리에 당혹감이 인다. 그런데 그때 세 개의 방 중 나머지 한곳에서 비명 소리가 들렸다

"컥!"

"욱!"

다른 때 같으면 비명 소리에 경계심을 드러냈겠지만 오늘은 아니다. 비명이 들린 게 반가운 복면인들이다. 그들이 비명이 들린 방으로 날아들었다. 그런데 그 순간 그들의 눈앞에서 한 줄기 광채가 번뜩였다.

"악!"

날카로운 비명 소리와 함께 혈무가 솟구친다. 방으로 뛰어들

던 복면인들이 짚단처럼 쓰러졌다. 개중 겨우 목숨을 건진 두 명이 황급히 방을 벗어나 차유와 다른 은검의 수장이 있는 대청으로 달려왔다.

"무슨 일이냐?"

은검들의 수장이 빠르게 물었다.

"당했습니다."

"음……. 대비를 하고 있었다는 건가?"

이번에는 차유가 침중한 목소리로 중얼거렸다.

"물러나야 합니다."

방에서 물러난 복면인이 급히 차유에게 말했다. 그러자 차유의 표정이 싸늘해졌다.

"감히 나 차유에게 도망을 가자고!"

"그, 그것이… 무서운 자가 있습니다."

은검이 당황한 목소리로 대답했다.

"이 나이에 무서울 것이 뭐가 있는가? 그리고 그토록 대단한 자라면 무인으로서 당연히 만나봐야지."

창!

차유가 검을 뽑아 들며 소리쳤다. 아마도 방에 있는 자들에게 들으라고 큰 목소리를 낸 듯싶었다. 그러자 기다렸다는 듯이 혈겁이 벌어진 방에서 네 사람이 모습을 드러냈다.

차유는 어두운 방에서 나오는 네 사람을 보고는 검을 고쳐 잡았다. 예상은 했지만 기도가 보통이 아니다. 어디서 이런 고수들이 나타났는지 의아할 뿐이다. 그는 분명 거할을 쫓았는데 거할은 이 정도의 고수가 아니다.

"거할!"

차유가 큰 소리로 거할을 불렀다. 그러자 어둠 속에서 거할이 대답했다.

"어르신, 오랜만입니다."

"어느 고인을 모셔왔는가?"

"제가 모시고 온 것이 아닙니다. 노사께서 오히려 이분들을 부르신 거지요."

"무슨 궤변인가?"

차유의 목소리가 여전히 높다. 그러자 거할이 다시 입을 열었다.

"만나보시면 제 말의 의미를 아시게 될 겁니다."

그 순간 어둡던 대청에 불이 밝혀졌다. 한 순간 어둠이 물러나고 빛이 대청에 가득 찼다. 그리고 다음 순간 차유가 입을 닫았다. 그의 말문이 막힐 수밖에 없는 인물들, 그가 가장 걱정하던 일이 현실이 되어 그의 앞에 나타났다.

"오랜만이오, 차 노!"

금무해가 차유에게 인사를 건넸다. 그러나 차유는 금무해가 아니라 석요송을 보고 있었다. 그러다 다시 피골이 상접한 거할을 본다. 침묵이 조금 더 이어졌다. 그러나 세상에 영원한 침묵은 없다.

"들었느냐?"

석요송에게 묻는 말이다.

"들었습니다."

석요송이 대답했다.

"하……!"

차유가 모든 일을 포기한 사람처럼 검을 들고 있던 손을 떨어뜨렸다.

챙그랑!

차유의 손에서 떨어진 검이 대청 바닥에 나뒹굴었다. 그러자 석요송 일행도 놀란 빛을 보였다. 설마하니 상황이 불리하다고 차유가 싸움을 포기할 줄은 몰랐던 것이다.

"검을 버린 뜻은 뭐요?"

금무해가 물었다. 그러자 차유가 대답을 하는 대신 시적시적 이쪽저쪽을 오가더니 문득 걸음을 멈추고 금무해에게 물었다.

"장로께서는 금문을 떠나실 요량이십니까?"

"그렇소."

"복수를 하시고 말입니까?"

"복수? 누구에게? 내 자신이 금문인 것을……. 후문을 죽인 것은 도주이지만 그를 도주로 만든 사람 중의 한 명이 또한 나지. 더군다나 그는 죽었지. 그런데 내가 누구에게 복수를 한단 말이오?"

"그럼 왜 이 자리에 있는 것입니까?"

차유가 물었다. 그러자 금무해가 가벼운 미소를 지으며 대답했다.

"난 아니지만 이 아이는 복수를 할 것 같아서. 그래서 갑자기 궁금해지더이다. 이 이야기가 어떻게 끝이 날지 말이오. 그래서 이 아이 곁에서 일의 종말을 구경하기로 했소."

석요송을 돕기 위해 이곳에 있다는 말이다. 금무해의 말에 차유가 고개를 끄덕였다.

"그렇겠군요. 요송과 불현이 특별한 관계이니 장로께서 이곳에 있는 것은 당연하겠지요. 하지만 결국 오늘의 일은 오직 요송과 나와의 문제가 되겠군요."

"거할, 이 친구도 포함되어야지 않겠소? 그도 수십 년을 차노에게 쫓기며 살았는데……."

금무해의 말에 차유의 시선이 거할에게로 향한다. 그러고는 거할에게 정중하게 포권을 한다.

"거할, 그대에겐 미안하이. 그러나 나로서도 도주의 명을 어길 수는 없었지. 결국 지키지 못했지만……."

그러자 거할이 대답했다.

"이해합니다. 차 노사께는 도주의 명이 곧 천명이었을 테니까요."

"음, 그리 이해를 해주니 고맙군. 자 그럼 이제 정말 요송 너와 나의 문제만이 남았구나. 아……. 널 토하곡에서 데리고 나올 때 이런 날이 올 것 같은 불길함이 있었지. 그래서 사실 난 널 데리고 나오는 일에 반대를 했었다."

"도주는 석문에 너무 많은 욕심을 냈습니다."

석요송이 대답했다.

"그랬지. 그만큼 석문이 매력적이 곳이라는 말이지. 자, 그래서 이제 어찌할 생각이냐? 금문을 향해 검을 들이밀겠느냐? 네 아버지의 복수를 하겠느냐?"

"계림혈사의 일은 과거로 묻어둘 수도 있는 일이지요. 이미 도주도 돌아가셨으니 누구에게 책임을 묻겠습니까?"

"정말… 그리 생각하느냐?"

차유의 얼굴에 생기가 돈다. 석요송이 금문을 적대시하지 않겠다면 사실 그동안 그가 거할을 쫓은 일은 전혀 쓸모없는 일이 되어버리는 것이지만 지금으로서는 그게 가장 좋은 결말이라고 할 수 있었다.

"그러나… 과거의 원한은 사라졌지만 현재의 혈원이 남아 있군요."

"그게… 무슨 말이냐?"

"천록야의 일을 잊었습니까?"

"아!"

차유가 안타까운 탄식을 흘렸다. 차유가 거할의 등장으로 잠시 잊고 있었던 일을 떠올렸다. 천록야에서 석요송을 암습했던 일, 석요송이 그 일을 입에 담았다는 것은 아마도 그 일에 자신이 관여되어 있다는 것을 알았다는 의미일 터였다.

만약에 석요송이 천록야에서 일어난 일의 전모를 알았다면 그 원인은 하나다. 하긴 이곳에 석요송이 나타난 것만으로도 일이 어떻게 돌아가고 있는지는 능히 짐작할 수 있다.

"밀영들은 어찌 되었는가?"

현림에서 석요송을 기다려 암습한다는 계획을 세운 것은 단중자다. 그리고 그 계획은 무척 그럴 듯했다. 아무리 석요송이 대단한 무공을 지니고 있다고 해도 살수들을 동원하고 밀영들이 뒤를 바치는 함정을 벗어날 것이라고는 생각지 못했던 단중자와 차유였다.

"몇은 죽고 몇은 떠났지요."

"떠나?"

밀명이 금문을 떠날 수는 없다. 그들은 자신들이 삶을 금문에 저당 잡힌 사람들이다. 죽을지언정 떠날 수는 없는 것이 밀영들이다.

"살아 있으되 한 번 죽은 자들이니 금문의 이름으로 그들을 구속할 수는 없을 겁니다."

"음……."

차유가 나직한 침음성을 흘렸다. 한 번 죽었다는 것은 석요송이 밀영들을 모두 제압했다가 살려주었다는 말이 된다. 하면 그들도 떠날 자격은 있다. 목숨을 걸고 석요송을 암습했고, 그로부터 새 삶을 구했다면 더 이상 밀영들도 금문의 수족은 아니다. 적어도 차유는 그 정도의 양심은 있는 사람이었다.

"잘됐군."

차유가 나직하게 중얼거렸다.

"그들이 떠난 것이 잘되었다는 것이오?"

금무해가 기이한 눈으로 차유를 보며 물었다. 그러자 차유가 허리를 숙여 검을 집어 들며 말했다.

"잘된 일이지요. 밀영으로 살아봐야 결국 나와 같은 인생이 되고 말 것이니 말입니다."

"도주를 모신 것을 후회하시오?"

"후회는 없습니다. 난 도주께 과분한 은혜를 입었고, 또 청도의 모든 사람이 날 존중했지요. 그러니 내 어찌 도주를 모신 것을 후회하겠습니까. 다만… 다만 다른 삶은 또 어쩌했을까 그게 궁금하기는 합니다. 금문이 아니었다면 난 어찌 살았을까 하는 것 말이지요. 밀영들은 금문에 충성을 다하고 또 다른 삶을 살 기회를 얻었으니 운이 좋은 것이지요. 음, 사실 금문의 꿈인 천 년계림의 부활이란 것이 나나 밀영들의 업은 아니지요. 우리가 본래 금씨 성을 지닌 사람들도 아니고."

차유의 말에 금무해가 의심 어린 시선으로 차유를 바라봤다.

"그게 무슨 소린가? 그대는 누구보다 금문의 대업을 위해 치 열히 움직인 사람인데……."

"금문의 대업이 아니라 도주님의 꿈을 위한 것이었지요. 도 주께서 없는 이상 계림의 부활 같은 것은 사실 내 관심사가 아 닙니다. 그럼에도 내가 거할 이 친구를 죽이려 한 것은 오로지 도주님의 마지막 유명이기 때문이었지요."

차유는 왠지 홀가분한 모습이었다. 석요송은 어쩌면 그도 밀 영처럼 지금 이 자리에서 금문을 벗어나 무림을 떠날지도 모른 다는 생각이 들었다. 그런데 석요송이 한 가지 생각지 못한 것 이 있었다. 그건 사람마다 어떤 사슬에서 벗어나는 방법이 각기 다르다는 것이었다.

"요송… 밀영에게서 모든 것을 들었겠지?"

차유의 목소리가 갑자기 커졌다.

"그렇습니다."

"이 일에 소도주는 관여하지 않았다. 그러니 소도주를 향해 검을 들지는 말아라. 이 일은 오로지 나와 단중자가 한 일이다."

"생각해 보지요."

"하나 더 부탁하자면 단중자를 벌하는 일도 한 일 년쯤 뒤로 미뤄 달라는 것이다. 단중자는 소도주에게 중요한 사람이지. 북천십이로를 완성하고 해동의 선문을 제압하려면 반드시 단중자가 필요하다. 그러니… 부탁컨대 단중자를 단죄하는 일은 그 일은 끝난 후에 해다오."

차유의 말에 힘이 서린다. 부탁이 아니라 명령처럼 느껴진다.

"그것도 생각해 보겠습니다."

"음……. 가부간에 결정을 보지 못하겠다면 내가 그 결심을 쉽게 만들어주마."

차유의 말에 석요송이 경계의 빛으로 차유를 응시했다. 말을 하면서 차유가 자신의 검을 들어 석요송을 겨눴기 때문이다. 이는 부탁하는 자의 태도가 아니다.

"뭘 하자는 것이오?"

금무해가 차갑게 물었다. 그러자 차유가 빙그레 미소를 지었다.

"작별을 하자는 것이지요. 더불어 빚을 반쯤은 갚는 것이기도 하고… 은검들에게 아량을 베푸시길!"

삭!

섬뜩한 파열음이 일어났다. 순간 장내에 붉은 혈무가 일어났다. 피는 차유의 목에서 나오는 것이었다. 스스로 자신의 목을 벤 차유가 한순간에 사경에 접어들었다.

"요송, 미안… 하다. 그러나 소도주는… 소도주는……."

차유가 더 이상 말을 잊지 못하고 그대로 바닥에 너부러졌다. 그야말로 창졸간에 일어난 일이라 누구도 차유의 행동을 막지 못했다. 이 급작스런 변고에 석요송 등은 물론 차유를 따라온

은검들조차도 당혹감으로 어쩔 줄을 몰라 했다.

"음……. 과연 차 노다."

금무해가 나직하게 중얼거렸다. 연륜이 그를 장내에서 가장 먼저 정신 차리게 한 것이다.

"독한 사람입니다."

거할이 치를 떤다.

"그러니 도주를 모셨겠지."

금무해가 대답했다. 그러고는 고개를 들어 복면을 쓴 은검들에게 말했다.

"그의 시신을 수습하라. 너희들 동료의 시신도 수습하고 물러가라. 금문을 떠나든 태상장로의 밑으로 다시 들어가든 그건 자유다. 금문을 떠나겠다면 너희는 오늘 죽은 것으로 해주마."

금무해의 말에 은검들이 잠시 멈칫하더니 이내 차유의 시신을 챙겨들기 시작했다. 그러자 금무해가 석요송을 돌아보며 말했다.

"시신을 수습하는 데는 시간이 걸릴 테니 우린 달구경이나 하지. 이런 날 잠을 잘 수도 없는 노릇이고……."

금무해의 말에 석요송이 먼저 걸음을 옮겨 대청을 벗어났다. 밤 공기가 그의 텅 빈 가슴에 차가운 한기를 몰아넣었다.

"단중자라……. 그를 어찌할꼬?"

객잔이 청송루라는 이름을 가지게 된 것은 각 별채마다 조성된 소나무 숲 때문이다. 석요송 등은 피 냄새 흐르는 별채를 벗어나 뒤쪽에 있는 소나무 숲으로 들어왔다. 그러자 거짓말처럼 비린 피 냄새가 사라지고 청량한 소나무 향이 상처 입은 가슴을 위로한다.

말을 먼저 꺼낸 것은 금무해였다. 원흉이라고까지는 할 수 없지만 석요송에 대한 암습의 책임을 묻지 않을 수 없는 단중자다. 더불어 현종을 버리는 책략은 그의 머리에 나왔을 터였다.

"그는 무슨 생각이었을까요?"

문득 금불현이 물었다.

"그게 무슨 소리냐?"

"단중자 말이에요. 사실 그는 석 가가와 제법 가까운 사이였어요. 그런 그가 왜 가가를 암습하는 일에 동의했을까요?"

금불현의 말처럼 석요송과 단중자는 함께 금령을 보필하면서 관포의 정을 나눈 것은 아니지만 그렇다고 서로를 멀리한 사이도 아니다. 그러나 석요송이 단중자의 내심을 짐작하지 못하는 것은 아니었다. 단중자가 인검으로서의 석요송을 어느 순간부터 경계하고 있었다는 것을 모를 리 없는 석요송이다.

"그가 나를 친 이유는 차 노사와는 다르지."

석요송이 입을 열었다.

"어떻게요?"

"차 노사는 내가 계림혈사의 진실을 알고 금문과 소도주의 적이 될 것을 걱정해 날 암습한 것이고, 단중자 그는 자신의 야망을 위해 날 암습한 거야."

"야망이요?"

"그래. 그는 한 사람 아래에는 있을 수는 있지만 두 사람 아래에는 있기 싫었던 거야. 아니 어쩌면 그 한 사람조차도 자신이 원하는 대로 움직일 수 있다고 생각하고 있는지도 모르지. 그런데 내가 소도주의 곁에 머문다면 그는 소도주를 자신의 생각대로 움직일 수 없어."

"그렇긴 해요. 소도주는 항상 그의 의견보다는 가가의 말을 신뢰했으니까. 아, 어쩌죠? 그를?"

금불현이 난감한 표정으로 물었다. 그러자 거할이 불쑥 입을 열었다.

"차 노사도 벤 마당에 그를 베는 것이 뭐가 문제인가?"

그러자 금불현이 고개를 저으며 대답했다.

"그게… 그렇게 간단하지가 않아요. 그는 가가의 친구분 아들이니까요."

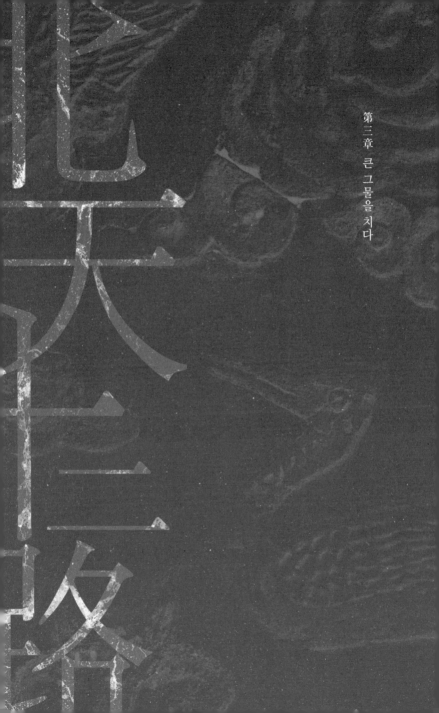

第三章 큰 그물을 치다

　석요송은 먼저 왕춘을 만나보기로 했다. 그를 만나기 전에는 단중자를 어찌 상대해야 할지 결정할 수 없었다. 왕춘의 과거에 대한 의문이 어느 순간부터 조금씩 일기는 했으나 어쨌든 그는 금문 내에서 석요송이 지켜야 할 사람 중 하나였다.

　"그를 만나기 위해선 결국 청도로 가야 하는데……."

　금무해가 석요송을 보며 말했다. 금무해가 청도로 가는 것은 아무런 문제가 되지 않는다. 그러나 석요송과 거할은 달랐다. 진실이 밝혀지기 전 그들이 청도로 들어가는 일은 위험할 수도 있었다. 그런데 그때 금불현이 입을 열었다.

　"청도로 가는 것보다는 유황곡으로 가는 것이 나을 거예요. 태상장로가 단심맹과 건곤일척의 승부를 보려는 곳이 유황이라고 했으니 아마 왕 어르신도 유황곡에 나와 있지 않겠어요?"

"음, 그도 그렇구나. 이 싸움은 금문의 모든 전력을 기울이는 싸움이니 풍운각의 조장인 그가 출도를 했을 가능성이 크겠구나."

"그러나 그 넓은 전장에서 어떻게 그를 찾는단 말입니까?"

거할이 물었다. 그러자 금무해가 대답했다.

"방법이야 간단하지. 내가 태상장로를 만나면 된다. 어차피 현종의 종성 자리를 아우에게 넘기고 은거를 하겠다는 말을 전해야 하니까."

"혼자 가시게요?"

금불현이 물었다.

"이번에는 나 혼자 만나는 게 좋겠지?"

금무해가 석요송에게 물었다.

"그게 좋을 것 같습니다."

그러자 금불현이 말했다.

"차라리 함께 가서 모든 진실을 밝히는 것은 어떨까요?"

"그건… 차 노와 한 약속을 어기는 꼴이 되니 이번에는 그저 왕춘이라는 사람을 찾는 것으로 만족하도록 하자꾸나. 지금 진실을 밝히면 금문 내에 내분이 크게 일 것이다. 그러면 패배는 자명하지. 비록 금문을 떠나기로 결심했다 해도 뿌리가 그곳인 것은 어쩔 수 없는 일 아니냐?"

금무해의 말에 금불현이 고개를 끄덕였다.

"그렇긴 하죠. 알았어요. 그럼 그렇게 하세요. 대신 유황곡 근처까지는 같이 가요."

"그렇게 하도록 하자꾸나. 북천십이문의 운명이 결정되는 싸움을 구경하는 것도 나쁘지는 않지."

*　　　*　　　*

뿌연 수중기가 가끔씩 땅에서 솟구쳤다. 유황곡은 온천이 유명한 곳이다. 곡이 깊고 험해 일반인이 찾아들기 어려운 곳이지만 계곡 곳곳에 온천이 많아 병자들이 위험을 무릅쓰고 찾아오는 곳이었다.

그러나 근 며칠 새 유황곡에 들어와 있던 사람들은 썰물처럼 곡을 빠져나갔다. 이유는 간단했다. 칼 찬 자들이 속속 유황곡으로 모여들었기 때문이다.

단심맹은 고립됐다. 유황곡의 지리에 정통한 금문의 고수들은 팔문이라고 불리는 유황곡의 여덟 개 진출입로를 완벽하게 봉쇄했다. 임황의 싸움이 패배로 끝났다는 전갈을 받고 서둘러 심양을 나와 청도로 진격하려던 조급함이 단심맹을 유황곡에 갇히게 하는 결과를 만들어낸 것이다.

금령은 희뿌연 안개가 무럭무럭 솟아나는 유황곡을 먼 산 위에서 응시하고 있었다. 그 가운데 근 칠백이 넘는 단심맹 고수들이 갇혀 있다. 고기는 온전히 그물 속으로 들어왔다. 이제 그물을 걷으면 그뿐인데 그것이 그리 쉽지 않다.

속세의 싸움이라면 단번에 대병을 몰아쳐 적을 섬멸시킬 수 있다지만 이 싸움은 속세의 싸움이 아니라 무림의 싸움이다. 단심맹의 고수들 중 유황곡의 절벽을 타고 올라 자신의 한 몸 빼

낼 만한 고수가 적지 않다. 더군다나 결사항전을 한다면 금문의 피해도 만만치 않을 것이고 그리되면 싸움에서 이겨도 결국 강호천하를 손에 넣으려던 계획은 실패할 수도 있었다. 여전히 황하 이남에는 대화련이, 고려에는 선문이 남아 있지 않던가.

승리를 취하는 것도 중요하지만 금문의 손실을 줄이는 것도 승리 못지않게 중요했다. 속세에서 병사를 보충하는 것과 무림에서 고수를 보충하는 것은 차원이 다른 문제기 때문이었다.

"바다 쪽은 어찌 되었소?"

문득 금령이 고개를 돌려 단중자를 보며 물었다. 그러자 단중자가 대답했다.

"수천종의 금백범 종성께서 적의 허리를 끊어 적들은 결국 청도 백 리 안에 들지도 못하고 일패도지했다고 합니다. 지난번에 모용가와 장백파의 바닷길을 열어준 것이 저들이 우리 쪽에 수천종이 있다는 것을 간과하는 효과를 본 것 같습니다."

"좋소. 그럼 이제 육지의 일만 끝내면 되겠구려."

"그렇습니다. 그 일도 이젠 거의 끝나가지요."

"묵철가와 빙궁은?"

"역시 요동 서부로 내려와 서로(西路)를 끊었습니다, 이제 단심맹이 움직일 곳은 없습니다. 항복을 하든, 전멸을 하든 선택을 하겠지요."

"사람을 보내시오."

금령이 명했다.

"항복을 하면 받아주시려는지요?"

"반대하는 것이오?"

"가끔은… 세상에 힘을 보여줄 필요가 있습니다. 이번에 단심맹을 전멸시킨다면 대화련이든 혹은 선문이든 결코 우리의 요구를 함부로 거절하지는 못할 것입니다."

그러자 금령이 잠시 생각에 잠겼다가 말했다.

"항복하는 방식을 잘 생각하면 피를 흘리지 않고도 금문의 위엄을 세울 수 있을 거요."

"어떤 방식을 원하십니까?"

"세 사람의 목을 요구하겠소."

그러자 단중자의 눈빛이 빛난다.

"어떤 자들을……?"

"금천명과 금자명 그리고 은올기의 목이오. 그가 살아 있다면……."

그러자 단중자가 고개를 저었다.

"금천명과 금자명은 몰라도 은올기는 어려울 것입니다. 비록 천랑원이 단심맹을 이끌고 있다고는 해도 결국 그 배후에는 은올기가 있지 않겠습니까?"

"그가 이곳에 왔을 것 같소?"

문득 금령이 다른 질문을 던졌다.

"은올기 말입니까?"

단중자가 되묻자 금령이 고개를 끄덕였다. 그러자 단중자가 고개를 저었다.

"그도 확실치가 않지요. 세작의 정보에 의하면 그는 흑사풍의 가섭몽을 혈사신보의 전인으로 지목했다고 했으니 그 대신 가섭몽이 와 있을 가능성이 큽니다."

"그렇겠지. 어쨌든 일단 이 삼 인의 목을 요구하시오. 그리고 각 파의 후예 중 우리가 지목하는 자들은 금문에 인질로 남아야 하고, 각 파에는 본 문의 사람이 파견되어 그들의 행보를 살피는 것으로……."

"받아들이기 힘든 제안입니다."

단중자가 고개를 저었다.

"글세, 과연 저들이 이 제안을 거부하고 전멸을 택할 것 같소? 아니오. 난 저들이 아마도 이 제안을 받아들이리라 생각하오. 왜냐하면 그것이 유사 이래 강호의 명문이란 자들이 패자가 나타났을 때 살아남는 방법이었으니까. 물론 한두 번 탈출을 시도하기는 하겠지. 그러나… 결국 이곳을 벗어날 방법이 없다는 것을 깨닫는 순간 결국 나의 제안을 받아들일 것이오. 일단 말을 전하시오."

"알겠습니다."

단중자가 고개를 숙여 보이고는 금령의 곁을 떠났다. 그러자 금령이 잠시 그런 단중자의 뒷모습을 차갑게 바라보다 입을 열었다.

"나서라."

순간 한 명의 그림자가 어른거리는가 싶더니 검은색 무복을 입은 사내가 그녀 앞에 부복했다.

"알아보았느냐?"

금령이 물었다. 그러자 검은 무복을 입은 사내가 대답했다.

"차 어르신은 죽었습니다."

"음……."

금령이 신음성을 흘렸다.

"그가 죽었느냐?"

"아닙니다. 스스로 목숨을 끊으셨습니다."

사내의 대답에 금령이 무겁게 고개를 끄덕였다.

"은검들은?"

"모두… 죽거나 혹은 금문을 떠났습니다. 이 소식을 전한 자 또한 일의 전모를 전했으니 자신은 마지막 의무를 다했다고 말하고는 금문을 떠났습니다."

사내의 대답에 금령이 침통한 표정을 지었다. 그러다가 분노의 빛을 보이며 다시 입을 연다.

"단중자는 어떠하다냐?"

"지금으로선 별다른 점을 발견하지 못했습니다. 아마도… 그에게 역심 같은 것은 없는 듯합니다. 다만, 그가 인검을 제거하려 했던 것은 일인지하만인지상의 위치를 원했기 때문인 듯합니다."

"하아, 일인지하만인지상이라……. 어리석은 자. 아무튼 단중자 그를 잘 살펴라. 그는 네 말대로 야망이 있는 자다. 야망이 있는 자에게 신뢰란 없다. 언제 검 자루를 돌려 잡을 지 알 수 없음이다."

"존명!"

"물러가라."

"하면 인검은……?"

"오면 만나도 아니 오면 어쩔 수 없는 일이지."

"알겠습니다."

검은 그림자가 소리없이 사라졌다. 그러자 금령이 자리에서 일어나 천천히 얼굴을 가린 은빛 가면을 벗었다. 그러고는 묵묵히 가면을 내려다보며 중얼거렸다.

"가면을 벗고 그대 앞에 서고 싶었지. 그러나 그대는 이미 나에게서 너무 먼 사람이 되었군. 불현이라면… 나쁠 것 없다. 다만 그대와 내가 검을 맞대지 않기를 바랄 뿐. 후우……! 그런데 웬 살기인가. 여전히 그를 잊지 못함인가? 불현을 선택한 그를 원망하는 건가? 후후, 어리석구나, 금령."

금령이 쓸쓸하게 미소를 지었다. 신비로운 그녀의 얼굴이 살짝 일그러진다. 자신의 마음을 다스리지 못하는 스스로에게 화가 난 얼굴이다. 그러다가 갑자기 다시 가면을 썼다.

"애써 억누를 필요가 뭐가 있겠는가? 이곳엔 벨 사람이 사방에 널려 있음인데."

금령이 도를 꽉 움켜잡고 걸음을 옮기기 시작했다.

*　　　*　　　*

"크악!"

다시 비명 소리가 터져 나왔다. 죽은 자는 천랑원 육 장로 중 제이장로인 월신이다. 월신을 벤 도가 다시 다른 사냥감을 따라 움직인다. 그러자 단심맹의 고수들이 양 떼처럼 계곡 안쪽을 밀려들어 갔다. 탈출하고자 했던 계곡으로 다시 도주해 들어오는 단심맹 고수들의 얼굴에는 공포가 가득하다.

"사람들을 물리시오."

가섭몽이 입을 열었다. 그러자 천랑원의 원주 천공극이 얼굴을 굳히며 말했다.

"이대로 물러난단 말입니까?"

연배로 보자면 한참이나 어린 가섭몽이다. 그러나 가섭몽은 은올기가 지명한 혈사신보의 적통 계승자다. 혈림이 그의 손에 있고, 그의 말 한마디면 천랑원도 멸문에 이를 수 있다.

"그럼 계속 형제들을 죽게 두잔 말이오?"

"오늘 뚫지 못하면……."

"뚫을 수 있을 것 같소?"

가섭몽의 물음에 천공극이 대답을 하지 못했다. 그도 지금 계곡의 출구를 막고 서서 전율적인 무위를 보이고 있는 금문의 태상장로 금령을 상대할 엄두가 나지 않았다.

"뒤로 물러나 다시 방책을 강구해야겠소. 모두 물러난다!"

가섭몽의 사자후가 터져 나왔다. 그러자 계곡의 출구로 몰려갔던 단심맹 고수들이 메뚜기 떼처럼 계곡 안으로 돌아왔다. 사람들이 모두 물러나자 가섭몽이 홀로 앞에 서서 멀리서 번쩍이는 도를 든 채 도도한 표정으로 이쪽을 바라보고 있는 금령을 응시했다.

"팔 하나로 부족한가?"

금령의 목소리가 들린다. 사막에서 가섭몽의 팔을 자른 사람이 금령이다. 금령이 가섭몽을 알아본 것이다. 금령의 외침에 가섭몽이 금령을 지그시 노려보다가 신형을 돌리며 소리쳤다.

"나중에 다시 뵙겠소!"

가섭몽이 계곡 안쪽으로 들어가는 것을 보면서도 금령은 그를 쫓지 않았다. 이제 단심맹 고수들은 계곡 안에서 자신들의 운명을 결정할 것이다. 금문의 그늘로 들어 올 것인지 혹은 죽음으로 자신들의 명예를 지킬 것인지.

"지낭, 난 태상장로가 두렵소이다."

홀로 단심맹의 탈출을 저지한 금령의 보고 난 후 북종의 종성이자 현 금문에서 태상장로인 금령을 제외하고는 가장 강력한 존재감을 드러내고 있는 금관유가 단중자에게 말했다. 두 사람은 금령의 사람이 되기 전부터 친분이 있었기에 평소에도 자주 왕래를 하는 편이었다.

"나도 그렇소. 태상장로의 기운은 점점 극한의 패도를 향해 가고 있소. 최근 들어서는 주위의 사람들이 태상장로님의 눈도 제대로 바라보지 못하고 있소이다."

단중자가 어두운 표정으로 말했다

"도대체 태상장로께선 무슨 무공을 수련하신 거요? 지금껏 금문의 태상장로들은 하나같이 빼어난 지모와 무공을 지니고 있었지만 지금의 태상장로님과 같은 무공과 성정을 지닌 분은 없었소. 그것도… 여인의 몸으로 말이오."

금관유가 이해할 수 없다는 표정으로 말했다. 그러자 단중자가 고개를 저으며 대답했다.

"그건 나도 알 수 없소. 그러나 한 가지 확실한 것은 태상장로께서는 지금까지 금문의 태상장로들이 수련했던 무공을 수련한 것이 아니라는 것이오. 아마도 전대 태상장로께서 새로운 무공을 얻으신 것이 분명하오. 그걸 지금의 태상장로님과 인검에게 전수한 듯하오."

"아, 인검!"

인검에 대한 이야기가 나오자 금관유가 나직하게 탄성을 흘렸다.

"무슨 소식이라도 들으셨소?"

단중자가 고개를 돌려 금관유를 보았다. 그러자 금관유가 고개를 저으며 말했다.

"그건 아니오. 지낭이 아시는 것보다도 못할 거요. 단지… 아쉬워서 그렇소. 지낭의 말처럼 인검 역시 전대 태상장로께서 얻으셨다는 그 무공을 전수받았다면 그 무위가 태상장로님에 필적할 것이오. 만약 그 두 사람이 힘을 합친다면 중원의 대화련은 물론 해동의 선문조차도 걱정할 필요가 없었을 것이오. 그런데 어쩌다 인검이 금문을 떠나서는……."

금관유가 탄식을 흘리며 은근한 시선으로 단중자를 보았다. 단중자는 인검 석요송이 금문을 떠난 이유를 알고 있지 않느냐는 의미였다. 그러나 단중자는 그런 금관유의 시선을 회피하며 입을 열었다.

"인연이 닿지 않는 사람을 아쉬워할 수만은 없지요. 애초부터 그는 금문에 오래 머물 사람이 아니었으니까. 난 그만 가봐야겠소. 태상장로께서 또 어떤 명을 내리실지 모르니."

단중자가 이미 계곡을 떠난 금령을 쫓아 서둘러 자리를 떴다. 그러자 금관유가 그런 단중자를 지그시 바라보다 입을 열었다.

"그대가 그 이유를 모르면 누가 알겠는가? 만약 태상장로께서 인검을 쳐낸 것이 아니라면 필시 그대가 인검을 떠나게 했으

리라. 그러나 모든 일이 지낭, 그대의 뜻대로 되지는 않을 것이
야. 내 꼭 인검을 만나 이 일의 연유를 캐어볼 테니가. 그때 그
대의 잘못이 드러나면 그때는 내 검을 그대의 목에 드리우겠다.
그때는 태상장로도 날 막지 못해. 적어도 석묘문 대협에 대한
의리는 지킬 정도의 자존심이 있는 나니까."

*　　　*　　　*

"그래서 결론이 뭐요? 항복을 하자는 거요?"

천공극이 눈을 가늘게 뜨며 물었다. 그러자 모용세가의 가주
모용천목이 주저하는 말투로 말했다.

"현재로서는 딱히 방법이 없지 않소이까?"

"그렇소이다. 오늘 금문 태상장로의 무공을 보지 않았소? 그
건… 사람의 무공이 아니었소."

전대 문주 이황고가 낙성곡에서 죽은 후 새로 장백파의 문주
가 된 이황검이 두려운 빛을 보이며 말했다. 세 사람은 지금 천
공극의 천막에 모여 은밀히 밀담을 나누고 있었다.

"우리가 항복을 한다 한들 과연 금문의 태상장로가 우릴 살
려두겠소? 그리고 설혹 그가 약속한대로 우릴 살려 보낸다 해도
우리가 그의 조건을 들어줄 수 있겠소? 금천명과 금자명만 해도
뛰어난 고수인데 거기에 혈사신보주의 목을 달라고 했소. 그게
과연 가능한 일이오? 이건 불가능한 조건이오."

천공극이 고개를 저었다. 그러자 모용천목이 은근한 목소리
로 천공극을 설득한다.

"금천명과 금자명을 사로잡아 금문으로 보내는 것은 어려운 일이 아니지요. 그들의 세력이라야 그리 많지 않을뿐더러 그들을 불러 술을 먹이며 산공독을 풀면 쉽게 제압할 수 있을 것이오."

"그럼 보주는 또 어쩐단 말이오?"

"그는 이미 강호를 떠난 사람이라 둘러대고 대신 가섭몽을 데리고 가면 될 것이오. 사실 지금 혈림을 움직이는 사람은 가섭몽이 아니오? 그러니 그를 내어주겠다면 금문에서도 더 이상 무리한 요구를 하지는 않을 것이오."

"아… 이렇게 비참하게 일을 처리해야 하는가?"

천공극이 자괴감이 가득한 표정으로 고개를 저었다.

"지금으로선 달리 방법이 없소이다. 만약 이 제안을 거절했다가는 우린 이 유황곡에서 문도들과 함께 뼈를 묻을 것이오. 그러고 나면 우리들의 본가인들 무사하겠소? 모든 주력이 이곳에 와 있는데……. 아마 채 석 달도 버티지 못하고 금문의 칼날 아래 멸문을 당할 것이오. 원주, 군자가 일시의 수모를 견디지 못하면 큰일을 할 수 없는 법이오. 일단 이 위기를 벗어난 후 후일을 도모합시다."

모용천목의 목소리가 간절하기까지 하다. 그러자 곁에 있던 이황검이 모용천목을 거들었다.

"나로서도 이 항복은 수치스럽기 이를 데 없는 것이지요. 형님이 낙성곡에서 금문도의 손에 돌아가셨는데 이제 와서 항복을 하는 것은 죽기보다 어려운 일입니다. 그러나 제 자존심을 세우자고 문도들을 죽음으로 몰아넣을 수는 없지 않겠소이까?"

이황검까지 나서자 천공극도 더 이상 거절치 못하고 고개를 끄덕였다.

"좋소이다. 그럼 금문의 제안을 수락하기로 합시다. 그러나 무척 조심해야 하오. 혹시라도 혈림주가 눈치를 채는 날에는 오히려 우리가 당하게 될 것이오."

"이를 말이오. 이 일에 우리 세 문파의 명운이 걸렸으니 신중에 또 신중을 기해야 할 거요."

모용천목이 고개를 끄덕였다.

*　　　*　　　*

일행이 놀라운 소식을 들은 것은 단심맹의 고수들이 유황곡에 갇힌 지 육일째 되는 날이었다. 그날 마침 석요송 일행은 유황곡이 내려다보이는 경계에 도착해 있었다.

"전쟁이 끝났다니 그게 무슨 밀인가?"

금무해에게 그 놀라운 소식을 전한 사람은 마풍 모길이었다. 금무해가 나타났다는 소식을 듣자마자 마풍 모길이 그를 마중했기 때문이었다. 그런데 그는 금무해를 마중하는 것만이 아니라 이 커다란 싸움이 끝났음을 함께 전했다.

"싸우지 않고 이겼으니 상책의 승리를 거둔 것이지요."

마풍 모길이 흐뭇한 미소를 지으며 말했다. 그러면서도 그는 가끔 자신의 이야기에 관심이 없어 보이는 석요송의 기색을 살폈다.

"자세히 좀 말해보시게."

금무해가 모길을 다그쳤다. 그러자 모길이 정색을 하며 말했다.

"천공극과 모용천목 그리고 이황검이 금자명과 금천명 그리고 현 혈림의 림주인 가섭몽을 사로잡아 투항을 했습니다."

"뭣? 항복을 했다고?"

"그렇습니다. 유황곡에 갇혀서는 더 이상 버틸 힘이 없었던 것이지요. 해서 이 싸움은 아주 싱겁게 끝나고 말았습니다. 이 제 드디어 북천십이문이 하나가 된 것이지요. 우리 금문의 이름으로 말입니다. 하하하!"

모길이 기분 좋게 웃음을 터뜨렸다. 그러다가 무심한 석요송과 거할의 표정을 보고는 이내 웃음을 멈췄다.

"인검, 태상장로께서 뵙기를 원하시네."

그러자 석요송이 모길을 보며 말했다.

"북천십이로를 완성하신 것을 축하드린다고 전해주십시오."

"태상장로님을 뵙지 않겠다는 것인가?"

"언젠가 뵙게 되겠지만 지금은 아닙니다."

"뭘 기다리는 건가?"

그러자 석요송이 입을 닫았다. 그러나 마음속으로는 마풍 모길의 말에 답을 했다.

'모든 것이 좀 더 명확해 진 이후에……'

분위기가 어색해지자 금불현이 불쑥 물었다.

"그분은 잘 계시나요?"

"누구 말이신가?"

모길도 석요송과의 불편한 대화가 끝나는 것이 반가운지 얼른 금불현의 물음에 반응했다.

"왕춘 어른 말이에요. 지금도 풍운각의 조장으로 있으신가요?"

"웬걸, 그 사람 풍운각 떠난 지 오래네."

"네? 그게 무슨 말씀이죠?"

금불현도 무심했던 석요송도 조금 놀란 표정으로 고개를 돌린다. 그러자 모길이 두 사람의 의문을 쉽게 풀어준다.

"그는 이제 풍운각이 아니라 호천단의 사람이네."

"호천단이요?"

다시 두 사람이 놀란다. 호천단은 금령이 금문의 권력을 장악하기 위해 만든 자신의 친위대다. 그래서 대부분의 사람들이 젊은 축에 속하는 사람들이었고, 그 연고도 확실했다. 그런데 그런 호천단에 왕춘이 들어갔다는 것은 생각지도 못한 일이었다.

'왜 호천단일까?'

석요송의 머리가 실타래처럼 얽혔다. 왕춘은 처음부터 금문의 권력에는 관심이 없는 사람이었다. 단지, 단취월을 만나기 위해 청도로 들어왔고, 또한 좀 더 수월하게 그녀를 찾기 위해 풍운각의 일원이 된 왕춘이었다. 그런 그가 지금에 와서는 금문 권력의 핵심이라는 호천단에 들었다는 것은 정말 뜻밖의 일이 아닐 수 없었다.

"그럼 그분도 이곳에 와 계시겠네요?"

금령이 물었다.

"그렇다네. 이번 싸움이 워낙 중요했던 지라 대부분의 호천단원들이 태상장로님을 호종해 이곳에 왔네."

"그렇군요."

"그에게 기별을 넣을까?"

서먹한 관계를 풀 기회를 잡았다는 듯이 모길이 석요송을 보며 물었다. 그러자 석요송이 고개를 저었다.

"아닙니다. 잘 계시다면 족하지요."

"알았네. 후우……. 종성님, 그럼 지금 가실까요?"

모길이 금무해를 보며 물었다. 그러자 금무해가 고개를 끄덕였다.

"그럽시다. 어차피 태상장로도 이곳에 오래 머물 수는 없을 테니까. 다녀오겠다."

금무해가 석요송과 금불현을 번갈아 보며 말했다. 그러자 금불현의 입에서 생각지 못한 말이 불쑥 튀어나왔다.

"조심하세요."

순간 모길의 표정이 굳어졌다. 금문의 장로가 태상장로를 만나러 가는데 조심하라니. 이는 곧 금무해 일행이 태상장로를 경계하고 있다는 말이 된다. 물론 모길도 이번 싸움에서 임황의 현종이 어떤 처지였는지 잘 알고 있었다. 그러나 그렇다고 현종의 사람들이 태상장로를 적대시할 거라고는 예상하지 못한 모길이었다.

"가시지요."

모길은 본래 금문에 대한 충성심이 남다른 사람이었다. 그는 금문의 대업을 위해 자신의 목숨쯤은 여벌이 있다면 한두 개 더 바칠 수도 있는 사람이었다. 그런 그의 눈에 금문의 대업을 위해 희생되었다고 금문에 대해 적대감을 가진 금무해 일행이 탐

탁해 보일 리 없다. 모길의 재촉에 금무해가 씁쓸한 미소를 지으며 걸음을 옮겼다.

스슥!

석요송이 금문의 진중을 걸었다. 그러나 누구도 그를 알아보지 못했다. 변복을 했기 때문이기도 하지만 그의 걸음이 너무 빨라서 누군가에게 자신을 자세히 볼 기회를 주지 않았기 때문이다.

사방 수천 리 밖에서까지 고수들이 모여들었으므로 금문의 진영은 마치 대전(大戰)을 치르는 병영과도 같았다.

더군다나 기이하게도 유황곡에 모이는 금문의 세력은 싸움이 일어나기 전보다도 싸움이 끝난 후에 오히려 그 숫자가 많아졌다. 북천십이문을 일통한 금문의 위명이 천하를 진동시키고 있었다. 천랑원과 모용세가 그리고 장백파의 수장들이 금문의 배신자와 혈림의 수장 가섭몽을 생포해 항복한 일이 강호인들에게 전쟁에서 승리한 것보다 더한 충격을 주었던 것이다.

그 때문인지 단심맹과 금문의 싸움을 수수방관하며 무림의 향배를 지켜보던 자들이 금문과 인연을 맺기 위해 뒤늦게 유황곡으로 몰려들고 있었다.

금문은 유황곡에서의 승리를 최대한 이용했다. 그들은 청도로 돌아가지 않고 유황곡 근방에 거대한 진영을 구축한 후, 그곳에서 금문의 승리를 축하하고자 찾아오는 천하의 무인들을 만났다. 어쩌면 승리의 터전인 유황곡에 머묾으로써 북천십이문의 패자로서의 위세를 좀 더 명확하게 드러내고자 하는 의도

인지도 몰랐다.

그렇게 넓어진 금문의 진영에는 일천이 넘은 사람을 북적였다. 패한 자들을 심양의 모용세가에 머물게 했음에도 불구하고 유황곡은 사람으로 넘쳤다. 그래서 개중 일부는 이 유황곡에 새로운 금문의 터전이 세워질 것이라고 말하기 시작했다.

그 이야기가 아주 허무맹랑한 것이 아니어서 청도는 북천십이문을 일통한 금문의 본거지로는 너무 좁았고, 금산은 천하의 중심에서 너무 멀리 있었다. 이제 금령은 자신만의 새로운 터전을 세울 때가 되었던 것이다.

그러나 그 모든 일들은 석요송의 관심사가 아니었다. 석요송의 관심은 오직 왕춘에게 닿아 있었다.

최근 들어 호천단는 금문의 중추가 되어 있었다. 처음 청도를 떠나 북천십이로의 장도에 올랐을 때 호천단의 숫자는 겨우 오십여 명 안쪽이었지만 지금은 그 숫자가 이백에 달하고 있었다.

더군다나 호천단에 속한 고수들 하나하나는 각 종파의 자제들로 이뤄져 있어서 그 위세가 다른 집단에 비할 바가 아니었다. 덕분에 초기에 호천단에 든 사람들은 이제 금문에서 남들이 넘볼 수 없는 존재가 되어 있었다. 그래서 금령이 후계자의 자리를 놓고 금산으로 출발할 때 호천단에 들어올 기회가 있었음에도 그 기회를 거부했던 자들은 손에 넣었던 권력을 놓쳤다는 상실감에 술로 밤을 새는 자가 적지 않았다.

그 호천단의 막사가 금령의 막사를 둥글게 둘러서 있었다. 숫자는 대략 오십여 채, 각 막사에 밝힌 불로 일대는 대낮처럼 환하다.

석요송은 둥글게 둘러선 막사들 중 동쪽에서 세 번째 막사를 주시했다. 그곳에 왕춘이 머물러 있다. 우풍사 모길이 전한 말이니 정확하리라. 그런데 막상 그를 만나려 하니 이상하게도 주저하는 마음이 생겼다. 그건 왠지 모를 불안감 같은 것이었는데 왕춘을 다시 만나는 순간 또다시 헤어 나올 수 없는 질곡의 인연 속으로 빠져들 것 같은 예감 때문이었다.

그러나 또한 아니 만날 수도 없다. 석요송이 결심을 굳히고 왕춘의 막사를 향해 걸어갔다. 그런데 그때 문득 석요송보다 먼저 왕춘의 막사로 들어가는 사람이 있었다. 단중자다.

석요송의 신형이 한순간 검은 그림자로 변했다. 그러더니 왕춘의 막사와 다른 호천단원의 막사 사이에 드리워진 그늘에 유령처럼 나타났다. 주변에 번을 서는 무사들이 제법 있었으나 그 누구도 석요송의 모습을 발견하지 못했다.

그때 문득 막사 안에서 사람의 목소리가 들렸다. 모기 소리만큼 작아 웬만한 사람은 들을 수 없는 목소리였으나 공력을 돋우자 석요송의 귀에는 명확하게 막사 안의 사람들이 나누는 대화가 들려왔다.

"그는 오지 않았다고?"

"그렇습니다."

묻는 자는 왕춘이고 대답하는 사람은 단중자다. 둘 사이의 목소리에 무척 친밀감이 느껴진다.

"음……. 일단은 다행이구나."

"하나, 금무해가 왔지요. 그가 인검과 함께 있었으니 필시 금무해도 이 일의 전말을 모두 알고 있을 것입니다."

"차 노는?"

"여전히 소식이 없습니다. 아마도……."

단중자가 말꼬리를 흐렸다.

"죽은 것 같더냐?"

"그런 모양입니다. 은검들도 더 이상 모습을 보이지 않습니다. 거기에 거할이 왔지요. 거할이 오고 그가 오지 않았다면 역시 차 노사는 죽은 것입니다."

단중자가 단정적으로 말했다. 석요송은 그의 말을 듣고 살아남은 은검들이 금문으로 돌아오지 않았다는 것을 알았다. 만약 은검들이 돌아왔다면 필시 차유의 죽음이 단중자에게 알려졌을 터인데 단중자는 그 사실을 모르고 있었다.

막사에서 들려오던 소리가 잠시 멈췄다. 지루할 정도의 침묵이 이어지다가 왕춘의 목소리가 들려왔다.

"어머니는 여전히 청도에서 나오지 않겠다고 하시느냐?"

"예, 아버님!"

순간 석요송이 눈이 반짝였다. 단취월이 금산 금옥을 떠나 청도에 와 있는 것이다.

"음……. 하루빨리 청도를 벗어나 있어야 한다. 언제 무슨 일을 당할지도 몰라."

"저도 그 걱정을 하고 있습니다만 어머니께서 완강하시니……."

"중자야."

"예, 아버님."

"애초에 시작하지 않았다면 모를까. 이미 엎질러진 물을 다시 담을 수는 없다. 태상장로는 인검에 대한 정이 남다른 사람이다. 비록 겉으로는 차갑고 패도적인 기운을 풍기지만 태상장로도 여자다. 내가 그간 지켜본 바에 의하면 태상장로는 요송, 그 친구에 대해 특별한 감정을 가지고 있는 것이 분명해. 그건… 네가 얻을 수 없는 것이다."

왕춘의 말에 단중자가 아무런 대답이 없다. 그러자 왕춘의 한숨 소리가 들린다.

"휴우……. 연정의 바다란 헤어 나올 수 없지. 그러나 넌 현명한 아이니 감정을 버리진 못해도 일의 선후를 가늠할 수는 있을 것이다."

"알고 있습니다."

"이제 이 문제는 생사의 문제다. 우리에겐 세 가지 길이 있다. 하나는 태상장로가 너와 차 노사가 인검에게 한 일을 모두 알게 되었을 때 그것이 금문과 태상장로를 위한 길이었다고 말하고 태상장로의 처분을 기다리는 것. 그런데 내 생각에는 아마 그녀는 필시 너를 죽일 것이다."

"저도 그리 생각합니다."

단중자가 침통하게 대답한다.

"두 번째는 다시 사람을 보내 인검을 죽이는 것, 그러나 이는 이미 늦었다고 할 수 있다. 인검 하나만이 문제가 아니라 그의 곁에 있는 사람들을 모두 제거해야 하는데 이미 금무해가 태상장로를 만났으니……."

"그렇지요."

단중자가 순순히 왕춘의 말에 동의했다. 그러자 왕춘이 다시 입을 열었다.

"그러니 이제 남은 방법은 하나다."

"아……. 정녕 그 방법뿐일까요?"

"내 머리로는 그렇다. 네겐 다른 방도가 있느냐?"

왕춘의 물음에 다시 단중자의 침묵이 이어진다. 그러다가 문득 왕춘에게 물었다.

"한 가지 여쭙고 싶은 게 있습니다."

"뭐냐?"

"혹 아버님은 처음부터 어머님을 찾을 목적이 아니라 이 일을 하기 위해 청도에 오신 것이 아닙니까?"

단중자의 질문에 이번에는 왕춘이 침묵한다. 그러다가 무겁게 대답했다.

"부인하지는 않겠다. 그러나 취월을 찾는 일 또한 내겐 중요했다. 그렇지 않다면 내가 자진해서 그 긴 세월 동안 청도에 들기 위해 노력하지는 않았을 게다."

"하긴, 그렇군요. 다른 사람이 해도 되는 일이지요."

단중자가 대답한다.

"결정하거라. 시간이 없다."

왕춘이 단중자를 다그친다. 그러자 단중자가 한숨을 쉬며 말했다.

"어쩔 수 없지요. 길이 하나이니 아니 갈 수 없지요."

"좋아. 그럼 일을 진행하겠다."

"이번에는 실수가 없어야 할 겁니다."

"걱정 말거라. 내가 그리 허술한 사람은 아니다."

두 사람의 대화가 끝나고 석요송은 어둠 속에서 왕춘의 막사를 나서는 단중자를 바라봤다. 그는 그 자리에서 단중자가 완전히 사라질 때까지 움직이지 않았다. 사람들의 이목이 두려워해서는 아니었다. 그는 깊은 고민에 빠져 있었던 것이다.

'그는 누구일까?'

새삼스레 왕춘에 대한 의문이 솟구친다. 그가 단중자에게 자신이 그의 아비임을 밝힌 것은 크게 놀랄 일이 아니다. 언제가 되었든 그 일을 밝혀질 일이었다. 그런데 지금 그와 단중자의 대화를 들어보면 석요송이 모르는 또 다른 비밀이 왕춘에게 있는 것이 분명했다.

'뭘까?'

석요송의 걸음이 망설여진다. 왕춘을 만나러 온 길이지만 그는 과거의 왕춘이 아니다. 진실을 말하지 않은 인연은 결국 악연으로 귀결된다. 석요송이 왕춘의 천막을 뚫어지게 바라보다가 천천히 신형을 돌렸다. 그러고는 서너 걸음 발길을 옮기다가 문득 고개를 갸웃했다.

"아니, 어쨌든 만나는 봐야지."

이렇게 돌아간다면 아무것도 해결되는 일은 없다. 단중자에게 칼을 들이댄다고 해도 마음 한구석에 왕춘으로 인한 껄끄러움이 남아 있을 것이다. 악연이라면 악연임을 직접 확인하는 것이 나중을 위해서도 좋다. 석요송이 성큼성큼 걸음을 옮겨 서슴없이 왕춘의 막사로 들어갔다.

왕춘은 단출한 탁자를 앞에 두고 통나무를 잘라 만든 나무 의자에 앉아 있었다. 그러다가 석요송이 불쑥 안으로 들어가자 탁자 아래에 있던 그의 손이 번개처럼 움직였다.

쐐아액!

날카로운 파공음과 함께 한 자루 비도가 석요송의 이마를 향해 날아왔다. 그 속도가 벼락처럼 빨라서 석요송조차도 겨우 비도를 피해냈다.

삭!

왕춘이 날린 비도가 석요송의 머리카락 몇 올을 자르고 지나갔다. 뒤이어 왕춘의 신형이 탁자를 날아 넘었다. 그러고는 일체의 군더더기 없는 초식으로 검을 들어 석요송의 가슴을 찔렀다.

'역시 무공도 숨기고 있었어!'

석요송이 내심 탄식을 흘렸다. 왕춘의 검은 그가 석요송과 함께 여행하던 시기의 검이 아니었다. 그때도 물론 왕춘은 이미 어떤 싸움터에서도 죽지 않는다 하여 불사자란 별호를 얻었던 때이지만 그 누구도 그것이 그의 무공 때문이라고는 생각지 않았다. 단지 억세게 운이 좋은 노인네라는 것이 금문도들의 평가였다.

그런데 지금 석요송을 공격하는 이 일초의 검식을 보니 그가 불사자가 된 것은 바로 그의 숨겨진 무공 때문이었다.

석요송이 한 발을 옆으로 틀며 신형을 비틀었다.

팟!

왕춘의 검이 매섭게 석요송의 옷자락을 자르고 지나간다. 순간 석요송이 재빨리 일권을 뻗어 검을 쥔 왕춘의 팔을 때렸다. 벼락같은 반격에 왕춘이 대경하면 몸을 비틀었다. 그러자 석요송과 왕춘의 신형이 스치듯 지나쳤다. 그 순간 석요송이 지나쳐 가는 왕춘의 등을 향해 강하게 팔꿈치를 밀어 넣었다.

퍽!

"욱!"

왕춘의 입에서 신음성이 터져 나왔다. 동시에 그가 다급하게 두어 바퀴 바닥을 굴렀다. 그러고는 오뚜기처럼 바닥을 차고 일어나 재빨리 검을 앞으로 당겨 석요송을 겨눴다. 그 순간 두 사람의 시선이 마주쳤다.

"자, 자네……!"

"제가 어르신을 잘 몰랐던 것 같군요."

석요송이 무심하게 입을 열었다.

第四章 암중혈투

석요송과 왕춘은 서로를 응시한 채 한동안 말이 없었다. 과거의 정을 생각하자면 어색한 일이다. 두 사람은 함께 사선을 넘었고, 청도에 들어서는 유일한 친구였으며, 석요송이 천록야에서 실족하기 전까지는 금문 내에 가장 든든한 후원자들이었다.

그런데 지금 두 사람 사이에는 기이한 긴장이 흘렀다. 서로에게 예전처럼 다가설 수 없는 이유는 두 사람 모두 알고 있었다. 그들 사이에 단중자가 있었다. 그리고 거기에 더해 왕춘이 석요송에게 내보였던 자신의 모습은 그의 진실한 모습에 오 할도 되지 않는 것 같았다.

"앉게."

왕춘이 가볍게 한숨을 쉬며 석요송에게 자리에 앉기를 권했다. 그러자 석요송이 시선을 왕춘에게 둔 채 자리를 잡고 앉왔다.

"언젠가 올 줄은 알았지만 오늘일 줄은 몰랐군."

"저도 어르신을 호천단의 막사에서 뵙게 될 줄은 몰랐군요."

"그 아이와 좀 더 가까이 있고 싶었네."

"부자지간임을 알리셨군요. 호천단에 속하려면 그의 도움이 필요했을 테니까요."

석요송이 짐짓 아무것도 모른다는 듯 말했다.

"그렇다네."

왕춘이 부인하지 않고 고개를 끄덕였다. 그러자 석요송이 다시 물었다.

"그가 한 일을 알고 계십니까?"

순간 왕춘의 표정이 어둡게 변했다. 석요송을 암습한 일을 어찌 모를까.

"그 일로… 무척 다투었다네."

"제가 어찌하길 바라십니까? 과거의 인연을 생각해 어르신께 지낭을 어찌할지 상의를 드리러 온 것입니다."

석요송의 말에 왕춘이 나직하게 침음성을 흘렸다. 그러다가 정색을 하며 물었다.

"한 번만, 한 번만 이 일을 묻어둘 수 없겠나? 중자, 그 아이가 한 일은 물론 씻을 수 없는 죄이지만 그래도 자넨 살아 있고, 그 일로 자네가 원하는 대로 금문을 떠나 자유의 몸이 되었으니……."

"그렇긴 하지요. 사실 그 부분에 있어서는 그에게 고마운 생각도 듭니다. 그러나… 제가 잊으려 해도 그가 절 계속 세상으로 불러내는군요. 이번에도 그에 의해 제가 강호로 나온 것이지요. 전 다시 그의 계책에 따라 움직이고 싶지는 않습니다. 그런 일을 방비하기 위한 가장 좋은 방법은… 역시 그를 베는 것이지요. 죽은 다음에야 어떤 일도 꾸밀 수 없을 테니까."

순간 왕춘이 화들짝 놀라며 급히 손을 저었다.

"그, 그러지 마시게. 내 약속함세. 이제 다시는 중자 그 아이가 자네를 두고 계책을 꾸미는 일은 없을 걸세. 만약 그런 일이 다시 일어난다면 그땐 내가 그 아이를 베겠네."

순간 석요송이 씨익 미소를 지었다.

"과연 부모의 정은 무서운 것이군요. 어르신께서 그런 허언을 다 하시고……. 과연 어르신께서 지낭을 베실 수 있겠습니까?"

"그, 그건……."

왕춘이 말을 얼버무린다. 그러자 석요송이 잠시 침묵을 지키며 왕춘을 뚫어지게 바라보다 불쑥 다시 물었다.

"어르신의 무공, 어찌 된 겁니까?"

석요송조차도 일순 위기에 빠뜨린 왕춘의 무공은 의문이 아닐 수 없었다. 아마도 그 무공의 연원을 알면 왕춘의 진실한 정체를 알 수 있을 것이다. 석요송의 질문에 왕춘이 고개를 저었다.

"미안하이. 말해줄 수 없네."

"알겠습니다. 그럼 하나만 더 묻지요. 제가 어르신에 대해 알고 있는 것은 오르신의 본래 모습에 오 할은 됩니까?"

순간 왕춘이 움찔했다. 석요송이 자신의 근본적인 정체에 의문을 품기 시작했다. 이건 위험한 일이다.

"칠 할은 된다고 해두지."

"다행이군요. 오 할은 넘었으니. 칠 할이라면 거짓보다는 진실이 많군요. 그런데 나머지 삼 할의 거짓이 혹 칠 할의 진실을 한 번에 뒤엎을 만한 것이 아닙니까?"

"자네……!"

왕춘이 이 와중에도 서운한 기색을 내비쳤다. 그러자 석요송이 정색을 하며 말했다.

"지낭과 그 어머님을 데리고 금문을 떠나십시오. 오늘 태상장로가 지낭이 한 일을 알게 될 것입니다. 물론 당장 지낭을 불러 목을 벨지, 혹은 여전히 아직은 쓸모가 있으니 나중에 그 책임을 물을지 모르지만 언젠가는 반드시 태상장로가 지낭의 목을 벨 겁니다. 날 암습했다는 이유 때문이 아니라 태상장로 모르게 사람을 움직였다는 이유 때문에 말입니다. 태상장로는 패도의 무공을 익힌 사람입니다. 패도를 걷는 사람은 자신의 권위에 도전하는 그 어떤 것도 용납하지 않지요."

석요송의 제안은 그로서는 큰 양보를 한 것이었다. 왕춘이 아니었다면 그는 금령의 동의와 상관없이 단중자를 베었을 것이다.

"시간이 필요하네."

"그사이 아드님의 목이 잘릴 지도 모릅니다."

그러자 왕춘이 고개를 저었다.

"태상장로는 쉽게 그 아이를 베지 못해. 비록 북천십이문을 일통했다고 해도 지금은 강호의 정세가 혼미하네. 이 모든 일을 매끄럽게 마무리 지어 북천십이문을 온전히 금문의 힘으로 만들 수 있는 사람은 지금으로서는 오직 중자 그 아이뿐이네. 그러니… 태상장로에게는 아직 중자의 쓰임이 남아 있는 거지. 물론 그도 겨우 몇 개월이겠지만. 그런데 그 이후에도 또한 태상장로는 중자를 베지 못할 걸세."

"어떻게 확신하십니까?"

"태상장로의 야망이 북방의 무림에 한정되었다면 북천십이문을 얻는 것을 끝으로 중자를 베겠지. 그러나 태상장로의 눈은 고려와 송을 바라보고 있네. 둘 모두 북천십이문을 얻는 것만큼이나 어려운 일이지. 그 일에 중자가 필요할 걸세."

왕춘의 말에 석요송이 고개를 저었다.

"세상에 대체할 수 없는 사람은 없습니다. 더군다나 금문에는 깨알처럼 많은 고수들과 인재들이 있지요. 지낭을 베면 또 다른 모사가 태상장로를 돕게 될 것입니다. 그것이 세상의 이치인데 그 이치를 태상장로가 모를 거라 생각하십니까?"

석요송의 지적에 왕춘의 얼굴이 어두워졌다.

"하긴 그렇지. 금문이라는 바다에 어찌 인재가 중자 하나뿐이랴. 알겠네. 자네의 충고대로 하지. 하지만 그래도 달포는 시간이 있어야 할 것 같네. 취월이 청도를 떠나려 하지 않아."

"그분도 자식의 목숨이 경각에 달려 있다면 생각이 달라지겠지요."

"만약 우리가 떠나지 않겠다면 어찌하겠나? 태상장로도 중자를 용서하고."

"그리된다면 제가 지낭을 벨 것입니다. 제가 그의 목숨을 살려두는 것은 오로지 어르신과의 인연 때문입니다. 그런데 그 인연의 무게가 지낭이 야망을 실현하는 것까지는 감당하지 못합니다. 조용히 강호를 떠나는 것으로 대가를 치르게 하십시오."

그러자 왕춘이 천천히 고개를 끄덕였다.

"알겠네. 그리하겠네."

"믿고 가겠습니다."

"술이라도 한잔하고 가게."

"술을 마실 상황은 아니지요. 그럼!"

석요송이 가볍게 고개를 숙여 보이고는 그 자리에서 사라졌다. 그 신법의 표홀함에 왕춘이 나직이 탄성을 흘리며 말했다.

"휴, 그사이 무공이 더 늘었군. 무서운 사람이야. 그래도 다행이지. 야망을 품지 않고 있으니. 그랬다면 우리의 인연도 끝이 좋지 못했을 것이네."

*   *   *

"그럼 대업을 이루십시오, 태상장로!"

금무해가 정중하게 금령에게 포권을 해 보였다. 그러고는 신형을 돌려 천천히 화려한 금장으로 이뤄진 금령의 막사를 벗어났다. 그러자 금령이 목소리로 높여 한 사람을 불렀다.

"호천단주!"

"예, 태상장로님!"

호천단주 범교가 굴강한 모습으로 천막 안으로 들어왔다. 몇 년 사이 그는 좀 더 노련하고, 좀 더 강한 고수가 되어 있었다.

이제 그는 금문에서 장로들보다도 강력한 힘을 지닌 실세였다.

"지낭을 불러오시오."

"알겠습니다."

범교가 고개를 숙여 보이고는 자리를 떴다. 그러자 금령이 한참을 고민하다가 도를 뽑았다. 시퍼런 도신이 한기를 뿌린다. 적의 피만을 묻혀왔던 도다. 그런데 이제 자신의 사람을 베야 할지도 모른다.

"그런데 그는 왜 오지 않은 걸까?"

금령이 문득 고개를 갸웃했다. 금무해로부터 석요송에게 일어난 모든 일을 들었다. 그리고 내심 크게 실망한 금령이었다. 차유와 단중자가 밀영을 동원해 자신을 암습했다면 필시 돌아와 그 일의 진상을 말해줘야 하는 것이 아닌가. 이미 그녀 스스로 그 일의 전모를 어렴풋이 짐작하고 있었지만 그녀는 석요송이 돌아와 주기를 바랐다. 그가 와서 자신을 원망하고 단중자를 베기를 바랐다. 그러나 그는 그녀를 만나러 오지 않았다.

이것은 오히려 그가 돌아와 분노를 터뜨리는 것보다 더한 아픔이다. 아예 그녀의 존재를 지우고자 함이 아닌가.

"후웃!"

금령이 번개처럼 도를 휘둘렀다. 그러자 그녀의 도에서 만들어진 서늘한 도기가 허공에 내천자(川)를 그려낸다.

펄럭!

그녀의 도기에 천막의 입구가 잘려져 나갔다. 시원한 바람이 불어온다. 그리고 잘려 나간 천막의 입구에 어느새 당도한 단중자가 머리를 땅에 대고 부복해 있다.

"뭘 하는 거요?"

금령이 차갑게 물었다.

"죄를 청합니다."

단중자가 짧게 대답했다. 그러나 전혀 겁을 먹지도 비굴하지도 않은 목소리다.

"참으로 대단한 지낭이오."

금령이 무심하게 말했다.

"죽여주십시오."

단중자가 다시 이마를 땅에 댄다. 그럼에도 그가 비루하단 생각이 들지 않는다. 단중자의 태도는 당당했다. 그런 단중자를 한참 동안 노려보던 금령이 태사의에 몸을 실으며 말했다.

"들어오시오."

금령의 명이 떨어지자 단중자가 땅에서 일어나 금령의 막사 안으로 들어왔다. 그러고는 금령의 앞에 다가와 다시 무릎을 꿇는다.

"차 노가 죽은 것은 알고 있소?"

"짐작은 하고 있었습니다."

"흠, 듣자하니 스스로 목숨을 끊었다고 하더구려."

"그… 랬군요. 역시 인검은 강하군요."

단중자가 마치 남의 일을 말하듯 말했다.

"그대는 스스로 목숨을 끊을 생각이 없소?"

금령의 말에 단중자가 보이지 않게 몸을 떤다. 그러고는 천천히 고개를 저었다.

"지금은 그럴 생각이 없습니다."

"지금은 그럴 생각이 없다라……. 그럼 나중에는 그럴 수 있소?"

"금문이 송의 대화련을 치고, 고려의 선문을 베어 천하무림을 일통한 후에는 기꺼이 목숨을 내놓겠습니다."

"그대는 금씨 혈족도 아닌데 어째서 이토록 금문의 업에 집착하는 것이오?"

"사내로 태어나 천하를 꿈꾸었으면 그 결과를 보아야지요. 솔직히 말씀드리자만 금문은 제게 중요하지 않습니다. 제게 금문은 단지 군림천하의 꿈을 실현해 줄 수단일 뿐이지요. 제게 무림천하를 굽어보겠다는 꿈이 생긴 이후 금문의 대업은 금문만의 것이 아니었습니다. 다른 의미로 저 지낭 단중자의 꿈이기도 했습니다."

"후우……. 그대의 배포가 대단하다는 것은 알았지만 내 앞에서 금문이 한낱 자신의 야망을 실현하기 위한 도구일 뿐이라고 말할 정도인줄은 몰랐군."

"죄송합니다."

단중자가 머리를 조아린다.

"아니오. 그런 그대의 마음이 최선의 계책을 뽑아내는 것이겠지. 그런데… 인검은 왜 죽이려 한 거요?"

금령의 물음에 단중자가 망설이는 듯하다 입을 열었다.

"그 일을 처음 제안한 사람은 차 노사셨습니다."

"차 노라……. 이유는?"

"계림혈사를 언급하시더군요. 계림혈사의 진실이 밝혀지면 인검이 필시 금문에 반하는 일을 할 거라며 그전에 그를 제거하자 하셨습니다."

"그대는 그 생각에 동의했고?"

"그렇습니다."

단중자가 순순히 고개를 끄덕였다. 그러자 금령이 그런 그를 한참 응시하다 물었다.

"다른 이유는 없소?"

금령의 물음에 단중자가 한동안 침묵을 지켰다. 그러다가 결심을 한 듯 고개를 들고 말했다.

"오직 그 이유 때문은 아니었습니다. 솔직히 말하자면 전 인검이 계림혈사의 일을 알아도 금문에 반기를 들 거라고는 생각지 않았습니다."

"그럼 왜 그를 암습한 거요?"

"두 가지 이유가 있습니다. 그 하나는 태상장로님을 위한 것이었습니다. 천록야에서 빙궁과 묵철가를 복속시킨 것은 사실 오로지 인검의 공입니다. 당시 인검에 대한 금문도들의 신뢰는 최고조에 달해 있었습니다. 만약 그 상태로 북천십이로가 완성되면 그의 존재감은 태상장로님에게 버금가게 될 것이라 생각했습니다. 그가 존재하는 한 태상장로께서 도를 들고 적을 벨일은 없을 것이니 더더욱 그의 무위가 부각되겠지요. 그런 상태에서 계림혈사의 일이 금문도들에게 알려지면 그중 필시 인검을 세워 금문의 수장으로 삼으려는 자들이 나올 것이라 생각했습니다."

"그는 석씨요. 더군다나 그에겐 야심이 없지."

"나무는 고요하려 해도 바람이 나무를 흔드는 법입니다. 그리고 석씨라는 것도 문제가 되지 않지요. 애초에 석씨도 계림의 황통과 연결되어 있지 않습니까?"

"그러니까 오로지 나를 위해 행한 일이다?"

금령이 차게 물었다. 그러자 단중자가 고개를 저었다.

"이유가 이것 하나라면 태상장로님을 위한 일이었다고 할 수 있겠지요. 그러나 두 번째 이유 때문에 도저히 그렇게 말씀드릴 수는 없습니다."

"두 번째 이유는 뭐요?"

"두 번째 이유는 제 개인의 야망 때문입니다. 전 인검이 없어도 태상장로님을 도와 금문의 강호일통을 이룰 자신이 있었습니다. 그런데 만약 인검이 태상장로님 곁에 존재한다면 전 영원히 그의 그늘에 가리겠지요. 비록 태상장로께서 그를 천록야의 일 때부터 거리를 두고 계셨지만 그래도 가장 중요한 순간에는 그를 찾으실 것이 분명했습니다. 해서 아무리 부정하려 해도 그는 금문의 이인자가 될 사람이었습니다. 전… 그걸 용납할 마음이 없었습니다. 그를 좋아했지만 또한 그의 밑에 있기는 싫었지요."

금령은 자신의 속내를 모두 털어놓는 단중자를 깊은 시선으로 응시하고 있었다. 단중자가 이렇게 모든 것을 털어놓을 거란 것은 금령도 예상하지 못한 일이었다. 오늘의 단중자는 평소와 달리 지나치게 솔직하다.

단중자의 말이 끝나고 다시 침묵이 찾아들었다. 금령의 표정이 아주 조금씩 여러 번 변했다. 단중자를 어찌 처리할지 아직은 결심이 서지 않는 모양이었다. 그러다가 불쑥 엉뚱한 질문을 던졌다.

"앞으로 금문은 어떤 행보를 밟아야겠소?"

마치 석요송의 일을 논한 적이 없는 사람처럼 금령이 금문의 향후 행보를 물었다. 그러자 단중자가 움찔했다. 명석한 그로서도 이는 예상치 못한 질문이다. 그러나 그는 지낭 단중자다. 금세 침착함을 회복한 그가 입을 열었다.

"먼저 청도를 나와야 할 것 같습니다. 북천십이문을 모두 담기에 청도는 너무 작지요."

"흠, 나도 그 일은 그렇게 생각하고 있었소."

"장소는 이 유황곡이 적당할 것 같습니다. 북천십이로가 완성된 곳이니 의미가 있는 곳이지요. 청도와 심양이 가까우니 물자를 구하기도 편합니다."

"그 다음은……?"

"그 이후에는 필시 선문을 도모해야 합니다."

"송의 대화련이 아니고?"

금령이 의아한 표정으로 물었다. 그러자 단중자가 고개를 저으며 대답했다.

"대화련과의 싸움은 세력의 싸움이니 언제든 그들을 상대할 수 있습니다. 그러나 선문은 다르지요. 선문과의 싸움은 무공의 싸움이 될 것입니다. 더군다나 선문이 이미 태상장로님을 한 번 암습했으니 뒤를 보이면 반드시 요동으로 들어와 금문의 터전을 무너뜨릴 것입니다. 반면 대화련은 먼저 황하를 넘지 않을 것입니다. 그들은 우리가 황하를 넘지 않기만을 바랄 뿐이지요. 그러니 당연히 선문을 먼저 해결하는 것이 낫습니다."

"선문은 어찌 상대를 하면 좋겠소?"

금령이 진지한 표정으로 물었다. 그녀는 이미 단중자가 행한 일들을 모두 잊은 사람처럼 보였다. 그러자 단중자도 지금 자신이 죄를 청하러 온 사실을 잊고 천하대세를 논하는 데 푹 빠져들었다.

"과거 북천십이문이 반목할 때에는 아무리 본문이라 해도 선문의 고수들을 모두 상대할 수는 없었습니다. 세력으로야 본문이 선문에 몇 배는 앞서겠지만 고수의 숫자에는 많이 부족한 것이 사실이었지요. 더군다나 선문의 신비한 무공은 본문으로서는 상대하기 난감한 것이었습니다."

단중자의 말에 금령이 고개를 끄덕였다. 그녀는 이미 패경의 무공을 칠성 가까이 완성한 상태지만 불과 몇 달 전에 선문 승려들의 암습에 당하지 않았던가.

"그렇다고 본문의 모든 전력을 기울여 고려로 들어갈 수도 없지요. 그랬다가는 고려의 정병 수십만을 상대해야 하니 애초에 불가한 일입니다. 결국 조용히 선문 고승들을 상대할 고수들이 필요한데 이번에 북천십이문이 일통되었으니 이젠 충분히 선문을 상대할 고수들을 동원할 수 있을 것입니다. 북천십이문이 일통된 후의 첫 행보로 각 파의 절대고수들 일백을 불러 모으십시오. 그리고 그들을 데리고 은밀히 압록을 건너 선문을 치십시오. 아무리 선문의 무승들이 대단한 무위를 지니고 있다고 해도 북천십이문의 절대고수들을 선문만의 힘으로 감당할 수는 없을 것입니다. 이 방책이 선문을 상대할 수 있는 유일하고 가장 확실한 방책입니다."

단중자의 말에 금령이 천천히 고개를 끄덕였다. 역시 단중자의 머리를 통하면 천하의 일이 수월해진다. 그런데 이렇게 입 안의 꿀 같은 자를 베어야 할까.

금령이 잠시 침묵을 지키다가 입을 열었다.

"한 가지 당부를 하겠소."

"벌이 아니고 말입니까?"

단중자가 눈빛을 빛내며 물었다.

"천하를 얻는 데는 여전히 그대가 필요하단 생각이 드는군."

순간 단중자가 감격한 표정으로 이마를 바닥에 댄다.

"견마지로를 다하겠습니다."

"내 당부는 이것이오. 그대의 잘못은 인검을 암습했다는 데 있지 않소. 단지 그 일을 나 모르게 했다는 것이 죄지. 더군다나 나의 가장 오래된 충복들인 밀영들이 그대의 말에 움직였소. 이런 경우에는 절대 그대를 살려둘 수 없지. 그러나… 이번 한 번은 살려주겠소. 여전히 내겐 그대가 필요하니까."

"감사합니다. 죄는 나중에 천하일통의 일을 끝내고 받겠습니다."

단중자가 다시 이마를 땅에 댄다.

"좋소. 그럼 오늘은 이만 물러가시오. 그리고 이틀 뒤 유황곡에 새로운 금문의 터전을 만들 계획과 압록을 건널 날짜를 가지고 오시오."

"알겠습니다. 그리하겠습니다."

단중자가 대답을 하고는 자리에서 일어났다. 그러고는 서둘러 금령의 막사를 벗어났다. 그 모습을 보고 있던 금령이 단중자가 사라지자 나직하게 중얼거렸다.

"정말 영활한 자야, 자신의 가치를 잘 알고 있어. 내가 자신을 벨 수 없는 상황을 만들어냈어. 그러나… 그래서 더욱 믿을 수 없는 자다. 내 생각을 읽을 수 있는 자라면 필시 내가 반드시 자신을 벨 것을 알 것이야. 압록을 넘고 선문을 손에 넣는 순간 한 발 앞서 단중자 그대를 베겠다. 대화련이야 그대가 없어도 충분하지."

금령의 막사를 벗어난 단중자가 잠시 서서 하늘을 올려다보았다. 눈물이 나도록 푸른 하늘이다. 단중자가 천천히 시선을 금령의 막사로 돌렸다. 이젠 강호의 절대자가 머무는 막사다.

"태상장로……. 당신과 함께 천하를 손에 넣고 싶었는데. 후우……. 아무리 감추려 해도 태상장로의 눈에 살기가 도니 나 또한 어쩔 수 없구려."

단중자가 한숨을 쉬고는 서둘러 걸음을 옮겼다.

*　　　*　　　*

석요송과 금무해가 거의 같은 시간에 일행이 묵고 있는 거처로 돌아왔다. 유황곡에서 십여 리 떨어진 곳의 작은 마을 객잔은 평소와 달리 사람들로 넘쳐 났다.

북천십이문이 하나가 되고 유황곡에 금문의 새로운 터전이 자리 잡을 것이란 소문이 퍼져 야망과 이득을 쫓는 자들이 모두 유황곡으로 모여들고 있었다. 그런데 비록 유황곡이 곧 강호무림의 중심이 될 곳이기는 하지만 아직은 그저 막사들만 즐비한 험한 온천 계곡일 뿐이었다. 당연히 노숙을 준비해 온 사람이 아니라면 잘 곳이 없어 근방의 작은 마을 주루와 객점에 손님들이 넘쳐 나고 있었던 것이다.

"이것 참 너무하는군."

석요송과 금무해가 돌아왔을 때 거할이 난감한 표정으로 말했다.

"뭐가요?"

"방값을 더 올려 달라는 구려. 그것도 두 배나……."

금불현의 물음에 거할이 대답했다.

"손님이 넘쳐 나니 방값이 오르는 것은 어쩔 수 없지요."

금불현이 대답했다.

"그렇다고는 해도 이러다간 웬만한 부자가 아니면 유황곡에 발도 붙이지 못하겠구려."

거할이 쓴웃음을 지었다. 수십 년 도주를 하며 살아온 그에게 금자가 충분할 리 없었다.

"금자 걱정은 마세요. 우리에게 여유가 조금 있으니……."

금불현이 미소를 지으며 말했다. 그러자 거할이 고개를 조금 주억거리더니 석요송을 보며 물었다.

"이곳에 언제까지 머물 것인가? 금자가 문제가 아니라 떠나려면 서둘러 떠나는 것이 좋지 않을까?"

거할은 걱정은 기우가 아니었다. 이미 석요송이 살아 있다는 것은 더 이상 비밀이 아니었다. 더군다나 석요송은 지낭 단중자의 아버지인 왕춘을 만나 그들이 금문을 떠날 것까지 경고하고 돌아온 터였다. 만약 지낭 단중자가 다시 마음을 독하게 먹는다면 어떤 술책을 부릴지 몰랐다. 그러니 일단은 유황곡을 벗어나는 것이 일행의 안전을 위해선 상책이었다.

금무해의 일 역시 그러했다. 비록 금문을 떠나겠다고 금령에게 작별 인사까지 하고 돌아온 금무해지만 유황곡에 남아 있다가는 언제든 금문의 일이 휘말려들 수 있었다.

"아직은 때가 아닙니다."

석요송이 대답했다.

"나 역시 아직은 이곳을 떠날 수 없네. 금문에 남은 현종의 식솔들이 제대로 정착하는지 확인을 해야겠어. 그게 그들에 대한 마지막 예의가 아니겠는가?"

금무해의 말에 거할이 고개를 끄덕인다.

"그건 그렇습니다만… 요송 자네는 왜?"

"그들이 떠나는 것을 확인해야겠지요."

"왕춘과 단중자?"

"그렇습니다."

"흠……. 쉽게 떠날 것 같지 않은데……."

"떠나지 않으면 그를 베어야지요."

석요송이 단호하게 말했다. 그러자 거할이 고개를 갸웃하며 말했다.

"참으로 이상한 일이야. 자네는 금문의 태상장로에게는 유하면서 왜 지낭에게는 그토록 단호한 건가? 가만히 보면 마치 그로부터 태상장로를 지키려 하는 사람 같단 말이야. 여전히 인겸인가?"

거할의 물음에 석요송도 금불헌도 살짝 놀란 듯한 표정을 짓더니 침묵에 빠져들었다.

'정말 나는 여전히 그녀의 인검이었던가?'

문득 석요송의 마음속에 그런 의문이 떠오르고 있었다.

*   *   *

사람은 나약한 존재지만 그 나약한 존재들이 모여 무리를 이루면 거대한 역사를 만들어낸다.

단 수십 일 사이 유황곡에서 일어난 일이 그러했다. 금문 태상장로의 명이 각지로 전해지자 가까운 곳에서부터 물자가 모여들기 시작했다. 물자뿐만이 아니었다. 요동 각지에서 이름난 목수들이 모여들었고, 수많은 상인들이 재물을 마차로 실어 날랐다.

유황곡은 하루가 다르게 변해 갔다. 안개를 품고 귀기를 흘리던 험한 계곡은 사람의 손이 닿자 세상에서 다시 볼 수 없는 기경으로 변했고, 곳곳에서 솟아오르는 온천수는 유황곡 곳곳으로 이어진 물길을 따라 흐르며 유황곡에 온화한 기운을 전해주었다.

금세 풀들이 자라고, 옮겨 심은 나무들이 무성해졌다. 마침 계절도 한창 봄이라 어제 심은 나무가 오늘 잎을 틔웠다.

그렇게 유황곡에 시간이 흐르고 있었지만 석요송 등은 여전히 유황곡 근방에 머물러 있었다. 물론 지루할 틈은 없었다. 하루가 다르게 변하는 유황곡을 구경하는 재미가 쏠쏠했기 때문이었다.

"그는 왜 아직도 떠나지 않는 걸까요?"

완성되어 가는 커다란 전각을 보며 금불현이 불안한 표정으로 물었다.

"글쎄. 듣자하니 대화련과 선문을 상대할 때까지는 태상장로의 곁에 남아 있기로 했다고 하더군."

"그럼 가가의 경고를 어긴 셈이네요."

"지금으로선 그렇다고 봐야지."

"베실 거예요?"

"왕 어르신이 한 번은 찾아 올 거야."

"그분을 꼭 다시 만나야 할까요? 그분이 사정을 하면 어쩌실 거예요?"

"가끔은 양보할 수 없는 일도 있는 법이지. 더군다나 사실 난 지금은 지낭보다 왕 어르신 그 양반에게 더 관심이 있거든."

석요송의 결심은 변하지 않을 듯 보였다. 그 모습을 보며 금불현이 나직하게 한숨을 쉬었다. 그런데 그때 두 사람 서 있는 산 구릉으로 금무해와 거할이 다가왔다.

"정말 남아 있을 거냐?"

가까이 다가오자마자 금무해가 물었다. 그러자 석요송이 고개를 끄덕였다.

"아직은 일이 끝나지 않았습니다."

"그를 놓아버릴 수도 있지 않느냐?"

그러자 석요송이 고개를 저었다.

"그는 위험한 사람입니다. 비단 금문뿐 아니라 우리 석문에도 언젠가 위협이 될 수 있는 사람이지요. 지난번 왕 어른을 만났을 때 뭔가 풀리지 않는 매듭처럼 답답한 마음이 있었는데 지금 생각해 보니 그 양반에게서 바로 그 위협을 느꼈던듯 싶습니다. 그를 좀 더 살펴봐야겠습니다."

"단중자가 아니라 왕춘이라……."

금무해가 나직하고 침음성을 흘렸다.

"좀 알아보셨습니까?"

석요송이 거할에게 물었다. 그러자 거할이 고개를 저었다.

"그게 그리 쉽지가 않더군. 관유 그 친구도 그의 과거를 알아보기가 힘든 모양이야. 풍운각에도 알아보았는데 풍운각에도 그에 대한 정보는 거의 없다고 하더군. 풍운각에서는 여전히 그저 평범함 무공을 지닌 세상 물정 밝은 사람이라는 것 정도로 생각하고 있다는군. 그래서 그에 대한 조사를 세심하게 하지 않은 모양이야. 그렇다고 당장 풍운각 좌우풍사에게 그에 대한 조사를 부탁할 수도 없는 상황이고……."

"쉽지 않군요."

"요송, 너의 의심이 너무 지나친 것 아닐까?"

이번에는 금무해가 물었다.

"그렇게 생각할 수도 있지요. 하지만 그날 그 막사에서 보여줬던 무공은… 결코 범상치가 않았습니다. 더군다나 내가 알고 있던 그라면 어찌 되었든 지금쯤은 지낭을 설득해 이곳을 떠났어야 했지요. 그런데 여전히 남아 있다는 것은 그도 아직은 금문에서 해야 할 일이 남았다는 의미가 아닐까 하는 생각이 듭니다."

"지낭이 떠나기를 거부해서 머무는 것이 아니라는 거죠?"

금불현이 물었다. 그러자 석요송이 천천히 고개를 끄덕였다.

예상처럼 왕춘은 하루 뒤 석요송을 찾아왔다. 그러고는 곤란한 표정으로 말했다.

"태상장로께서 중자에게 선문과 대화련의 일이 마무리될 때까지 머물러 달라고 했다더군."

"그래서 떠나지 않겠다는 겁니까?"

"음, 자네가 사정을 좀 봐주면 안 되겠나?"

왕춘의 말에 석요송이 아무런 대답 없이 고개를 돌린다. 더이상 타협의 여지가 없다는 말이다. 그러자 왕춘이 한순간 망설이는 듯하다 입을 열었다.

"만약 자네가 우리에게 몇 개월의 시간을 더 준다면 내 필히 중자를 데리고 강호를 떠나겠네. 또한 자네에게 아주 중요한 정보를 하나 주도록 하지. 그 정보의 가치가 아마도 중자 그 아이의 목숨에 비해 가볍지 않을 걸세."

"지금 거래를 하자는 겁니까?"

더욱 왕춘이 마음에 들지 않는 석요송이다. 그나마 남아 있던 그에 대한 정도 떨어지려 했다.

"이 정보는 정말 자네에게 무척 중요한 정보일세. 내 이야기를 듣고 난 후면 자네도 결코 손해 나는 장사를 한 것이 아니라는 것을 알게 될 걸세."

"뭡니까?"

석요송이 차갑게 물었다. 그의 말투에서 경멸의 기운까지 느껴지자 왕춘이 씁쓸한 표정을 지으며 대답했다.

"먼저 자네의 약속을 들어야겠네."

순간 석요송이 대답을 하는 대신 슬쩍 검을 잡아갔다. 오늘의 왕춘이라면 베어도 될 사람처럼 느껴졌다. 과거의 인연이 한낱 연기처럼 흩어진다.

"말하겠네. 검을 놓게."

왕춘이 석요송이 더 이상 물러날 기미를 보이지 않자 얼른 입을 열었다. 그도 석요송이 신중한 성격이지만 일단 결심을 하면 누구보다도 과단하게 실행을 한다는 걸 잘 알고 있었다.

"뭡니까?"

다시 석요송이 물었다. 그러자 왕춘이 나직하게 말했다.

"이는 나도 아주 최근에 들은 소식일세. 음……. 고려 왕실에서 은밀히 사람을 움직여 금문 수뇌를 암습할 계획을 하고 있다는군."

"그게 거래를 할 만한 정보입니까? 고려 황실에서 금문의 수뇌를 노리고 있는 것이야 하루 이틀 일도 아니고, 이미 지난번 선문 승려들의 암습 건으로 모두 드러난 사실이 아닙니까?"

석요송의 반발에 왕춘이 고개를 끄덕였다.

"물론 그야 그렇지. 나도 이 정도의 이야기로 거래를 하려 한 것은 아니네. 자네에게 금문의 안위야 이제 관심 밖의 일을 테니. 하지만… 석문, 토하곡은 어떤가?"

순간 석요송의 눈빛이 번쩍였다.

"지금 토하곡이라 했습니까?"

"그렇다네. 내 분명 그리 들었네. 추룡대의 눈이 금문뿐 아니라 토하곡의 석문까지 미치고 있다고 하더군. 그들의 눈에야 석문이든 금문이든 모두 계림의 후예들이 아니겠는가? 아마 지금쯤은 그들이 토하곡으로 향할 수도 있을 것이네."

"그들이 갑자기 왜……?"

"당연히 금문이 북천십이문을 일통했으니까. 이젠 정말 위험한 존재가 되었다고 생각한 것 아니겠는가? 이런 경우에는 반드시 추룡대가 움직이게 되어 있지. 태상장로야 사실 추룡대 따위 이제 안중에도 없겠지. 관심은 오로지 선문에 있을 걸세. 그러나 토하곡, 석문은 다르지 않은가? 비록 토하곡의 석문이 타지로 이주를 했다고는 해도 일단 그들이 토하곡으로 향했다는 것은 석문에 대한 추격이 시작되었다는 의미지. 그러니… 자네에게도 시간이 필요치 않겠는가? 석문의 형제들을 돌볼 시간이 말이야."

왕춘이 노련한 장사치의 눈으로 말했다. 정말 석요송이 과거에 알던 왕춘이 맞나 싶다. 그런 왕춘을 한동안 바라보고 있던 석요송이 물었다.

"도대체 어르신은 누굽니까? 어떻게 추룡대의 비밀스런 행보를 알고 있는 것입니까?"

"내가 풍운각 출신 아닌가? 이런 정보를 얻는 것이야 그리 어려운 일이 아니지."

왕춘이 얼른 둘러댄다. 그러나 석요송은 알고 있었다. 왕춘이 말한 것이 사실이라면 이는 결코 풍운각에서 얻는 정보가 아니라는 것을. 아무리 금문의 풍운각이라고 해도 세상에서 가장 은밀하다는 고려 왕실 추룡대의 움직임을 이렇게 자세히 파악하고 있을 수는 없다. 그러나 가끔은 알면서도 속아줄 때가 필요한 법이다.

"제가 토하곡을 둘러보고 오는 만큼의 시간을 드리지요. 만약 정말 어르신의 말대로 일이 생겼다면 제가 돌아오는 시간이 길어질 것이고, 어르신의 말이 거짓이라면 한 달 안에 돌아올 것입니다. 만약 내가 다시 돌아왔을 때고 그가 이곳에 있다면 그땐 어르신을 다시 찾지는 않을 겁니다."

"즉시 중자의 목을 베겠지."

"그런 살펴 가십시오."

석요송이 축객령을 내렸다. 그러자 왕춘이 씁쓸한 미소를 지으며 말했다.

"우리가 어쩌다가 차 한 잔 나눌 수도 없는 사이가 되었을꼬?"

"차는 차치하고 부디 도검을 맞대는 사이가 되지 않기를 바랄 뿐이지요."

"아마 그럴 일은 없을 걸세."

왕춘이 굳은 표정으로 말했다. 그 말은 곧 자신이 전해준 정보가 진실이라는 의미다. 왕춘이 객잔을 나가자 석요송의 마음이 급해졌다. 생각지 않은 일이었다.

고려 왕실이 삼한의 옛 왕조 후예들을 감시하기 위해 만든 조직이 추룡대다. 지금껏 그들의 손에 죽어간 자들의 숫자가 부지기수였다. 개중에는 금문도들도 있었고, 혹은 천오문이나 일월문의 사람도 있었다.

추룡대가 한 번 강호에 모습을 드러내면 반드시 혈풍이 일어났다. 그런데 그 추룡대의 눈이 석문의 토하곡으로 향하고 있다면 이건 보통 일이 아니다. 금문의 위협보다도 더한 위협이 될 수 있었다. 추룡대는 일단 검을 뽑으면 그 뿌리를 뽑기 전에는 검을 거두지 않는다.

금문도 추룡대가 한 번 나설 때마다 그 근간이 흔들리는 위기에 처했었다. 물론 지금에 와서야 금문이 추룡대를 두려워할 일은 아니다. 이미 북천십이문을 일통한 금문이므로 추룡대가 나타난다면 오히려 추룡대가 몰살을 당하고 말 터였다.

그러나 석문은 다르다. 석문은 그간 문도들을 천하에 흩어 보내고 소수의 사람만이 토하곡에서 생활하다 학산 교동으로 이주했다. 추룡대의 발길이 토하곡으로 향했다지만 그들이 추적을 한다면 학산 교동이라고 안전한 곳이 아니다. 더군다나 학산은 고려의 땅이다. 애초에 고려 땅으로 이주한 것은 고려 황실이 금문은 몰라도 석문의 존재에 대해선 더 이상 관심을 두지 않는다고 판단했기 때문이었다. 그런데 그 판단이 틀렸다면 그건 석문 역사상 최악의 위기를 의미한다. 석요송이 자리를 박차고 일어났다.

"떠난다고? 이 밤중에?"

금무해가 놀란 시선으로 석요송을 바라봤다. 금불현과 거할 역시 어리둥절한 표정으로 석요송을 본다.

"왕 어른의 말에 의하면 추룡대가 토하곡으로 향했다고 합니다."

"추룡대가?"

"예."

석요송이 급히 대답했다. 그러자 금무해가 고개를 갸웃하며 중얼거렸다.

"그들이 왜 석문을? 이미 석문이 금문을 떠났다는 것은 그들도 알고 있을 터인데. 더군다나 천하를 향한 야망도 없고 지금 상황에서 석문을 건드리는 것은 오히려 타초경사의 우를 범하는 일이라는 것을 모를 리 없는데……."

금무해가 추룡대의 움직임이 이해가 가지 않는다는듯 중얼거렸다. 그러자 석요송이 조급한 얼굴로 대답했다.

"이 일의 진위 여부는 토하곡에 가서 확인해도 늦지 않을 것입니다. 일단은 토하곡으로 가보겠습니다."

"가요, 당장!"

금불현이 자리에서 일어났다. 그러자 석요송이 고개를 저으며 말했다.

"불현, 토하곡에는 나 혼자 갈게."

"왜요?"

"불현은 할아버님을 모시고 학산 교동으로 가줘. 가서 서둘러 추룡대의 공격에 대비하도록 전해줘."

"아, 알겠어요. 그럴게요."

일의 위중함으로 볼 때 금불현이 석요송을 따라간다고 고집을 부릴 때가 아니었다.

일행이 한밤중에 분주하게 움직이기 시작했다. 그리고 그 밤이 새기 전에 석요송은 토하곡을 향해 길을 떠났다.

第五章 유인(誘引)

완연한 봄이다. 토하곡은 다시 산유수로 뒤덮였다. 예전 같았으면 화전으로 일군 밭에 씨앗을 뿌리고 그 씨앗들이 싹을 틔울 시기, 그러나 지금의 토하곡 화전에는 몇몇 곳을 제외하고는 곡식의 싹이 나지 않는다. 오직 잡초만이 무성하게 오르고 있을 뿐이었다. 아마도 그나마 몇 해가 지나지 않아 화전의 흔적조차 사라지고 다시 산이 될 땅들이었다.

석요송이 산수유나무 사이를 달리며 주변을 살폈다. 특별한 일이 일어난 흔적은 보이지 않았다. 싸움의 흔적을 발견하지 못하자 석요송이 안도의 숨을 내쉬며 바빴던 걸음을 천천히 움직이기 시작했다.

석요송이 여유를 찾고 토하곡 깊은 곳까지 들어갔을 때 홀연히 석요송이 앞에 세 명의 노인이 나타났다. 노인들은 각기 손에 검을 들고 있었는데 입곡자가 석요송임을 알고는 반색을 하며 검을 거두고 석요송에게 다가왔다.

"소주께서 오셨구만."

"그간 평안하셨습니까?"

석요송이 노인들에게 정중히 인사를 한다. 노인들은 토하곡의 석문 사람들이 학산 교동으로 이주할 때 석숭에게 청해 토하곡에 잔류한 사람들이었다. 그렇게 남은 사람의 숫자가 십여 명이었다. 석요송 앞에 나타난 사람은 석좌평이라는 사람으로 토하곡에 남은 사람들 중에서 우두머리 역할을 하는 사람이었다.

"음, 평안했다고는 할 순 없지. 그런데 소주께서는 이곳에 무슨 일이신가?"

"안 좋은 소식을 들어서 서둘러 달려왔습니다."

"안 좋은 소식이라니?"

"고려의 추룡대가 본문의 문도들을 쫓기 시작했다는 소식을 들었습니다. 그들의 첫 행보가 바로 토하곡이라고 하기에 이렇게 달려왔습니다."

"음, 놈들이 추룡대였군."

석좌평이 나직하게 중얼거렸다.

"그들이 벌써 왔었습니까?"

"삼 일 전 한 떼의 무리가 토하곡에 들었었네. 그 움직임이 범상치 않은 것이 제법 고강한 무공을 지닌 자들이었지. 우린 숨어서 그들의 행보를 지켜보았는데, 그들은 토하곡의 빈집들을 몇 군데 둘러보고는 이내 곡을 떠났네. 그래도 경계하지 않을 수 없어 우리 늙은이들이 이렇게 검을 들고 며칠째 곡에 들어오는 자들을 살피고 있었다네."

"그들과 충돌은 없었습니까?"

"충돌은 없었네. 우리가 은신해 있기도 했지만 그들이 그리 다부지게 마을을 살피지는 않았네. 그저 한 번 둘러보는 정도였지. 아마도 이미 우리 금문이 토하곡을 폐하고 다른 곳으로 이주했다는 것을 알고 있는 것 같았네. 그러니 그리 허술히 살피고 돌아갔겠지."

그러자 석요송이 잠시 생각에 잠겼다고 고개를 갸웃했다.

"그래도 이상하군요. 추룡대라면 그렇게 간단하게 곡을 살피고 돌아가지는 않았을 텐데요. 추룡대가 어떤 자들인지는 어르신께서 더 잘 알고 계시지 않습니까?"

"그건 또 그래. 소주의 말이 틀린 것은 아니지. 그자들은 일단 살행을 시작하면 풀뿌리까지 제거하는 자들이니까. 정말 생각해 보면 이상한 일이야. 어째서 그리 허술히 곡을 살피고 돌아갔을까?"

석좌평도 추룡대의 행보에 새삼스레 의문이 드는 모양이었다. 그러자 곁에 있던 노인 한 명이 두 사람의 대화에 끼어들었다.

"일단은 거처로 가십시다."

"아, 이런 내 정신 좀 보게. 소주, 안으로 드십시다."

석좌평이 석요송을 자신들의 거처로 이끌었다.

석요송은 토하곡에 삼 일을 머물렀다. 그러나 추룡대의 추룡사 모습은 머리카락도 보이지 않았다. 기이한 일이었다. 어쩌면 토하곡에서 더 이상 얻을 것이 없다 생각했을 수도 있지만 그건 추룡대의 행보에 어울리지 않았다.

결국 석요송은 삼 일 뒤 다시 길을 나섰다. 더 이상 모습을 보이지 않는 추룡대를 기다리고만 있을 수는 없는 일이었다. 석좌평 등은 꼭 추룡대 때문만이 아니라 오랜만에 만난 석요송과 좀 더 시간을 보내고 싶어 했지만 석요송은 추룡대의 행방을 찾는 것이 급하다고 노고수들을 설득하고는 토하곡을 떠났다. 그런데 석요송이 토하곡을 나선 방향이 들어갈 때와는 조금 달랐다. 토하곡의 주 출입로인 남서쪽 계곡이 아니라 병풍처럼 둘러서 있는 산봉우리를 타고 오르기 시작했던 것이다.

석요송은 토하곡을 나선 지 장장 오 일 동안 토하곡 주변을 둘러싸고 있는 산들은 은밀하게 살폈다. 추룡대가 정말 석문의 추살에 나섰다면 필시 토하곡 주변에 사람을 두어 그 내부를 살피고 있을 거란 판단 때문이었다. 그러나 석요송의 예상은 다시 한 번 빗나갔다. 그 어디서도 추룡대의 흔적을 발견할 수 없었다.

"정말 그들이 움직이기는 한 걸까?"

이쯤 되면 의심이 생기지 않을 수 없었다. 뉘엿하게 넘어가고 있는 석양이 산을 물들인다. 석요송은 이제 완전히 토하곡의 경계에서 벗어나 있었다. 더 이상 토하곡 주변의 산을 뒤지는 것은 의미없는 일이었다.

"오늘 늦게라도 포구까지 가야겠군. 그곳 객잔에서 잠을 자고 내일 아침 일찍 강을 내려가는 배를 얻어 타야겠어."

석요송이 걸음을 서둘기 시작했다.

석양은 금세 그 자취를 감추고 사위가 어두워졌다. 그러나 석요송은 마치 대낮에 움직이는 사람처럼 빠르게 나무와 나무 사이를 가르고 전진했다.

석요송은 그렇게 밤길을 대략 두어 시진 정도 달렸다. 그러고는 해시 무렵 드디어 토하곡과 가장 가까운 포구에 이르렀다. 다행히 포구의 객잔은 늦은 손님이라도 불러들이기 위해 환하게 불을 밝히고 있었다.

"어서 오십시오."

중년의 사내가 석요송을 맞이한다. 아마도 주인이 직접 손님을 상대하는 객잔인 모양이다. 그도 그럴 것이 객잔의 크기가 그리 크지 않아 사람을 따로 두어 손님을 맞을 규모는 아니었다.

"방이 있을까요?"

"그럼요. 이 포구는 워낙 한적한 곳이라 손님 많지 않습니다. 그래서 언제라도 묵을 방이 있지요. 이리로 오시지요."

사내가 능숙하게 석요송을 객방으로 안내한다. 손님을 대하는 모습이 무척 능숙한 것이 오랫 동안 객잔을 운영한 듯한 사내다.

"그런데 요기는⋯⋯?"

해시가 되어 요기를 하기에는 너무 늦은 시간이었지만 객잔 주인이 석요송에게 물었다.

"요기는 했습니다. 그런데 혹 내일 아침 일찍 떠나는 배가 있습니까?"

"배야 매일 두 척씩은 뜨지요. 아침 일찍 하나가 그리고 느지막이 다시 하나가 떠날 겁니다. 그러니 두 번째 배를 타시려면 충분히 쉬셔도 됩니다. 혹 배가 떠날 때까지 일어나지 않으시며 제가 깨워드리지요. 그럼 쉬십시오."

사내가 고개를 숙여 보이고는 이내 방문을 닫고 나갔다. 객잔 주인이 사라지자 석요송은 검을 풀어 침상 위에 올려놓고는 그 옆에 몸을 뉘였다. 며칠 동안 산속을 누볐기에 편한 잠자리가 지친 몸을 반겨준다.

"이젠 학산으로 가봐야겠군."

토하곡에서 추룡대의 흔적을 발견하지 못했으니 이젠 학산 교동으로 가봐야 할 터였다. 어쩌면 그들이 이미 학산 교동의 존재를 알아채고 그곳으로 몰려가 있을 수도 있었다.

물론 노쇠하였지만 조부 석숭이 있으니 아무리 추룡대라 해도 함부로 학산 교동을 범하지는 못할 것이다. 그러나 진정으로 추룡대가 석문을 멸할 생각이라면 시간은 결국 추룡대 편이다. 더군다나 학산은 고려 땅에 있다. 추룡대가 동원할 수 있는 힘은 고려 땅에선 한계가 없다.

"그들이 정말 본문을 노린다면 결국 다시 중원으로 터전을 옮겨야 하는 건가."

석요송이 나직하게 중얼거렸다. 추룡대는 고려 황실의 숨은 칼이다. 그 칼이 석문을 노린다면 고려 땅에 정착하는 것은 무모한 일이다. 다행히 중원에 석문의 형제들이 정착할 곳이 몇 군데 있기는 했다.

"항주의 추풍가도 좋겠지."

그렇지 않아도 항주를 떠날 때 추풍가주 대옥상은 석문의 항주 이전을 언급한 적이 있었다.

"결국 할아버님의 뜻에 따라야겠지."

석요송이 나직하게 중얼거리며 눈을 감았다.

객잔 주인의 움직임이 은밀하다. 그는 조심스럽게 문을 열더니 발자국 소리도 없이 방을 나섰다. 그런데 그가 나선 방은 석요송이 잠들어 있는 방 바로 옆이었다. 방을 벗어난 그가 석요송이 잠들어 있는 방문에 귀를 기울이더니 이내 석요송의 방에서 멀어졌다.

그런데 사내가 멀어지자 문득 석요송이 들어 있는 방문이 열렸다. 그러고는 언제 잠이 들었냐는 듯 석요송이 모습을 드러냈다. 방을 나선 석요송이 객잔의 어두운 그늘 속으로 사라졌다.

석요송의 눈에 객잔 주인의 등이 보인다. 그는 객잔에서 만났던 사람과는 전혀 다른 인물로 변해 있었다. 발걸음은 밤 고양이처럼 가볍고 날렵했다. 또한 빠르게 움직이면서도 전혀 소리를 내지 않았다. 고수의 풍모가 풍기는 것이다.

객잔 주인은 객잔에서 나와 일각여 동안 바람처럼 어둠 속을 달렸다. 그리고 그가 도착한 곳은 포구의 한 작은 초가였다.

초가 앞에 도착한 객잔 주인이 주위를 한 번 살피고는 이내 초가 안으로 사라졌다. 그 뒤를 따라 석요송이 허공으로 날아오르더니 조용히 초가의 지붕에 내려앉았다.

"무슨 일인가? 이 야밤에!"

초가 안에서 놀란 사람의 목소리가 들린다. 그러자 객잔 주인의 낮고 은밀한 대답이 흘러나왔다.

"아무래도 그가 온 것 같소."

"그러니 누구 말인가?"

"그, 삼대주께서 말씀하신 그자 말이오."

"금문의 인검?"

"그렇소."

"음, 정말 그가 확실한가?"

"내 이미 삼대주께 그의 생김새를 전달받았으니 잘못 보았을 리 없소."

"그렇지. 자네의 눈은 세상에서 가장 밝으니 사람을 잘못 보았을 리 없지. 그래 그는 지금 어디 있나?"

"객잔에 잠들어 있소."

"객잔이라. 그럼 토하곡으로 들어가는 길일까, 나오는 길일까?"

"아마 나오는 길인 듯하오. 나에게 배편을 물었는데 토하곡으로 갈 거라면 굳이 배편을 물을 필요가 없지 않겠소?"

"그렇군. 좋아. 이제 바빠지겠군."

"그런데… 그를 언제까지 따라다녀야 하는 것이오?"

"그야 나도 모르지. 일단 그가 석문이 새로 이주한 터전까지는 갈걸세. 그때까지는 추격을 해야겠지. 이후의 일은 역시 다시 대주님들의 명을 받아야지."

그러자 잠시 침묵을 지켰다가 객잔 주인이 입을 열었다.

"참으로 이상한 명이 아니오?"

"뭐가 말인가?"

"그를 따르기는 하되 공격은 하지 말라하셨고, 또한 그가 우리를 발견하지 못하게 하면서도 누군가 따르고 있다는 느낌을 주라는 명 말이오. 사실 이건 무척 어려운 명인데. 차라리 그를 제압하여 필요한 것을 얻어내는 것이 낫지 않겠소?"

그러자 다른 사내의 냉정한 말이 들려온다.

"그런 말 말게. 삼대주께서 언제 허튼 명을 내리신 일이 있던가? 그런 명을 내리셨을 때에는 다 그럴 만한 이유가 있을 걸세. 더군다나 그는 금문의 인검일세. 무공으로는 우리가 감당할 수 있는 자가 아니야."

"그러나 그는 혼자요. 우리 추룡사들 다섯이면 능히 그를 감당할 거요."

"자네의 자신감은 높이 살 만하군. 그러나 삼대주께서 전서로 말하시길 추룡사 열이 붙어도 그를 감당하기 힘들 거라 했다네."

"그게 정말이오?"

"그렇다네. 삼대주님의 말에 의하면 당금 금문의 태상장로와 인검은 아주 특별한 무공을 지니고 있다고 하더군. 그 무공이라는 것이 천외천의 무공이라 삼대주께서도 감히 대적할 수 없다 하셨네. 그러니 어찌 경거망동할 수 있겠는가?"

"아, 그렇게 대단한 자들이었소?"

"그러니 선문의 고승들이 출도를 했지. 금문의 태상장로를 상대하고자."

"하긴 그렇구려. 그런데 그것도 참 이상하오. 본래 선문의 선승들은 아무리 황실에서 초대를 해도 산을 내려오지 않던 자들인데 어째서 이번에는 순순히 산을 내려왔는지⋯⋯?"

"글세, 나도 그게 의문이긴 해. 더군다나 지난번에는 선문의 승려 몇몇이 암중에 금문의 태상장로를 암습했네. 뭐, 어쨌든 우리에게야 좋은 일이지. 지금 금문은 우리 추룡대가 요동 땅에서는 어쩔 수 없을 만큼 강해졌는데 마침 선문이 나서주었으니⋯⋯. 자, 얼른 돌아가시게. 그가 배를 타고 떠난다면 우리도 준비를 해야지."

"알겠소. 그럼 내일 보십시다."

객잔 주인의 말이 끝나는 순간 석요송이 초가의 지붕에서 몸을 날렸다.

석요송은 그날 밤을 뜬 눈으로 새웠다. 생각해 보면 참으로 기이한 일이다. 어째서 추룡대는 석문도들을 공격하지 않는 것일까? 그들이 토하곡을 떠난 석문도들의 정착지를 알려면 자신을 쫓는 대신 토하곡에 남아 있는 석가의 사람들을 다그치는 것이 순서였다.

그런데 추룡대는 그저 토하곡을 한 번 훑어보는 시늉만 한 후 이곳에서 석요송을 기다리고 있었다. 더군다나 은밀히 따르면서 기척을 드러내면서도 정작 그 모습은 석요송 자신에게 보이지 않으려하는 것은 더더욱 이해하기 힘든 일이었다.

이른 새벽바람이 불어와 창에 부딪힌다. 그 소리에 석요송의 정신이 퍼뜩 들었다.

"날 유인한 걸까?"

석요송이 고개를 갸웃했다. 아주 먼 길을 돌아 하나의 생각이 머릿속에 떠올랐다. 어쩌면 이 모든 것은 처음부터 계획된 것인지도 모른다. 그렇다면 질문은 결국 다시 한 사람에게로 향한다.

"그는 누굴까?"

결국 석요송이 토하곡으로 오게 된 것은 왕춘 때문이다. 그가 전해준 정보에 의해 석요송은 유황곡을 떠나 토하곡으로 오게 된 것이다. 더군다나 이 상태로는 돌아갈 수도 없다. 의구심이 많이 일어나는 상황이지만 적어도 학산 교동의 안전을 확인한 후에야 유황곡으로 돌아갈 수 있을 것이다.

"시간을 벌려 했다는 건데. 하지만 그렇다면 그 양반이 추룡대를 움직일 수 있는 위치에 있어야 하는데……. 설마 그가 추룡사였던가?"

석요송의 등줄기를 따라 소름이 끼쳤다. 오늘 그가 겪은 일을 앞뒤로 맞춰 보면 고려 왕실의 추룡대가 그 하나를 목표로 움직였고 그 시작점에 왕춘이 있었다. 그렇다면 왕춘 역시 추룡대의 추룡사란 의미가 된다.

"그러나 아무리 끈기가 강한 추룡사라 하더라도 수년 동안 금문의 변방 외진에서 말단 무사로 살아가면서 청도로 들어갈 기회를 노렸을까? 추룡사라면 좀 더 쉬운 방법도 있지 않았을까?"

진실과 거짓이 모호하다. 왕춘의 정체는 도대체가 가늠할 수가 없다.

"확실한 것만 생각해보면 그는 어쨌든 추룡대의 추룡사들과

연관이 있다. 그가 추룡사이든 아니든 그는 추룡대의 움직임을 알고 있으니… 그렇다면 나에게 추룡대가 석문을 노린다는 정보를 준 것은 내가 유황곡을 떠나길 바랐기 때문이겠지. 그런데 그 이유가 확실치 않군."

석요송이 다시 곰곰이 생각에 잠겼다. 왕춘이 추룡대를 이용해 석요송을 유황곡에서 떠나게 한 이유로야 당연히 그의 아들인 단중자의 목숨을 살릴 시간을 벌기 위해서라고 생각할 수 있었다.

그러나 좀 더 깊이 생각하면 오직 그 이유만일 수는 없다. 추룡대는 고려 황실의 감춰진 칼이다. 그 칼을 쓰려면 그에 합당한 이유가 있어야 한다. 단중자가 왕춘에겐 중요한 사람일지 모르지만 고려 황실의 칼, 추룡대를 써야 할 만큼 추룡대에 중요한 사람은 아니다. 왕춘이 추룡사든 아니든 단중자만을 위해 추룡대가 움직일 수는 없었다.

"정말 석문을 멸하려는 걸까?"

그럴 수도 있었다. 금문의 기세가 하늘을 찌르고 있는 지금 석문을 멸함으로써 금문에 경고를 줄 수도 있었다. 압록을 넘지 말라는 경고로 석문의 멸문만큼 강력한 게 있을까. 석요송이 가슴이 한 차례 진동했다. 갑작스레 급히 학산 교동으로 가야 할 듯한 마음이 들었다. 그가 자신도 모르게 검을 들고 자리에서 일어났다. 그러고는 문을 열고 객방을 나서려다 갑자기 쓴웃음을 지으며 다시 침상으로 돌아와 그 위에 가부좌를 틀고 앉았다.

"이대로 움직이는 것은 결국 그의 술책에 놀아나는 꼴이지.

좀 더 생각을 해보자. 배가 뜨려면 아직 멀지 않았던가."

석요송이 아예 눈까지 감아버렸다. 그러고는 운기를 하며 깊은 침묵 속으로 빠져들었다.

석요송이 객방의 문을 나선 것은 해가 중천에 떴을 때였다. 그렇다고 객잔 주인이 그를 깨우러 올 때까지 머문 것은 아니었다. 석요송이 천천히 객방에 묵는 손님들이 요기를 해결하는 대청으로 나가자 객잔 주인이 얼른 다가와서 말을 건다.

"요기는 어찌할까요? 아직 배가 뜨려면 반 시진은 남았습니다."

"주시오."

석요송이 대답했다. 그러자 객잔 주인이 얼른 대답을 했다.

"알겠습니다. 곧 올리지요."

그런데 대답을 한 객잔 주인이 신형을 돌리면서 고개를 갸웃했다. 분명 같은 사람인데 어젯밤 객방에 들 때와 전혀 다른 느낌이 들었던 것이다. 객잔 주인이 주방으로 걸어가다 힐끗 석요송을 돌아봤다. 그러나 석요송은 그런 주인의 눈길을 느끼지 못했는지 그저 밖의 풍경을 무심히 바라보고 있었다.

객잔에서 내놓은 아침 식사는 간단했다. 국 한 그릇에 밥 한 공기, 그리고 산채 두어 가지가 전부다. 북방의 찬이 풍성할 리 없지만 그래도 손님에게 내놓은 음식 치고는 지나치게 야박하다.

그러나 석요송은 불만없이 아침 식사를 마쳤다. 그런데 그 초라한 아침 식사에서 얻는 것도 있다.

'숙수의 요리가 아니다.'

석요송의 입안에 들어간 음식들은 절대 전문적인 숙수가 한 요리가 아니다. 단백하기는 하나 간이 맞지 않는다. 노련한 숙수가 할 실수가 아니다. 그렇다면 이 객잔의 모든 사람이 추룡대의 추룡사일수도 있었다. 주방의 숙수조차도.

'조용히 떠남이 좋겠어.'

석요송이 결심을 굳히고는 자리에서 일어났다, 어느새 그의 그릇은 깨끗하게 비어져 있었다.

"벌써 나가시게요?"

석요송이 일어나자 어느새 객잔 주인이 다가와 말을 건다.

"배가 뜰 때까지 강바람이나 쐬겠소."

"그, 그러시지요."

"여기."

석요송이 은자 세 냥을 내려놓고는 객잔을 나섰다. 그러자 주인의 눈빛이 날카로워지더니 나직하게 중얼거렸다.

"어젯밤에는 존대를 하더니… 무슨 일일까? 하긴 내가 언제부터 객잔 주인이었던가. 아마도 뭔가 불편한 점이 있었던 모양이군. 흠……. 금문 인검은 성정이 꽤나 까탈스럽군."

객잔 주인이 어깨를 으쓱거리고는 빈 그릇을 한 손에 몰아 쥐고 주방으로 향했다. 그러자 갑자기 객잔에 있던 손님과 주방의 숙수가 형형한 눈빛을 흘리며 대청으로 모였다.

"자, 이제 장사는 끝이네. 모든 사람이 배를 타고 그를 따를 수는 없으니 몇을 제외하고는 모두 육로로 이동할 준비들을 하시게."

주방에서 나온 숙수가 객잔 안의 사람들에게 명을 내렸다. 그러자 사내들이 아무런 대답 없이 가볍게 고개를 끄덕이더니 급하게 움직이기 시작했다.

석요송은 불어오는 강바람을 등지고 있었다. 그의 시선이 멀리 떨어진 객잔의 입구로 향했다. 그러자 연이어 객잔을 벗어나는 손님들이 눈에 들어왔다.

"용담호혈이었군."

추룡사의 행사가 은밀하다지만 객잔에 든 자들 전부가 추룡사일 거라고는 생각지 못했던 석요송이다. 그런데 지금 객잔을 벗어나 분주히 움직이는 자들을 보니 그들 또한 무공을 수련한 자들이 분명했다. 결국 모두 추룡사란 말이었다.

"역시 참기를 잘했어. 일을 제대로 알아보려면 배 위에서 대화를 나눠봐야겠어."

석요송이 이번에는 고개를 돌려 이제 막 출발 준비를 시작한 상선을 보았다. 상선 위의 사람들이 큰 소리로 고함을 치며 분주히 짐을 싣고 있었다.

"적어도 저들은 추룡사가 아닌 것이 확실하군."

석요송이 허름한 옷차림의 뱃사람들을 보며 씁쓸한 미소를 지었다.

"조심해. 너울이 심하다."

봄비가 온 지 얼마 되지 않아 압록은 누런 황톳물의 기운이 아직 빠지지 않은 상태였다. 물살이 급해 배가 곧 뒤집힐 것처

럼 출렁였다. 강을 오르내리는 배가 클 리 없다. 덕분에 배 안에
탄 사람들 중 멀미하는 사람이 적지 않았다.

배는 심하게 흔들렸지만 석요송은 배의 갑판에 나와 흘러가
는 강물을 바라보고 있었다. 그러나 기실 그의 모든 신경은 강
물이 아니라 그와 함께 포구에서 배를 탄 세 명의 중년 사내에
게로 향해 있었다.

그들을 배 이곳저곳에 흩어져서 은근히 석요송의 일거수일투
족을 살피고 있었다. 필시 포구에서 함께 탄 추룡사들일 터였
다. 감시의 눈길을 모를 때는 위험하지만 상대의 존재를 아는
이상 위험할 것은 없다. 석요송은 압록 하구까지는 그들과 함께
동행할 생각이었다.

석요송이 강 구경을 끝내고 걸음을 옮겼다. 강을 오르내리는
배에 특별히 선실이 있을 리 없다. 그저 비바람이나 막자고 만
들어놓은 너른 공간에 여러 사람이 뒤엉켜 자는 곳이 유일한 선
실이다. 그가 움직이자 그를 감시하는 삼 인의 시선도 함께 움
직인다. 석요송은 그들에게 아랑곳하지 않고 선실의 한쪽 구석
을 차지하고 앉아 조용히 눈을 감았다.

오 일 동안 강물을 타고 내려온 배가 드디어 압록 하구에 닿
았다. 내쳐 오면 이보다 빠른 길이었지만 강변의 여러 마을에
들러 물건을 내리고 다시 물건을 싣는 일이 여러 번 있었기에
예상보다는 긴 시간이 걸린 여행이었다.

석요송은 압록 하구의 포구 마을에서 배를 내렸다. 그러자 그
를 따르는 사내들 역시 뒤이어 하선했다. 석요송은 포구의 제법

큰 객잔에 들어 방을 얻은 후 여장을 풀었다. 그즈음 그를 추격자들의 눈도 사라졌다.

석요송이 객잔에 든 때는 이미 해가 기운 상태였기에 곧 어둠이 찾아들었다. 석요송은 방 안에 객잔 주인이 준비해 준 초 한 자루를 태워놓고 조용히 운기를 했다. 촛불이 만든 그의 그림자가 문가에 일렁인다. 그러던 한순간 그의 방문 조금 먼 곳에 다시 배에서 함께 내린 삼 인이 나타났다. 그들은 서로 은밀한 시선을 교환한 후 그중 한 명만 남고 다른 두 사람은 자취를 감췄다.

긴 밤이 흘러갔다. 석요송의 방은 축시가 다 되어서 촛불이 꺼졌다. 그때까지도 감시의 눈은 여전히 석요송의 방을 주시하고 있었다.

늦은 아침 이미 해가 중천에 떴고, 객잔 밖에서 새소리가 들렸다. 그러나 그때까지도 석요송이 든 객방의 문은 열리지 않았다. 그러자 그의 방을 감시하던 사내가 조금씩 초조한 빛을 보이기 시작했다. 당장에라도 방문을 열고 싶은 눈치였지만 그렇다고 정말로 방문을 열 수는 없었다.

그러던 어느 순간 그의 곁에 함께 배를 타고 온 두 명의 사내가 다시 모습을 나타냈다. 세 사람이 잠시 석요송의 방을 살핀 후 무엇인가를 신중하게 의논하기 시작했다.

그러더니 그중 한 명이 객잔 주인에게로 다가가 뭔가를 이야기했다. 그러자 객잔 주인이 망설이는 듯하다 사내가 은자를 손에 쥐어주자 못이기는 척하며 석요송이 묵고 있는 방으로 다가

왔다.

"손님!"

객잔 주인이 석요송의 방문 앞에서 입을 열었다. 그러나 방 안에서는 어떤 대답도 들리지 않는다.

"손님 아침이 늦었습니다. 이제 기침을 하셔야 합니다."

객잔 주인이 다시 조심스럽게 방문에 대고 말했다. 그러나 여전히 방 안에선 어떤 대답도 없다. 그러자 객잔 주인이 고개를 갸웃하더니 조심스레 방문을 열었다. 그러고는 잠시 후 당황한 눈빛으로 고개를 돌려 삼 인의 사내를 보며 말했다.

"없는데요?"

"뭐요?"

삼 인의 사내가 한달음에 달려와 객방 문을 열었다. 그러자 과연 그들의 눈에 텅 비어 있는 객방이 눈에 들어왔다.

"도대체 언제……?"

밤새 석요송의 객방을 지켰던 사내가 당황한 얼굴빛으로 중얼거렸다.

"설마 이렇게 벗어나리라고는……."

다른 자들도 아연실색해서 어쩔 줄을 몰라 한다. 그러자 밤새 석요송의 방을 지켰던 자가 침착함을 회복하며 입을 열었다.

"일단 이대주님를 뵈어야겠소."

"그럽시다. 일이 급하니 대주님을 아니 뵐 수 없구려."

다른 자들도 동의했다. 그러자 삼 인이 순식간에 객잔을 벗어났다.

강과 바다가 하나로 합쳐지는 지점을 굽어보며 노인이 앉아
있다. 산을 타기에는 너무 늙은 약초꾼의 모습이다. 노인은 산
을 탈 때 짊어지는 바랑을 내려놓고 땅을 따라 굽은 소나무 등
걸에 앉아 있었다. 산을 타다 지쳐 쉬고 있는 평범한 노인의 모
습이다.

그러나 그 노인이 심상치 않은 신분을 지닌 사람이란 것은 그
의 십여 장 뒤에 서 있는 두 사내를 보면 알 수 있었다. 두 사내
는 비록 노인처럼 허름한 옷차림의 산꾼 모습이었지만 그들의
몸과 안광은 그들이 결코 산꾼의 그것이 아니었다. 더군다나 낡
은 천으로 둘둘 말아 땅을 짚고 있는 것은 지팡이나 약초를 캐
는 괭이가 아니라 도검이 분명했다.

"아직인가?"

노인이 문득 입을 열었다.

"도착할 시간이 되었습니다."

노인의 뒤에 서 있던 사내가 대답한다.

"인검이라…… 후우, 참으로 대단한 자가 아닌가? 추룡사의
눈은 매보다 날카로운 법인데 거짓말처럼 추룡사의 눈에서 벗
어나다니."

"선승께서 그를 조심하라 이른 것에는 이유가 있는 듯합니
다."

"그런가 보군. 하긴 선승께서 허투루 말을 할 분은 아니지.
보자,— 오는군."

노인이 눈빛을 반짝였다. 사내 둘도 고개를 돌렸다. 그러자
산을 타고 오르는 세 사람의 모습이 보였다. 그들은 금세 노인

앞에 당도했는데 배에서부터 석요송을 감시하고 있던 바로 그 자들이었다.

"이대주님을 뵙습니다."

"놓쳤다고?"

"그렇습니다. 죄를 청합니다."

"되었네. 실수라면 모를까 실력이 모자라 놓친 것을 어찌 벌할까."

노인의 말에 사내들의 얼굴이 붉어진다. 질책보다 더한 모욕이다. 그러나 사내들은 얼굴만 붉어질 뿐, 노인의 말에 반발하지는 않았다. 그 모습을 보고 있던 노인이 빙그레 웃으며 말했다.

"과연 너희가 수양이 부족하지 않구나. 마음의 동요를 참을 수 있으니."

이 와중에도 수하들을 시험한 모양이었다.

"송구하옵니다."

사내들이 노인의 내심을 알고는 고개를 숙인다.

"아니, 사실 내 말이 틀린 것은 아니다. 너희를 모욕하기 위해 한 말만은 아니야. 그가 누군가. 금문 인검이야. 금문 인검이라면 금문의 태상장로와 우열을 가리기 어렵다고 삼대주가 평한 자다. 삼대주조차도 오십초를 버틸 수 없을 거라 했지. 그런 자에게 어찌 특별한 수단이 없겠느냐? 실수라면 단지 사람을 너무 적게 쓴 내 잘못이지."

노인이 자리에서 일어났다. 그러자 노쇠해 보이던 노인의 몸에서 거부할 수 없는 위엄이 흘러나온다.

"비록 그가 우리의 추격을 따돌렸다고 해도 그가 갈 곳은 오직 한곳뿐이다. 학산 교동으로 간다."

석요송의 눈이 믿을 수 없다는 듯 커졌다. 자신을 감시하던 자들은 추룡사들이 분명하고, 그들이 만나는 자가 추룡대 이대주라 불렸다. 그런데 그 노인이 학산 교동을 알고 있었다. 그렇다면 이들은 석문의 은신처를 찾기 위해 자신의 뒤를 쫓은 것이 아니다.

'도대체 무슨 일을 꾸미고 있는 것인가?'

석요송이 난감한 표정을 지으며 생각에 잠기려는 찰나 노인의 목소리가 다시 들린다.

"금문의 움직임은?"

"삼대주께서 보내신 전갈에 의하면 이미 유황곡에 서른 두 채의 건물이 들어섰고, 반경 십리 이내에 금문의 문도들이 속속 터를 잡고 있답니다."

"무서운 일이군. 이대로 두었다가는 정말 압록을 넘겠어."

노인이 걱정스런 표정으로 중얼거렸다. 그러자 노인에게 보고를 하던 사내가 말했다.

"그래도 삼대주께서 계시니 이번 계책은 반드시 성공할 것입니다."

"그래, 원모심려라……. 삼대주가 금문에 들겠다고 했을 때는 나 또한 지나친 일이라 반대했었는데 오늘에 와서 보면 역시 삼대주의 판단이 옳았던 것 같군. 삼대주가 아니었다면 오늘날 어찌 이런 계책을 마련할 수 있었겠는가."

"선승께서만 도와주신다면 십 할을 자신할 수 있을 텐데요."

사내가 아쉬운 듯 말했다.

"그렇긴 하지만 그건 너무 많은 욕심이지. 선승께서 단지 석문과의 인연을 말해주시고 그로 인해 인검을 유인해 낼 수 있었으니 그것으로 족하다고 생각하시게. 선승께서 굳이 석문의 거처를 말씀하신 것은 우리를 돕고자 하심이 아니지. 석문의 사람들을 생각해 그들을 이 싸움에서 배제하기 위해 하신 일이야."

"그 약속을 어길 수는 없겠지요?"

"당연한 일, 선승과의 약속을 어겼다가는 선문이 황실에 등을 돌릴 걸세. 하면 누가 있어 황실을 지킬 것인가? 우리 추룡대가 제법 대단하다고는 해도 무림이 절대고수들을 모두 감당할 수는 없다네. 아무튼… 우리의 임무는 석문과 금문 인검을 학산 교동에서 움직이지 못하게 하는 것이니 학산 교동으로 가세. 나머지 일은 결국 일대주님과 삼대주가 감당을 해야 하는 것이지."

"알겠습니다, 대주!"

사내들이 일제히 대답을 하고는 자리에서 일어났다. 그러고는 이내 숲 사이로 들어가 자취를 감췄다.

"역시 짐작대로 그 양반이 추룡사인 것 같군. 참으로 지독한 양반이야. 그렇게 오랜 세월을 소비해 가며 금문의 사람이 되다니."

이제 석요송은 왕춘이 고려 왕실의 추룡사라는 것을 확신했다. 더군다나 이대주란 노인의 말을 듣자면 추룡대의 삼대주일

가능성이 가장 컸다.

"날 유황곡에서 떠나게 하고 그가 꾸미는 일은 무엇일까?"

석요송의 표정이 어두워졌다. 왕춘은 필시 거대한 계책을 꾸미고 있는 것이 분명했다. 석요송을 유황곡에서 떠나게 한 것은 그 계책의 일부일 것이다. 이대주의 말대로라면 추룡대는 석문을 직접 공격할 생각은 없는 것이 분명했다.

"그러나 안심할 수는 없다. 내가 학산 교동에 가지 않으면 저들이 계획을 바꿔 교동의 형제들을 공격할 수도 있다. 내가 그곳에 머물지 않을 수 없도록 만들기 위해……. 어찌한다?"

석요송이 깊은 고민에 빠졌다. 그러나 사실은 고민할 필요가 없는 일이기도 했다. 애초에 금문에서 벗어나고자 했던 석요송이다. 그러니 고려의 추룡대가 금문을 상대로 어떤 계책을 꾸미든 석요송 자신과는 상관이 없는 일이다. 오히려 이렇게 석문을 금문의 일로부터 격리시켜 준다면 고마운 일일 수도 있었다.

그러나 석요송의 머릿속에선 금령이 떠나지 않았다. 이 모든 계책의 목표는 결국 금령일 터였다. 지금의 상황으로 보아 왕춘과 단중자가 이 계책을 주도하고 있다면 결국 금령은 음모의 수렁으로 빠져들고 말 것이다. 그녀가 아무리 대단한 무공을 지니고 있다고 해도 과연 왕춘과 단중자, 그녀와 가장 가까운 사람들이 꾸민 음모에서 벗어날 수 있을까? 그런데 그 걱정을 왜 석요송 자신이 하고 있는 것일까.

갈수록 모든 일이 얽힌 실타래처럼 복잡해진다. 그러나 학산 교동에 아니 갈 수 없다. 아무리 금령이라도 석문의 운명만큼 중요하지는 않았다. 석요송이 신형을 날렸다.

*　　*　　*

찌르르!

학산도 어느새 녹음이 짙어지고 있었다. 교동으로 온 후 일군 화전에 뿌린 씨앗들이 파릇하게 그 싹을 돋아내고 있다. 새소리가 봄기운을 더욱 북돋는다. 모든 생명이 피어나는 시절이다.

금불현은 천천히 화전 사이로 난 길을 걸었다. 길은 학산.교동의 남쪽 출입구로 이어져 있었다. 금불현은 교동에 돌아온 이후 하루도 빠짐없이 이 길을 걸었다. 그리하여 교동 입구, 우뚝 솟은 절벽 위에서 석요송을 기다렸다.

오늘도 다름없이 교동 입구에 도착한 금불현이 절벽 위로 올랐다.

"오셨습니까?"

석문에서 금불현은 사람들로부터 소주의 부인으로 인정받고 있었다. 비록 아직 식을 올리지는 않았지만 석요송과 금불현이 부부지연을 맺은 것은 모두가 아는 사실이었다.

금불현을 맞이한 건 십이지주의 막내 노단이다. 노단은 토하곡에서와 마찬가지로 교동 주변의 경계를 맡고 있었다.

최근 들어 교동의 사정도 많이 변해 있었다. 평소라면 호미와 괭이를 들고 밭을 일구거나 씨앗을 뿌려야 하는 석문의 사람들이 하나같이 도검을 패용하고 있었다. 석숭이 석문을 금문으로부터 떼어내 토하곡에 은밀한 터전을 일군 이래 요즘처럼 분위기가 흉흉한 적이 없었다. 그만큼 고려 황실의 추룡대는 무서운 존재였다.

"어떤가요?"

금불현이 노단에게 물었다.

"그들은 여전히 움직이지 않고 있습니다."

"무슨 의도일까요?"

"모르겠습니다. 어쩌면 그저 우리를 이곳에 가두어 두고 있으려는 의도 같기도 하고… 소주께서 돌아오셔야 일의 전말을 그나마 알 수 있을 텐데요. 곡주님의 몸도 최근 들어 좋지 않으시고… 걱정입니다."

노단의 표정에선 진정 석문의 안위를 걱정하는 마음이 드러났다. 최근 들어 석숭의 건강이 급격하게 나빠지고 있었다. 추룡대의 위협이 있는 상황에서 석숭까지 쇠약해지자 석문의 문도들은 더더욱 마음을 잡지 못하는 형국이었다.

"곧 오겠지요."

사실 그 누구보다 석요송의 귀환을 바라는 사람은 금불현이다. 요즘 그녀는 무척 힘겨운 시간을 보내고 있었다. 석숭이 앓아눕자 석문의 모든 사람이 대소사를 그녀와 의논하려 했다. 본래는 석요송이 해야 할 일이지만 그가 없으니 결국 석요송의 부인으로 인정한 그녀에게 일의 가부를 물어오는 것이다. 그러나 그녀는 아직은 한 가문의 안위를 책임질 나이가 아니었다. 아마 그녀와 함께 금무해가 학산으로 오지 않았다면 일의 힘겨움에 울음을 터뜨렸을지도 모른다.

그때였다. 한 사내가 문득 절벽 위로 우뚝 솟은 망루 위에서 소리쳤다.

"사람이 오고 있습니다."

순간 노단과 금불현의 눈빛이 반짝였다.

"누구냐?"

노단이 물었다. 그러자 망루 위의 사내가 손을 들어 햇빛을 가린 후 전방을 자세히 살피다가 입을 열었다.

"황금 깃발이 올랐습니다. 소주십니다."

사내의 말에 금불현과 노단의 얼굴에 화색이 돌았다.

"정말 황금 깃발인가?"

"그렇습니다. 분명 황금 깃발입니다."

교동을 출입하는 사람을 감시하는 첫 번째 위치는 대동강변이다. 배를 대는 사람의 신분을 확인해 깃발로 그 정체를 알리면 중간에 두 번 그 신호를 받아 이곳 교동으로 전해진다. 그중 황금 깃발은 오직 석숭과 석요송을 위해 존재하는 깃발이다. 석숭이 교동에 머물고 있으니 지금 오른 황금 깃발은 석요송의 귀환을 알리는 것이다.

"가봐요."

금불현이 먼저 몸을 날리며 말했다. 그러자 노단이 급히 금불현의 뒤를 따랐다.

석요송은 분주히 산길을 오르고 있었다. 이제 이각여만 가면 교동이다. 대동강 변에 나와 있는 석문의 문도로부터 이미 교동의 사정을 들어 알고 있는 석요송이다. 그래서 마음은 바빴다. 특히 석숭의 위중함은 그의 마음을 무겁게 했다.

한순간 사람들의 발자국 소리가 들렸다. 석요송이 고개를 들었다. 그러자 멀리서 금불현과 노단이 자신을 향해 달려오는 것이 보였다. 석요송은 두 사람의 모습을 보자 드디어 집으로 돌아왔음을 실감했다.

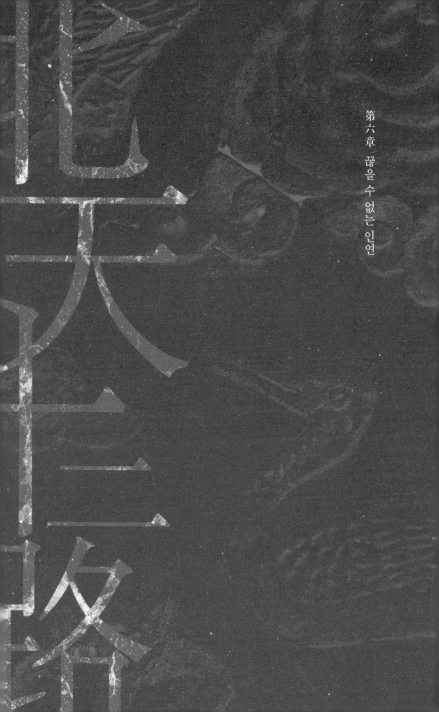

第六章 끊을 수 없는 인연

　학산 교동 석숭의 거처는 약향이 온 집 안을 가득 채우고 있다. 사람들도 여럿 모여 걱정스런 눈으로 석웅이 누워 있는 방을 바라보고 있었다. 최근 들어 급격하게 쇠약해진 석숭은 보름 전 자리에 눕더니 석요송이 돌아온 지 하루 만에 혼절하기 시작했다. 그리하여 그의 의식은 하루 삼분지 일만 온전하고 나머지 시간은 잠으로 보냈다.

　석요송과 금불현은 그런 석숭의 곁에서 한시도 떠나지 않고 수발을 들었지만 석숭의 병세는 점점 악화되어 갔다. 아니, 병세라고 할 수도 없었다. 고목이 자연스레 소멸하듯 그렇게 석숭도 자연의 이치에 따라 소멸의 시간을 보내고 있는 것이다.

　그러나 인간의 정은 질기고 깊어 죽음이라는 자연의 이치를 쉽사리 받아들이지 못한다. 그래서 가는 생명의 끈이나마 하루 이틀 더 잡아보려 석문의 모든 문도가 석숭의 병수발에 전념을 다하고 있었다.

농사일을 놓은 지도 오래고, 학산 교동 주변에 은밀히 출몰하는 추룡사들도 관심 밖이었다.

"음……!"

한동안 정신을 잃고 있던 석숭이 눈을 떴다.

"할아버님!"

석요송이 얼른 석숭 곁에 다가 들었다.

"아직 죽지 않았나?"

석숭이 혼잣말처럼 중얼거렸다.

"그게 무슨 말씀이세요. 할아버님은 분명히 완쾌하실 거예요."

금불현이 눈물 고인 목소리로 말했다. 그러자 석숭이 희미한 미소를 보이며 말했다.

"내가 지금 생명을 더 이어가려 약 사발을 받는 것은 천도를 모욕하는 일이다. 내 나이 올해로 백 하고도 열이다. 어찌 더 살아 천기를 거역하겠는가. 헤어짐이 슬프지 않은 것은 아니나, 나 자신으로서는 자연의 이치에 따라 소멸하는 것 또한 즐거운 일이다. 무인으로 살아온 내가 도검에 목이 잘리지 않고 온전한 신체를 유지하고 죽는 것도 복이지. 다만… 걱정되는 것은 석문의 안위다. 추룡대는?"

석숭이 물었다.

"그저 지켜보고만 있습니다. 공격할 의도는 없는 모양입니다."

"음, 그렇다면 네 이야기가 맞는 모양이구나. 그들은 우릴 공격하려는 것이 아니라 발을 묶어두려는 것이다. 그 이야기는 결국 네가 금령의 일에 관여하는 것을 막겠다는 의미니 역시 그들이 노리는 것은 우리 석문이 아니라 금문, 그중에서도 금령이리라. 아, 안타까운 일이야. 령이 위험에 처하겠구나."

석숭이 나직하게 탄식을 흘린다. 강호천하에서 보자면 금문의 태상장로 금령은 천하무림을 손에 넣은 패자이지만 석숭의 눈에는 그저 한 명의 어린 여인으로 보이는 모양이었다.

"그녀의 일에 너무 신경을 쓰지 마십시오."

석요송이 자칫 석숭의 심기가 어지러워질까 걱정하며 말했다. 그러자 석숭이 가만히 석요송을 바라보다 물었다.

"너는 그 아이가 걱정되지 않느냐?"

순간 석요송의 눈빛이 흔들렸다. 동시에 그의 곁에 있던 금불현의 눈빛도 불안하게 흔들린다.

"걱정되지 않느냐?"

석숭이 다시 물었다. 그러자 석요송이 천천히 고개를 끄덕였다.

"걱정될 일이 있나요? 그녀는 패경의 무공을 익히고 있습니다. 그 무공은… 세상 그 무엇이라도 감당할 수 있는 무공이지요. 작은 술책으로 어찌할 수 없는 무공입니다."

"그러나, 선문의 선승이 관여하면 달라지지."

"추룡대 이대주의 말로는 선승들이 이 일에 관여치는 않을 듯합니다."

"모르는 소리, 선문의 선승들을 반드시 금령을 주시하고 있을 것이다. 이미 한 번 금령을 암습한 선문이다. 그런데 이 기회를 놓친다고? 절대 그렇지 않다. 그들은 올 것이야. 그들이 나서는 이유가 고려 황실 때문인지 아니면 다른 무엇인가가 있는지 모르겠으나, 추룡대의 뒤에서 사태를 살피겠지. 그리고 자신들이 나서야 할 때가 오면 나설 것이다."

석숭이 확신하듯 말했다. 석요송은 그저 묵묵부답 대답이 없다. 그러자 석숭이 한 숨을 쉬며 말했다.

"지금 돌이켜 보면 그 아이가 적어도 너에게는 진심이었던 것 같다. 본문과 금문은 오랜 인연이 있지. 그것이 선연인지 악연인지는 모르겠다. 내 대에 와서 그 인연을 끊어보려 부던히 애를 썼지만 여전히 네 곁에는 금문의 여인이 있다."

석숭의 시선이 금불현에게로 향했다. 그러자 금불현이 고개를 숙인다, 마치 죄인처럼.

"후후 탓하고자 함이 아니다. 인연이란 이렇게 질긴 것이란 걸 말하려는 거지. 그리고 악연으로 끝난 인연의 끝은 또한 세상의 그 무엇보다도 무섭다. 요송."

"예, 할아버님."

"이 인연이 어디에서 시작되었지?"

"오래전 계림에서 천년황조가 멸함으로부터 시작되었습니다."

"아니, 아니, 그것 말고 너와 금령의 인연 말이다."

"죽은 청도주가 토하곡을 방문하면서 시작되었지요."

"그렇지. 정확히 말하면 나와 청도주로부터 시작된 인연이다. 우린 악연이지. 나는 자식과 손주를 그에게 모두 내주었니까. 그리고 그 끝 역시 좋지 않았다. 다행이 넌 이렇게 살아 있지만. 결국 우린 악연인데… 너와 금령은 어떠하냐?'

석요송이 대답을 하지 못한다. 금불현은 얼굴이 더욱 파래졌다. 그런 두 사람을 보다가 석숭이 다시 입을 열었다.

"불현아."

"예, 할아버님."

"남녀로서 요송과 금령의 인연은 없다. 그건 내가 장담하지. 그러나 이대로 금령을 추룡대가 만들어 놓은 함정에 빠지게 두는 것은 옳지 않다. 물론 우리 석문이 금문에 빚이 있는 것은 아니다. 다만 두 가지 이유에서 그러하다."

"그 이유가 무엇인가요?"

금불현이 조심스럽게 물었다.

"그 첫째는 의(義)다. 내 생각에 그 왕춘이라는 자와 단중자라는 자의 행보를 계속 두고 보면 안 될 것 같구나. 그 두 사람은 불의한 자들이다. 사람을 속여 공을 이루려 하고 있고, 요송을 암습했다. 그러고도 요송이 준 기회를 버리고 다시 불의한 방법으로 금문과 석문을 압박하고 있다. 이런 자들이 큰 성취를 이루면 더 큰 죄업을 쌓게 마련이다. 이들의 행보를 막을 필요가 있다. 이는 내가 석문의 사람이어서가 아니라 글을 읽고 무(武)를 수련한 사람으로서 판단한 것이다."

석숭의 말에 금불현이 고개를 끄덕였다. 그러나 그녀의 표정이 밝지는 않다. 세상사 어찌 의(義) 하나에 매여 살 수 있을까. 그 의를 지키려다 죽거나 멸절한 사람과 가문이 한둘이 아니었다. 그러나 세상이 그 공을 기억하는 경우는 드물다. 그리고 적

어도 금불현 또한 의를 숭상하여 자신의 모든 것을 버릴 사람은
아니었다.

그런 금불현의 마음을 읽었을까. 석숭이 기력이 없는 와중에
도 빙그레 미소를 지으며 말했다.

"물론 나나 석문이 한평생 의를 행하며 살았다고는 할 수 없
으니 죽어가는 마당에 너희에게 의를 따르라 말할 수는 없지.
그러나 사실이 이 두 번째 이유 때문에 금령을 도와야 할 것 같
구나."

"무엇인지요?"

금불현이 다시 물었다.

"만약 그들의 음모로 금령이 죽고 금문이 와해된다면… 그들
은 이번만큼은 계림의 씨를 말리려 할 것이다. 오래전 항주에서
전전대 금문의 태상장로가 대업을 시도하다 실패한 적이 있는
데 그때도 추룡대의 칼날은 예상을 뛰어넘게 잔혹한 것이었다.
죽은 청도주가 아니었다면 필시 그 당시 금문의 맥이 끊어졌을
것이다. 그런데 지금 금령이 죽는다면 누가 있어 금문의 멸문을
막을 것이냐? 청도주와 같은 사람이 다시 있겠느냐?"

그러자 금불현이 고개를 저으며 조심스레 물었다.

"없지요. 그런데 금문이 멸문을 하면 안 되는 건가요?"

"네 자신을 생각해 보거라. 금문은 네 뿌리다."

"……"

금불현이 대답을 하지 못한다. 그녀는 이제 석문의 안주인이
되었지만 결국 그 뿌리가 금문임을 부정할 수 없다.

"그곳에는 여전히 너의 친족들이 남아 있지. 어찌 그를 외면

하랴. 그리고 사실 그것보다 더 중요한 것이 있다."

"……?"

"금문과 석문이 다른 길을 가고 있다지만 금문이 멸하면 필시 석문도 멸하게 될 것이다. 금문이 멸문한 이후 과연 저들이 우리 석문을 그대로 둘까? 아무리 부정하려 해도 석문 역시 계림의 뿌리에서 자란 가지다."

석숭의 말에 금불현이 아무 대답을 하지 못한다. 그녀가 생각해도 추룡대가 금문을 멸하게 된다면 이후 그들의 검은 석문으로 향할 가능성이 컸다. 석문이 천하에 뜻이 없다지만 석문에 석요송이 있음을 그들도 알고 있다. 그리고 석요송이 검을 세워 무림을 향해 일갈하면 패망한 금문의 생존자들과 흩어진 석문의 형제들이 단번에 모여 순식간에 일패의 세력을 이룰 수 있는 것은 분명했다. 그런 위험을 남겨둘 추룡대가 아니다.

"내 금문으로 인해 석문이 위험에 처하는 것을 피하기 위해 금문과 인연을 끊고 길을 달리했으나 아직은 금문으로부터 자유로울 수 없는 석문이다. 온전히 금문의 그림자에서 벗어나려면 두어 세대는 흘러야 할 터, 아직은 그 때가 아니지. 그러니 아직은 금문이 멸할 때가 아니다. 금문이 멸하지 않으려면 금령이 살아야겠지. 불현, 내 말을 이해하겠느냐?"

석숭이 조용히 묻자 금불현이 공손히 대답했다.

"할아버님의 뜻은 잘 알겠습니다."

"그러나 여전히 불안하구나."

석숭이 금세 금불현의 내심을 읽는다. 그러자 금불현이 고개를 끄덕였다.

"네 할아버님, 가가와 태상장로의 인연이 범상치 않으니 신경이 쓰이는 것은 어쩔 수 없어요."

"요송, 불현의 마음을 알겠느냐?"

석숭이 석요송에게 물었다. 그러자 석요송이 대답했다.

"이해하고 있습니다."

"좋다. 그럼 각별히 행동에 조심하도록 하여라."

"알겠습니다, 할아버님."

"그리고… 아무래도 우리가 터를 잘못 잡은 것 같구나."

"그게 무슨 말씀이신지요? 이곳의 지기는 무척 좋지 않습니까?"

놀라 물은 것은 석기평이다. 그러자 석숭이 고개를 저으며 말했다.

"지기(地氣)는 좋다. 천하에 이런 곳을 다시 찾기는 힘들겠지. 그러나 문제는 우리가 이 땅을 타인에게서 소개받았다는 것이네. 선승 선유가 선문의 사람임을 알았다면 그때 조심했어야 하거늘 그의 인품만을 믿고 그가 선문의 사람임을 간과했던 것이 실수였네. 선문이 알면 추룡대가 알게 되는 법이거늘……. 오늘 우리의 위치가 알려진 것이 그의 입에서 비롯된 것이니 어찌 이 땅이 좋은 땅이라 하겠는가? 비록 이번에는 추룡대가 우릴 이곳에 묶어두는 것에 만족한다지만 우리의 위치가 명확히 드러난 이상 그들은 언제라도 이곳을 공격할 수 있네."

석숭의 말에 석기평이 고개를 끄덕였다. 석숭의 말이 틀린 것이 아니다. 은거하는 사람이 타인이 천거한 땅에 은거한 것부터가 잘못이라고 할 수 있었다.

"요송."

"예, 할아버님!"

"난 곧 죽는다. 아무리 생명의 끈을 잡으려 노력해도 십여 일을 버티기 어렵다. 그런데 지금은 시일이 촉박하니 어찌 십여 일이나 애를 쓰며 이 생명을 유지할까. 내 오늘 자정에 떠나마."

"할아버님!"

"곡주님!"

방 안에 있던 사람들이 입에서 놀란 음성이 터져 나왔다.

"소란 피지 마라. 옛 선인의 예를 보면 죽을 때가 되면 날과 시는 스스로 선택했느니. 나 또한 스스로 이룬 것은 없다지만 은거의 삶은 자청한 은자이니 어찌 옛 선인의 호사를 따르지 않을쏘냐. 내 오늘 자정에 갈 터이니 모두 그리 알거라."

석숭이 단호하게 말을 하고는 눈을 감아버렸다. 그러고는 거짓말처럼 잠이 들어버리는 것이었다. 삶과 죽음, 깨어 있음과 잠듦을 스스로 조절할 수 있는 사람이라면 그는 이미 선인(仙人)이라 할 수 있을 것이다. 그런 면에서 석숭은 선인의 반열에 오른 사람이었다.

석숭은 편안하게 잠을 잤다. 그를 바라보는 석문의 사람들은 초조함과 안타까움 그리고 벗어날 수 없는 슬픔에 빠져 있었지만 석숭은 그런 사람들의 애타는 마음을 아는지 모르는지 깊은 잠에 빠져 있었다. 그러다 그가 눈을 뜬 것은 자시가 임박해서였다.

그런데 잠에서 깨어난 그는 마치 갓 태어난 사람처럼 생기가 넘쳐흘렀다. 덕분에 수일 동안 누워 있던 자리를 털고 일어나 얼마 정도 뜰 앞을 산책하며 달과 별을 구경했다.

그런 그의 옆에 석요송과 금불현 그리고 오랜 그의 시종이자 친구였던 석기평이 따랐다. 석승은 아주 기분이 좋아 보였다. 그는 가끔 석요송과 금불현에게 농을 던지기도 했다. 석승은 마치 이 세상을 처음 보는 사람 같았다. 보이는 모든 것을 신기해했고 또한 아름다워했다. 산책을 마친 석승이 자신의 방에 들어 방문을 모두 열어 제치고 가부좌를 틀고 앉았다. 보이지 않는 곳에서 석문의 문도들이 울음을 참으며 석승을 보고 있었다.

"모두 듣거라. 석문의 문주로서 마지막 명이다!"

"옛, 문주!"

곳곳에서 쩌렁한 대답이 들린다.

"본 문이 천 년의 왕국을 꿈꾸며 살아왔던 세월도 아주 의미가 없다고는 할 수 없으리라. 그러나 그로 인해 희생된 문도들을 생각하며 어찌 그 야망이 모두를 행복하게 했다고 할 수 있을 것인가. 사람이므로 마음속에 천하를 향한 야망을 가질 수는 있다. 그걸 말리지는 않겠다. 그러나 그 야망을 석문의 이름으로는 더 이상 언급치 말라. 석문의 문도 모두는 자신의 길을 자신의 이름으로 가라. 알겠는가?"

"명심하겠습니다, 문주!"

"좋아. 난 행복했다. 너희도 행복하거라!"

석승이 일갈을 하고는 천천히 눈을 감았다. 그러더니 서서히 그의 숨이 길어지기 시작했다. 한숨을 내쉬는 것이 꿈을 꾸듯 오랜 시간이 걸렸다. 그리고 드디어 잠자듯 그의 숨이 멎었다.

                    *   *   *

　철썩 철썩!

　차가운 파도가 뱃전을 때린다. 겨우 십여 명이 탈 만한 작은
배다. 그 위에 석요송과 석도산 그리고 노단이 타고 있었다. 배
는 대동강을 벗어나는 순간부터 바다의 높은 파도에 일렁이고
있었다.

　"과연 그들이 눈치채지 못했을까요?"

　배의 키를 잡고 있던 노단이 물었다. 그러자 석도산이 대답했
다.

　"암도를 준비한 것이 처음 교동에 도착했을 때부터였네. 아
무리 추룡대라 해도 우리가 교동을 벗어난 것을 알 수는 없어."

　"그렇다면 다행인데……."

　노단은 불안한 모양이었다. 석숭의 장례를 치르자마자 석요
송 등은 교동을 벗어났다. 금불현이 동행하려 했지만 석요송은
그녀가 이젠 석문의 안주인이므로 석문을 지켜야 한다고 설득
해 그녀를 교동에 머물게 했다.

　"금 장로께서 잘해주셔야 할 텐데요."

　다시 노단이 입을 열었다. 그러자 이번에는 석요송이 대답했
다.

　"믿을 수 있는 분이니 너무 걱정 마시오. 충분히 구룡문에서
도움을 얻어낼 수 있을 것이오."

　"구룡문만 나선다면 교동의 형제들이 중원으로 넘어가는 것

은 어려운 일이 아니지요."

노단이 대답했다. 그러자 석도산이 말했다.

"영영 해동을 떠난다고 생각하면 마음이 좋지 않습니다."

"돌아와야지요."

석요송이 대답했다.

"돌아오실 생각이십니까?"

석도산이 조금 놀란 표정으로 말했다.

"세월이 흐른 뒤에 반드시 돌아올 겁니다. 이번에는 그 누구도 모르게 석문만의 거처를 완벽하게 준비해서 돌아올 겁니다."

"하하, 분명 그리될 것입니다. 암요, 돌아와야지요."

노단이 짐짓 커다란 웃음을 터뜨렸다.

배는 빠르게 움직였다. 닷새 뒤에는 어느새 금주 인근에 닿아 일행은 배를 내려 육로를 택했다. 그리고 다시 닷새를 여행하자 이제 유황곡의 소식이 귀에 들어오기 시작했다. 그리고 그즈음 석요송은 다시 거할을 만났다.

거할은 또 한 번 모습이 변해 있었다. 이제는 검은 문사건을 쓴 학인의 모습으로 변해 있었는데 얼굴에 살이 붙어 제법 어울리는 모습이었다.

"어서 오시게."

거할은 유황곡에서 십 리 정도 떨어진 고두막이라는 마을에서 석요송을 기다리고 있었다.

"좋아 보이십니다."

석요송이 변한 거할의 모습을 보며 말하자 거할이 희미한 미소를 짓는다.

"이젠 사람답게 살려고. 더 이상 쫓는 사람도 없고. 그러고 보면 참으로 세상일이란 알 수가 없네. 도주와 차 노사는 내가 계림혈사의 일을 타인에게 발설할 것을 두려워해 평생 날 죽이려고 했는데, 막상 그들이 죽고 그 일을 자네에게 전했음에도 금문에는 아무런 일도 일어나지 않았지 않은가? 일어나지도 않을 일로 인해 내가 평생 쫓겼다는 사실이 한편으로는 허망하기도 하이."

"사람이 결과를 알고 행동을 할 수는 없지요."

"하긴 그렇지. 가세, 묵을 곳을 잡아 놓았네."

거할이 석요송 등 삼 인을 작은 초가로 인도했다. 초가에는 또 두 사람이 석요송을 기다리고 있었는데 하나같이 안광이 형형하고 눈이 깊은 것이 뛰어난 무공을 지닌 자들이 분명했다. 둘 모두는 오십대 후반에서 육십대 초반으로 보였는데 지니고 있는 공력 때문인지 몸은 이십대 청년 못지않았다.

"형님들 인사 나누십시오. 인겸입니다."

초가로 들어서자 거할이 초가 앞마당에서 서성이고 있던 두 사내에게 석요송을 소개했다. 그러나 두 사내가 석요송을 바라보며 말했다.

"반갑네. 난 점몽이라 하고 이쪽은 안사네."

"두 분의 명성은 익히 들어 알고 있습니다. 뵙게 되어 반갑습니다."

석요송이 정중하게 포권을 했다. 그러자 점몽이라 이름을 밝힌 사내가 말했다.

"음, 반갑기로는 우리가 더 하지. 사실 인검께서 금문에 머무는 동안 찾아가 만나고 싶었지만 사람들의 눈을 의식하지 않을 수가 없었네. 거할이 쫓기는 동안 우리 이십사룡도 자유롭지는 못했으니까."

점몽과 안사는 이십사룡에 속한 인물들이었다. 그들 역시 계림혈사의 비밀은 최근에 알았지만 이미 오래전부터 어렴풋이 이 일에 어떤 내막이 있다는 것은 짐작하고 있었다.

또한 계림혈사 이후 이십사룡은 죽은 석묘문에 대한 죄책감에 시달렸기에 석요송을 만나는 일이 그리 쉽지는 않았다.

"자자, 형님들 안으로 드시지요."

거할이 점몽과 안사의 등을 밀었다. 일행이 거할의 재촉에 서둘러 초가 안으로 사라졌다.

"추룡대!"

점몽이 놀란 화들짝 놀라 석요송을 바라봤다. 그러자 석요송이 무겁게 고개를 끄덕였다.

"정말 추룡대가 움직였다는 건가?"

점몽이 다시 묻는다.

"그렇습니다."

"심각하군. 그런데 그 목표가 태상장로다? 태상장로 곁에는 추룡사로 짐작되는 인물이 있고?"

계속되는 질문에 다시 석요송이 고개를 끄덕였다.

"큰일이군."

이번에는 안사가 초조한 기색을 보인다.

"서둘러 태상장로를 만나야 할 것 같습니다."

거할이 말하자 점몽이 고개를 저었다.

"그게 그리 쉽지 않네."

"어째서 말입니까? 형님이라면 충분히 태상장로를 만날 수 있지 않습니까?"

"닷새 전부터 태상장로를 만나는 모든 경로가 봉쇄되었네. 말로는 몇 개월 폐관 수련을 한다고 하는데… 아무도 만나지 않으시겠다는 명이 있었네."

그러자 거할이 의혹어린 표정으로 물었다.

"이 와중에 폐관 수련이라니 이상한 일이군요."

그러자 곰곰이 생각하던 석요송이 입을 열었다.

"먼저 태상장로의 소재를 파악하는 것이 중요하겠군요."

"폐관한 곳을 깨잔 말인가?"

거할이 놀란 표정으로 물었다.

"정말 폐관을 한 것인지 아니면 다른 일이 있는 것인지 모르지요. 이 일을 알아볼 사람이 있습니까?"

석요송이 점몽을 보며 물었다. 그러자 점몽이 잠시 생각에 잠겼다가 입을 열었다.

"다행이 금 장로가 유황곡에 머물고 있네."

그들이 말하는 금 장로란 이십사룡의 막내이자 북종의 종성인 금관유다.

"관유 그 친구라면 알아볼 수 있을 거야. 그 친구는 이제 금문에서 누구도 무시할 수 없는 거물이 되었으니까. 지난해 동북면에서 고려 원정군과의 싸움을 실질적으로 지휘한 것도 관유 그 친구지."

안사가 대답했다. 그러자 석요송이 다시 말을 이었다.

"그럼 금 장로님께 태상장로의 소재를 확인해 달라고 하시고 또 하나, 혹 최근에 은밀히 유황곡을 떠난 금문의 고수들이 있는지도 확인해 달라고 하세요."

"알겠네. 그리하지."

점몽이 고개를 끄덕였다.

점몽이 금관유로부터 소식을 가져온 것은 채 하루가 지나지 않아서였다. 그런데 소식을 듣고 초가로 돌아온 그의 얼굴이 무척 상기되어 있었다.

"태상장로가 유황곡을 떠났다고 하네."

점몽 방에 모인 사람들을 향해 급히 말을 전했다.

"어디로 말입니까?"

"그건 확실하게 알 수 없었네. 단지 폐관 수련을 가장해 몸을 은신하고 은밀하게 유황곡을 떠났다고 하더군. 금 장로의 말로는 필시 압록으로 향했을 거라 하더군. 물론 중원으로 갔을 수도 있지만……."

"압록으로 갔을 거라 추정하는 이유는 뭔가요?"

석요송이 물었다.

"음, 그건 그동안 태상장로가 은밀히 북천십이문의 최고 고수들을 불러 모았다고 하네. 그 숫자가 일백에 달하는데 각 가문에서 가장 강한 자들을 모았다고 하네. 그 사실을 아는 사람들도 소수라고 하더군. 그런데 그자들도 함께 유황곡을 빠져나 갔네. 지금 유황곡에 모여 있는 사람이 일꾼을 포함하면 수천이 니 겨우 백이 빠져나간 것은 흔적이 남지 않지. 그런데 그중 일 부가 동쪽으로 향하는 것을 관유의 수하들이 목격한 모양이야. 아무래도 요동 동쪽은 관유의 힘이 미치는 곳이니까."

점몽의 말에 거할이 심각한 표정으로 말했다.

"설마… 선문을 치려는 건가?"

"그럴 가능성도 있네."

점몬이 대답했다. 그러자 안사가 탄식을 흘렸다.

"아, 태상장로가 패도적인 사람인 줄은 알았지만 그 행보가 이토록 대범할 줄은 몰랐군. 설마 압록을 넘어 선문을 치려 하 다니……."

"태상장로의 생각이 아닐 수도 있지요."

석요송이 말했다.

"그게 무슨 말인가?"

안사가 되물었다.

"지금 장성이북 압록 서쪽의 요동과 초원은 온전히 금문의 손에 들어왔습니다. 이곳에선 태상장로를 공격하거나 암습하는 것은 불가능하지요. 호랑이를 사냥하려면 호랑이 굴로 들어가 는 수도 있으나 노련한 사냥꾼이라면 호랑이를 유인해 내겠지 요. 사냥하기 좋은 곳으로……."

"설마 유인책이라는 건가?"

"지낭이라면 충분히 가능한 일이지요. 태상장로는 사람은 몰 라도 지낭의 계책은 절대적으로 신뢰할 테니까요."

석요송이 대답했다.

"아, 위험하군. 태상장로가 압록을 넘은 이후 추룡대의 공격이 시작된다면 아무리 태상장로라 해도 살아남기 힘들 거야. 더군다나 북천십이문에서 뽑은 절정고수들이 따라갔다 해도 그 숫자가 겨우 일백, 추룡대가 변방의 고려군사 수천만 동원해도 쉽지 않은 싸움을 될 것인데……."

"태상장로는 살아남을 겁니다. 그러나 같이 간 고수들은 전멸을 면치 못하겠지요."

석요송이 안사와는 다른 의견을 냈다.

"어찌 그리 생각하시는가?"

안사가 물었다. 그러자 석요송이 대답했다.

"그녀는 사람들이 생각하는 것 이상의 무공을 지니고 있지요. 전 강호에 그녀를 막을 사람이 없다고 생각합니다."

"그렇다면 인검께선 뭘 걱정해서 이곳으로 온 것인가?"

"제가 걱정하는 것은 하납니다. 바로 선문이지요."

"선문?"

안사가 의아한 표정으로 물었다.

"그렇습니다. 만약 추룡대의 함정에 선문의 고승들이 더해진다면 그때는 태상장로도 그 덫을 벗어나지 못하겠지요."

"선문이 나설까?"

거할이 고개를 갸웃하며 물었다.

"지금으로선 알 수 없지요. 그러나 선문에서 태상장로를 주시하고 있는 것은 확실합니다. 지난번 암습의 건도 있고……."

"어찌 되었든 일단은 태상장로의 행적을 쫓는 것이 문제군."

"그렇지요. 그리고 금관유 장로께는 은밀히 사람을 모아 압록 인근에 머물라고 해주십시오."

"알겠네. 퇴로를 확보해 두는 것도 중요하지. 일단 우리도 압록으로 가세."

거할이 얼굴을 굳히며 말했다.

*   *   *

차가운 강바람이 금령의 얼굴을 때렸다. 그녀의 뒤에 백여 명의 고수들이 늘어서 있다. 그들이 뿜어내는 기세가 단번에 강물을 밀어버리고 그 사이로 길을 낼 것 같았다.

"건너시지요."

지낭 단중자가 조심스레 금령에게 말했다. 강 위에 십여 척의 작은 배가 떠 있다.

"건너면 다시 돌아올 수 있겠소?"

금령이 남의 일 말하듯 단중자에게 물었다.

"당연한 일입니다. 돌아올 때는 선문의 명패를 들고 올 것입니다. 이미 고려 땅에 들어간 본문의 밀객들이 구산선문까지의 길을 확보해 놓았습니다. 저들은 우리가 절문을 두드릴 때에야 태상장로께서 오신 줄 알게 될 것입니다. 기습이라면 아홉 개의 산문으로 나뉘어져 있는 구산선문의 약점을 고스란히 찌를 수 있을 것입니다."

"좋소. 갑시다. 아, 그전에 지금 즉시 장로 금관유에게 전서를 보내 일군의 문도들을 데리고 압록 인근에 기다리고 있으라 전하시오."

"갑자기 왜……?"

단중자가 조금 놀란 표정으로 물었다. 그러자 금령이 오히려 단중자에게 되물었다.

"그대는 다른 때와 다르군. 본래 이런 일에는 언제나 만약의 일을 대비해야 하는 법, 혹여라도 일이 잘못되면 퇴로를 확보해야지 않겠소?"

"그, 그렇군요. 선문을 치는 일에 몰두하다 보니 제가 실수를 했습니다."

"사람이라면… 가끔 실수할 때도 있지."

금령이 대수롭지 않게 고개를 끄덕였다. 그러자 지낭이 급히 강 위에 떠 있는 배를 불렀다.

"배를 대라!"

지낭의 명에 열 척의 배가 노를 저어 강변으로 다가왔다. 그러자 금령이 먼저 신형을 날려 배 위에 올랐다. 뒤를 이어 백여 명의 북천십이문 고수가 열 척의 배에 나눠 탔다.

"노를 저어라!"

다시 지낭의 명이 떨어졌다. 그의 명에 뱃사공들이 힘차게 노를 젓기 시작했다.

"일이 계획대로 되는군."

청수한 문사 차림의 노인이 입을 열었다. 흰 수염이 곱게 내려와 그의 가슴에 이르러 있었다.

"계책은 완벽하니 하늘의 뜻을 기다려야지요."

노인 옆에서 익숙한 얼굴이 입을 열었다. 왕춘이다. 유황곡에 있던 그가 어느새 압록을 건너 노인의 옆에서 강을 건너는 금령을 바라보고 있었다.

"이번 일에는 삼대주 자네의 공이 컸네. 솔직히 난 자네가 이 정도의 성과를 얻어내리라고는 생각지 않았네. 그대가 사사로운 일로 추룡대의 일을 멀리했다고 오해한 점 미안하이."

"무슨 말씀을! 사실 일대주님의 생각이 틀리지는 않지요. 애초에 제가 신분을 숨기고 금문에 투신한 것은 이런 일을 예상하고 한 일은 아닙니다. 오히려 취월을 찾기 위한 목적이 더 컸지요. 어찌하다 보니 일이 이리된 것인데 역시 우리 고려 황실에 천운이 따른다고 해야 할까요?"

"음, 그래, 제수씨는 어찌 되었나?"

"겨우 설득해 청도를 떠났습니다."

"잘되었군. 이번 일이 잘 성사된다면 자네 가족은 고려에서 일문을 이룰 수 있을 거야."

"영달을 바라고 한 일은 아니지요."

왕춘이 대답했다.

"하긴 일신의 영달을 바랐다면 어찌 추룡사로 살아갈까. 아무튼 이제 신룡이 그물에 들어왔으니 용(龍) 사냥을 해보세."

"그전에 한 가지 여쭐 것이 있습니다."

"뭔가?"

"석문의 일은 어찌 처리하실지……?"

"일단은 지켜보기로 했네."

노인이 짧게 대답했다. 그에게는 오직 금령이 관심일 뿐, 석문의 일은 관심 밖의 일인 듯 보였다.

"가능하면 석문의 안위를 지켜주셨으면 합니다."

"음, 자네가 인검이란 자와 인연이 깊다는 건 알고 있네."

"많은 빚을 졌지요."

왕춘이 대답에 일대주가 고개를 끄덕였다.

"알겠네. 내 황상께도 그리 주청하지. 그러나… 황상이 어찌 생각하실지는 나도 모르겠네."

그러자 왕춘의 낯빛이 어두워지며 대답했다.

"어찌 보면 석요송이라는 사람은 금문의 태상장로보다 더 무서운 사람이지요. 전 그를 적으로 돌리고 싶지 않습니다. 그는 자유롭게 놓아둔다면 황실에 전혀 위협이 될 사람이 아닙니다. 그러나 석문 일족이 위협을 당하거나 혹은 멸문을 한다면 그땐 황실에 치명적인 적이 될 가능성이 많습니다."

"그렇게 대단한 자인가? 무공이 금문이 태상장로보다 뛰어난 사람이란 건가?"

"무공의 문제가 아니라 성품의 문제입니다. 그에게는 금문 태상장로에게 없는 덕이 있습니다."

"덕(德)?"

"그렇습니다. 제가 오랫동안 그의 곁에서 지켜본 바에 의하면 그는 인검이란 신분에 어울리지 않게 덕이 있는 사람이었습니다. 본래 그는 전대 금문의 태상장로가 강제로 청도로 데려온 사람이지요. 그러고는 십 년 동안 생사도에서 극한의 고통 속에 수련을 쌓게 했습니다. 살법 또한 살수에 못지않게 수련했겠지요. 인검오관에 도전했던 밀영들의 말로는 그 안에는 살기를 키우는 수련도 있다고 들었습니다. 그러니 일단 인검오관을 통과한 자라면 당연히 살기가 충만하고 표독한 성정을 지니는 것이 상식이지요. 그런데 그는 그렇지가 않았습니다."

"혹독한 수련을 거쳤음에도 인성이 살아 있다?"

"그렇습니다. 제가 두려워하는 것이 바로 그것입니다. 이유는 알 수 없지요. 그것이 석씨 일족의 피에 흐르는 본성인지, 아니면 그가 수련한 무공에 의해 지켜지고 키워진 성품인지는……."

그러자 일대주가 고개를 갸웃하며 물었다.

"무공으로 성품이 키워졌다?"

"그렇습니다. 얼핏 그에게 듣기로 그가 수련한 심공은 보기 드물게 정대한 심공이라고 하더군요. 오랜 세월 수련이 필요한 심공이라 했습니다. 그래서 그가 강호에 출도하기 전 수련이 십 년이 넘게 걸렸을 겁니다. 그리고 지금도 그는 계속 강해지고 있지요. 음… 청도주가 왜 살기가 필요한 인검에게 그런 정공을 전했는지는 모르겠으나 어쨌든 그는 그 무공 때문인지 인검오관을 통과하고도 정명한 기운을 지니고 있습니다. 그것이 알게 모르게 사람들이 마음을 끌지요. 그런 자가 복수를 위해 사람을 모으기 시작하면 그의 곁에는 권력이나 강압 때문이 아니라 마음으로 그를 따르는 자들이 구름처럼 모여들 겁니다. 그런 그를 상대하는 것은 당대의 금문 태상장로를 상대하는 것보다 훨씬 어려운 일일 것입니다."

"그러니 그를 그냥 놓아두자?"

일대주가 물었다.

"그렇습니다. 그의 무공을 가늠해 보건대 석문을 멸할 수는 있어도 그를 죽이기는 힘듭니다. 금문의 태상장로처럼 함정에 빠뜨리기도 어렵습니다. 그는 욕심이 없는 사람이라 함정을 파기가 쉽지 않지요. 그러니……."

"후후, 이제 보니 삼대주께서 그에게 반하신 모양이군."

일대주의 말에 왕춘이 허를 찔린 듯한 표정을 짓다가 고개를 끄덕였다.

"부인할 수 없지요. 그는 좋은 사람입니다. 만약 저였다면 결코 저와 중자를 살려두지 않았을 겁니다. 목숨의 빚이 있다고 할 수 있지요."

"음, 알겠네. 석문이 강호사에 관여치 않은 것이 이미 수십 년이니 황상께 이 일에 대해서 윤허를 구해보지."

"감사합니다."

"아직 결정된 일이 아니니 미리 고마워할 필요는 없네. 일단 금문의 태상장로를 잡는 일에 집중하세. 그 일이 성공해야 황상께도 드릴 말씀이 있을 걸세."

"알겠습니다."

왕춘이 고개를 숙여 보인다. 그러자 일대주라 칭한 노인이 주위를 돌아보며 말했다.

"백림으로 간다. 금문의 운명을 시험한다!"

명령일하 그의 주변에 있던 검은 복식의 사내들이 땅거미처럼 한쪽으로 이동하기 시작했다.

왕춘과 추룡대의 고수들이 은밀히 산을 타고 이동하자 문득

한 명의 노승이 모습을 나타냈다. 노안에 주름이 가득한 얼굴이나 그 속에 선기가 흘러 일반인이 쉽게 범접할 수 없는 위엄을 지닌 노승이다.

"스님, 오늘 밤은 어디서 주무실 거예요?"

문득 노승의 뒤에서 어린 사내의 목소리가 들린다. 그리고 보니 노승 뒤에 십사오 세 즈음 되어 보이는 소년 승이 함께 서 있었다.

"오늘 밤은 잠을 자기 어렵겠구나."

노승이 대답했다.

"밤을 새야 하나요?"

"그래야 할 듯하구나."

"아유 참, 저자들은 잠도 자지 않고 싸우나요?"

"하하하, 본래 싸움을 즐기는 자들은 잠을 아랑곳하지 않는단다. 더군다나 싸움과 도박은 밤에 하는 것이 제 맛이지."

"어? 스님도 그런 말씀을 하세요?"

"왜 이상하냐?"

"그럼요. 선문의 모든 승려들이 스님을 생불이라 말하는데 생불이 그런 말씀을 하시다니요?"

소년 승이 마치 나무라듯 말했다.

"후후후, 천하에 생불이 어디 있겠느냐? 나 또한 부족한 인간일 뿐이다. 그러니 아직 세속의 일에 관여를 하고 있지."

노승이 쓸쓸한 미소를 짓는다.

"하지만 그건 중생을 위해서……."

"모든 위정자들의 변명이 그러하다. 중생을 위해서, 민초를 위해서……. 그러나 과연 그럴까? 그 마음에 물어 떳떳한 사람이 없으리라. 가자, 아주 큰 싸움이 벌어질 게다. 잠들었던 전설이 깨어날 것이다. 내가 가지 않으면 다시 잠들기 어려울 터, 아니 갈 수 없다."

노승이 한순간 기광을 토해내더니 천천히 걸음을 옮겼다. 그런데 느린 그의 한 걸음이 그를 단번에 십여 장 밖으로 이동시켜 놓는 것이었다.

*   *   *

석요송은 찬바람 이는 강물을 바라봤다. 어둠이 찾아들고 있었다. 기이하게도 밤이 되자 강에 물결이 거세졌다.

"쉬었다 가는 것이 어떻겠는가?"

거할이 물었다. 그러자 석요송이 고개를 저었다.

"두어 시진 전에 강을 건넜다니 지금 강을 건너면 오늘 중으로 따라잡을 수 있을 겁니다."

"음……. 일이 벌어지지 않은 이상 반기지 않을 터인데……."

"강을 건넌 이상 오늘밤이 바로 추룡대가 기습을 할 수도 있겠지요. 그러니 아니 갈 수 없습니다."

"후, 알겠네. 가세."

거할이 동의하지 석요송이 작은 돛단배로 훌쩍 몸을 날려 올라섰다. 그러자 뒤이어 거할등도 석요송을 따라 배에 올랐다. 배가 저녁 강을 건너기 시작했다.

第七章 백림(白林), 피로 물들다

왜 흰 숲이라는 이름이 붙었는지는 알 수 없다. 북방에선 백림이란 이름의 숲이 여럿 있지만 대부분은 자작나무의 흰빛을 보고 지은 이름이다. 그러나 금령이 들어서고 있는 곳에는 단한 그루의 자작나무도 없었다. 오히려 침엽수들이 빼곡히 들어서 어둡기까지 한 숲이다. 그러나 숲의 이름은 백림이다.

관도를 놔두고 굳이 이 깊은 숲, 백림을 통과하려는 금령의 의도는 세인들의 눈을 피하기 위함이었다. 금령이 북천십이문에서 불러 모은 일백 명의 고수는 하나같이 각 문파에서 손꼽히는 절정고수들이지만 그들이 고려의 수십만 정병을 상대할 수는 없는 일이다.

금령의 계획은 급습을 통해 선문의 선승들을 제압하는 것이었기 때문에 사람의 눈을 피해 산길을 따라 이동할 수밖에 없었다.

"쉬어가시죠."

문득 단중자가 입을 연다. 여전히 단중자는 금령의 곁에 있다. 금령도 단중자도 언젠가는 서로를 필요로 하지 않게 될 때가 올 것을 알면서도 여전히 두 사람은 함께 길을 가고 있다. 야망이라는 수레의 두 바퀴처럼 두 사람에 서로의 등에 올라 함께 움직이고 있었던 것이다.

"그럽시다."

금령이 고개를 끄덕였다. 그러자 단중자가 호천단주 범교에게 고개를 끄덕였다.

"오늘은 이곳에서 노숙을 합니다."

범교가 주변의 고수들을 둘러보며 말했다. 그 목소리가 정중하기 이를 데 없었는데 그건 지금 금령을 따르고 있는 북천십이문의 고수들의 배분이 범교보다 훨씬 위이기 때문이었다.

범교가 금령의 명을 전하자 일백 고수들이 소리 없이 사방으로 흩어졌다. 보통의 경우라면 막사를 세우고 제대로 된 숙영지를 꾸릴 일이지만 이 일백 고수들은 하나같이 홀로 지내는 것을 선호하여 유황곡을 출발한 이후 노숙을 하게 되면 줄곧 이렇게 각자 스스로 은밀한 자신의 거처를 만들어 밤을 새는 것이었다.

거짓말처럼 일백 고수들이 사라지자 금령을 호종해 고려로 들어온 호천단원 십오 인이 검은색 천막을 친다. 그러자 금령이 천막 안으로 사라지고 그 밖을 호천단원들이 단단히 둘러서 경계를 섰다.

"단주께서도 이젠 좀 쉬시구려."

단중자가 범교를 보며 말했다. 그러자 범교가 고개를 끄덕이다가 문득 단중자에게 물었다.

"지낭께 물어보고 싶은 말이 있소."

"말씀하시지요."

석요송이 없는 지금에 와서는 단중자와 범교가 금령의 곁을 지키는 가장 중요한 사람들이어서 두 사람은 무척 친밀한 관계를 유지하고 있었다.

"이번 일, 성공할 수 있겠소?"

범교가 진중하게 묻자 단중자가 바로 대답을 하지는 못한다. 단중자가 잠시 생각에 잠겼다가 대답했다.

"진인사대천명(盡人事待天命)이 아니겠소?"

"음, 지낭께서도 확신을 하지 못하시는구려."

"그러나 불가능한 일도 아니오."

"그렇긴 하지만… 몇 할의 승산이 있겠소?"

그러자 단중자가 고개를 젓는다.

"적아의 세력 판도가 확실하고 양쪽의 전력을 가늠할 수 있을 때는 일의 승산을 따질 수 있겠으나 이번처럼 변수가 많은 경우에 승산을 따지는 일은 의미가 없지 않겠소?"

"그렇긴 하지만……."

"굳이 예측해 보자면… 저들이 우리의 행보를 눈치챈다면 일은 실패할 확률이 높고 선문에 당도할 때까지 모르고 있다면 성공할 확률이 높소. 선문은 아홉 개의 산파로 나뉘어져 있는데 대략 그중 다섯을 기습으로 제압한다면 구 할의 승산이 있다고 할 수 있을 거요."

"결국 얼마나 은밀히 이동하느냐에 일의 승패가 달린 것이겠구려."

"그렇소. 그리고 만약 우리가 선문 제일종사라는 태을선사를 조기에 제압할 수만 있다면 그때는 십 할의 승리를 장담할 수 있소."

그러자 범교가 고개를 끄덕였다.

"그건 그렇소이다. 결국 관건은 태을선사 아니겠소?"

태을선사은 당대 해동 선문 구파의 지주로 알려진 인물이다. 그는 해동뿐 아니라 강호무림 전체를 통틀어 가장 신비로운 존재로 알려진 인물이다. 강호에 그의 명성은 구중천 위에 솟은 봉우리처럼 높지만 또 그를 보았다는 사람은 손가락에 꼽을 만큼 적었다.

그가 해동 선문 구파 중 어느 곳 출신인지, 혹은 지금 그가 어디에 머무는 지도 아는 사람이 없었다. 그건 선문의 승려들도 마찬가지였다. 혹자는 그가 승려가 아니라고 말하기도 했다. 해동 선문은 비록 불법에 기반을 둔 곳이지만 그 안에는 전통의 선도가 함께 버무려져 그들만의 독특한 사상을 꽃피우고 있는 곳이기 때문이었다. 또 다른 이는 그가 저자에서 가문을 이뤄 살아가고 있을지도 모른다고 농을 하기도 할 정도였다.

그러나 금령을 포함한 금문의 수뇌들은 그가 반드시 선문 구파 중 한곳에 머물고 있을 거라 판단하고 있었다. 그리하여 결국 이번 기습은 태을선사를 제압하는 것이 그 최고의 목표였다.

"선문 구파 중 오파를 손에 넣을 비책은 강구되어 있소이다. 하늘이 돕는다면 그 안에 태을선사가 있을 것이고, 만약 우리가 먼저 공격할 다섯 개의 산문에 그가 없다면 아직은 천명이 고려 황실을 떠나지 않았다고 해야 할 거요. 그때는… 우리도 생사를 걸고 탈출해야 할 것이오."

"자칫 제이의 계림혈사가 되겠구려."

범교가 어두운 표정으로 말했다.

"맞소이다. 그리될 수도 있소. 제이의 계림혈사라……. 아주 적절한 표현이구려. 그러나 그때에는 석묘문 대협이 있었지만 오늘날은 누가 있어 우리의 목숨을 구원할지 알 수 없구려. 그러니 일이 벌어진다면 계림혈사보다 더한 손실을 입게 될 거요."

단중자가 무표정한 얼굴로 말했다.

백림이 어둠에 잠겼다. 북천십이문의 고수들도 백림의 어둠 속에 함께 잠겼다. 저마다 홀로 잠자리를 찾아들었기에 오로지 눈에 띄는 것은 금령의 막사뿐이다. 그녀의 막사 앞에 피워놓은 작은 모닥불도 우거진 백림의 숲을 겨우 수십 장 안쪽만 비출 뿐이다.

스슥!

한순간 누군가 은밀히 움직이는 소리가 들렸다. 어쩌면 그건 사람의 소리보다 동물의 소리에 가까웠다. 그래서 금령의 막사를 지키고 있던 호천단원들도 그 소리에 처음에는 특별한 관심을 두지 않았다.

스스슥!

그러나 두 번째 소리가 들렸을 때에는 호천단원들의 눈빛이 변했다. 왜냐하면 이번 소리는 귀뿐만 아니라 눈으로도 들렸기 때문이었다.

스으윽!

연이어 숲에서 기이한 소음이 흘러나왔다. 확실히 동물의 소리는 아니었다. 무엇보다 숲이 움직이고 있었다. 그것이 나무인지, 혹은 그 나무를 떠받치고 있는 대지인지는 알 수 없으나 숲이 움직이는 것은 확실했다.

숲이 움직인다는 것은 곧 외인의 침입이 있다는 의미다. 더군다나 백림 전체가 움직이는 듯한 착시를 일으키는 것은 이곳이 온전히 어떤 세력에 포위되었다는 의미다.

"태상장로님!"

범교가 급히 금령의 막사 앞에서 금령을 찾았다.

"무슨 일이오?"

금령의 목소리가 들린다. 자시에 가까웠지만 아직 잠자리에 들지 않은 모양이었다.

"문제가 생겼습니다."

"무엇이오?"

"불청객이 있는 듯합니다."

범교가 조금 초조한 기색으로 말했다. 그러자 금령이 천천히 막사의 문을 열고 모닥불 앞으로 걸어 나왔다.

스으윽!

금령이 나타나자 숲이 다시 한 차례 움직였다. 순간 금령의 눈에서 기광이 번뜩였다.

"무엇이 잘못된 것인가?"

금령이 나직한 탄성을 흘렸다. 불청객의 숫자가 숲이 움직인다고 느낄 정도라면 한두 명이 아니라는 의미다. 적어도 백이 넘는 숫자다. 결국 누군가 금령과 북천십이문의 움직임을 알아채고 이 백림에서 그들을 기다리고 있었다는 의미가 된다.

"사람들을 모으시오."

금령이 명을 내렸다. 범교가 주변의 호천단원들을 보고 고개를 끄덕였다. 그러자 호천단원들이 사방으로 흩어져 숲속에 잠들어 있는 북천십이문의 고수들을 끌어 모으기 시작했다.

금령의 뒤로 백여 명의 고수가 모여들었다. 하나같이 칼날 같은 기도를 흘리는 고수들이다.

"적입니까?"

모여든 고수 중 중년의 장한이 물었다. 온몸이 강철로 된 것처럼 강인한 인상을 풍기는 자다. 대막의 영원한 호랑이, 묵철가의 소가주 철잠이다.

"그런 듯하오."

금령이 묵묵히 대답했다.

"제법이군요. 우리의 움직임을 눈치채다니."

"정체는 모르겠소."

"필시 선문이거나 혹은 대화련의 종자들일 겁니다."

철잠이 자신의 생각을 말했다. 그러자 성하장원의 소가주이자 금령의 외삼촌인 대종담이 두 사람의 대화에 끼어들었다.

"아니면 추룡대일 수도 있지요."

"추룡대? 그 고려 황실의 추룡대 말이오?"

철잠이 되물었다.

"그렇소. 선문은 구름 뒤에 숨어 움직이지 않고, 대화련은 이곳에서 너무 멀지 않소? 세작은 보내는 것은 몰라도 우릴 공격할 만한 세력을 해동에서 모을 수는 없을 거요. 그러니… 역시 추룡대일 가능성이 가장 크구려."

"그렇다면 걱정할 것이 없지 않겠소? 추룡대가 제법 대단하기는 해도 결국 황실의 그림자로 사는 자들, 반면 이곳에 모인 사람들은 절정의 경지에 오르지 않은 사람이 없소. 관의 무공이 아무리 강해도 무림의 절정고수를 상대하는 데는 한계가 있지 않겠소?"

철잠이 말했다. 그러자 이번에는 북해빙궁의 사대호법 중 한 명인 혁강원이 고개를 저으며 말했다.

"그리 간단히 볼 게 아니오. 본래 관에 속한 자들은 개개인의 무공은 약해도 진법과 병법에 능한 자들이 많소. 더군다나 그들이 이곳에서 우리를 기다리고 있었다면 필시 그에 걸맞은 함정을 파 놓았을 것이오."

그런데 혁강원의 말이 끝나기 무섭게 어둠 속에서 두 개의 횃불이 번쩍이더니 이내 한 명의 노인이 금령의 십여 장 앞에 수하들과 함께 나타났다.

"누구냐? 정체를 밝혀라!"

불청객이 나타나자 범교가 앞으로 나서며 소리쳤다. 그러자 노인이 옆의 장한에게 고개를 끄덕였다. 그러자 무언의 지시를 받은 장한이 앞으로 나서며 말했다.

"대인께서 금문의 태상장로를 뵙고자 하시오."

"먼저 정체를 밝혀라."

범교가 다시 소리쳤다. 그러자 장한이 다시 노인을 본다. 노인의 고개를 또 한 번 끄덕였다.

"우린 추룡대요!"

장한의 목소리에 자부심이 가득하다. 반면 예상은 하고 있었지만 정말 상대가 추룡대로 밝혀지자 북천십이문의 고수들 얼굴에는 그늘이 생겼다. 추룡대의 행보가 가벼울 리 없다는 것은 모두가 알고 있는 사실이다.

"추룡대에서 무슨 일로 본문의 태상장로님을 뵈려 하는 것이냐?"

범교가 다시 물었다. 그러자 장한이 슬쩍 노기를 드러내며 말했다.

"이곳이 누구의 땅인가? 이곳은 고려의 땅이다. 금문이 야밤에 도둑고양이처럼 강을 넘어 해동에 들었으니 주인된 자로서 그 이유를 들어야 함이 당연하지 않겠는가? 대인께서는 금문의 태상장로에게 그 이유를 물으려 함이다."

장한의 말이 거칠어지자 범교가 노기를 드러내며 검을 뽑으려 했다. 그러자 문득 금령이 범교를 말렸다.

"됐소. 내가 그를 만나보지. 저들의 말처럼 우리가 손님인 것은 분명하니."

금령의 말에 범교가 순순히 옆으로 비켜섰다. 그러자 금령이 앞으로 나서 노인을 보고 말했다.

"내가 바로 금문의 태상장로 금령이오. 그대는 누구요?"

금령의 얼굴은 여전히 반쪽짜리 은면이 가리고 있다.

"난 추룡대의 일대주 왕홀이라 하오."

노인이 부드러운 목소리로 대답한다. 그러나 그의 안광에 묻어나는 토 서늘한 살기를 금령은 놓치지 않는다.

"영광이군. 추룡대의 수장이 나서다니."

금령이 혼잣말처럼 중얼거렸다. 그러자 왕홀이 웃으며 대답한다.

"나야말로 영광이오. 당금 무림의 최고봉인 금문의 태상장로를 만나 뵙게 되어서 말이오. 그런데… 고려 땅에 어인 일이시오?"

"몰라서 묻는 것은 아닐 테고, 우리가 오는 것을 어찌 알고 있었소?"

"하하하, 추룡대의 눈이 항상 금문에 닿아 있음을 모르지 않을 것이오. 음……. 그런 면에서 참으로 안타깝구려. 지난번 구성을 둔 화의로 인해 금문이 더 이상 해동에 욕심을 내지는 않을 거라 생각했는데 이렇게 압록을 넘다니 말이오. 그 화의가 비록 완안부의 족장과 맺은 거지만 그 뒤에 금문이 있음은 분명하니……."

"이는 무림의 일이니 고려 황실이 관심을 둘 문제가 아니오."

금령이 대답했다.

"허허, 세 살 어린이도 믿지 않을 소리를 하는구려. 금문이 비록 무림의 문파이기는 하나 그 뿌리가 계림의 황실이니 어찌 이를 무림의 일로 치부하겠소. 폐하의 명을 전하겠소! 태상장로는 지금 즉시 추룡대를 따라 개경으로 가 폐하를 알현토록 하시오. 그 자리에서 폐하께 충성을 맹세한다면 오늘 이곳에서 참극이 벌어질 일은 없을 것이며, 또한 요동의 금문에 대한 안위도 보장 받을 수 있을 것이오!"

왕흘의 표정이 단번에 삼엄해진다. 그러자 이제야 그의 진면목이 드러났다. 숨겨져 있던 그의 살기가 서리처럼 내려 장내를 차갑게 가라앉힌다. 사람들이 그의 살기에 호흡이 거칠어진다.

"그대의 속마음은 아마도 내가 그대의 요구를 거절하길 바라겠지? 그래야 이곳에서 금문의 정영들을 모두 벨 수 있을 테니까."

금령이 비웃음이 담긴 표정으로 말했다. 말투도 거칠어졌다.

"날 그렇게 독한 자로 보지 마시게."

왕흘도 하대를 한다. 순간 금령이 눈에서 강렬한 패도의 기운이 일렁인다.

"난 왕씨의 왕을 만날 생각도 없고, 이곳에서 그대에게 죽을 생각도 없다. 오늘 이곳에 온 형제들은 천군만마를 두려워 않는 고수들, 그대를 베고 선문을 얻은 후 그때 왕씨의 왕을 만나 그의 운명을 논하겠다!"

"하하하! 역시 젊음이 좋군. 그러나 만용은 자신과 가문을 위태롭게 하지. 금온이라면 절대 이런 결정을 내리지 않았을 것이다. 역시 내 예상이 맞았어. 금온이 죽었군!"

순간 금령뿐 아니라 그의 뒤에 있던 북천십이문의 고수들이 화들짝 놀랐다. 강호에서 금온은 여전히 청도의 소요림 속에 은거하고 있는 것으로 알려져 있었다. 그런데 왕흘은 금온이 죽었다는 것을 단지 금령의 말과 행보만으로 추측해 내고 있는 것이다. 아니, 어쩌면 이미 단중자와 왕춘이 그 사실을 알아냈을 수도 있었다.

금령이 부인하지 않자 북천십이문 고수들의 동요가 더욱 심해졌다. 그들도 지금껏 금온의 죽음에 대해서는 제대로 모르고 있었다.

"그대를 청도로 끌고 가 할아버님의 생사를 확인케 해주지."

금온의 한마디가 북천십이문 고수들의 동요를 잠재운다. 여전히 금온이 살아 있을 수도 있다는 의미의 말이기 때문이었다.

"후후, 그럴 기회는 없을 걸세. 그러나 걱정은 말게. 태상장로가 없어도 내가 직접 청도로 가 그의 시신을 확인할 셈이니까."

"물론 그대는 청도에 갈 수 있다. 대신 몸을 갈 수 없을 것이다. 그대의 머리만 청도로 가져가지. 그때 두 눈으로 똑똑히 보라."

스릉!

금령의 도가 도갑을 벗어났다. 시퍼런 도광이 암흑 같은 백림의 어둠을 뚫고 흘러간다. 순간 왕흘의 눈이 떨린다. 금령이 도를 뽑는 순간 자연스럽게 도기가 흘러나온다. 도기를 일으키는 별다른 진기가 필요 없는 듯도 보였다. 이는 곧 금령의 무공이 심도의 경지에 이르러 있음을 드러내는 것이다. 몸이 아니라 마음이 도를 움직이고 살아 숨 쉬게 만든다.

"놀랍구나, 그 나이에…… 겨뤄보고 싶군."

"대주!"

한순간 왕흘의 뒤에서 한 명의 복면인이 제지하듯 그를 불렀다. 추룡대의 고수들 중 유일하게 복면을 한 사내다.

"걱정 마시게, 승부를 보려는 것은 아니야."

"지금은 위험을 감수할 때가 아닙니다. 그의 도는… 위험합니다."

복면을 한 자의 목소리가 귀에 익다. 왕춘이다.

"이미 신룡은 그물에 들어왔네. 놓칠 일이 없어. 그러니 난 역린을 한 번 건드려 보고 싶어. 용을 내 손으로 벨 수 있다면 그 또한 즐거운 일 아니겠나? 물론 삼대주의 걱정처럼 내가 죽을 수도 있겠지. 그러나 난 이미 살만큼 산 사람일세. 내가 죽거든 그물을 거두는 일은 삼대주가 하시게나. 그럼!"

창!

검을 뽑는 손놀림이 경쾌하다. 진정으로 금령과의 싸움을 즐기려는 모습이다.

"대주 다시 한 번……!"

왕춘이 급히 말린다.

"됐네."

왕흘이 가볍게 고개를 젓고는 훌쩍 신형을 날려 금령의 오장 안쪽으로 들어섰다.

"한 수 겨뤄보겠나?"

왕흘이 금령을 보며 물었다. 그러자 금령이 한 올의 감정도 느껴지지 않는 목소리로 대답했다.

"어차피 모두 베어야 할 자들, 순서를 정할 필요는 없겠지."

금령의 말에 왕흘의 얼굴이 한순간 굳어졌다. 금령의 표정에서 상대가 지금의 현실을 위기로 느끼지 않는다는 것을 깨달은 것이다. 그건 곧 금문의 태상장로가 스스로 이 그물을 벗어날 자신이 있다는 의미다.

"추룡대의 천라지망을 뚫을 능력이 있는지 보겠다!"

왕흘이 차가운 노성을 토해내며 신형을 날렸다.

카릉!

검과 도과 허공에서 격돌했다. 왕흘의 검은 일 푼의 허식도 없이 금령을 갈랐다. 그런 왕흘의 검을 금령이 가볍게 막았다. 순간 왕흘의 신형이 번개처럼 삼장 밖으로 밀려났다.

단 일합의 격돌에서 왕흘은 넘을 수 없는 산을 느꼈다. 왕춘의 말은 결코 과장되지 않았다. 금문의 태상장로는 위험한 자다. 단 한 수로 이미 상대의 진면목을 알아 본 왕흘의 눈에 두려움이 깃든다. 그러나 이제 와서 싸움을 피할 수는 없다. 물론 그가 자존심 따위 때문에 싸움을 포기하지 못하는 것은 아니다. 그가 싸움을 피하지 못하는 것은 이미 금령의 도가 그의 이마를 내려찍고 있었기 때문이었다. 싸우지 않으면 죽어야 하는 순간이었다.

쾅!

왕흘의 검이 급히 금령의 도를 막았다. 그러자 불꽃이 일어나며 왕흘의 신형이 아래로 푹 꺼졌다. 금령의 도에 실린 막강한 공력을 이겨내지 못한 것이다.

그러나 왕흘 역시 수십 년 고려 최고의 무사들이라는 추룡대를 이끌어온 고수다. 이대로 금령의 도에 머리가 쪼개질 그가 아니었다.

왕흘의 신형이 금령의 도에 밀려 바닥에 주저앉는 듯하다 팽이처럼 회전하면서 금령의 도를 비껴 내고 삼 장 뒤로 물러났다.

그러면서도 왕흘이 번개처럼 검을 뻗어 푸른 검기를 쏘아냈다.

팟!

검기가 금령의 옆구리를 아슬아슬하게 스치고 지나갔다. 그러나 금령은 왕흘의 검기 같은 것은 안중에도 없는 듯 재차 왕흘을 덮쳐갔다. 순간 어느새 자세를 바로 한 왕흘이 혼신의 공력을 모아 마주 금령을 향해 나아갔다.

콰롱!

다시 한 번 도검이 격돌했다. 천지가 진동한다. 충돌의 파장이 바닥에 깔린 묵은 낙엽들을 사방으로 날려 보냈다. 주위의 고수들이 어둠 속에 펼쳐지는 두 절정고수의 벼락같은 충돌에 놀라 입을 벌린 채 고스란히 낙엽들을 맞고 서 있었다.

쩡!

한순간 마주 닿아 있던 도검 사이에서 날카로운 파열음이 일어났다. 동시에 금령의 도가 번개처럼 사선으로 그어졌다.

팟!

한 줄기 혈흔이 어둠 속으로 퍼져 나간다. 잘려 나간 검을 들고 있던 왕흘의 팔뚝에서 솟구치는 핏줄기다.

"음!"

왕흘이 침음성을 날리며 재차 뒤로 물러났다. 금령이 왕흘을 향해 여유를 두지 않고 달려들었다. 왕흘이 닥쳐드는 금령의 도를 감히 상대하지 못하고 재빨리 거목 뒤로 몸을 피했다.

서걱!

금령의 도가 왕흘 대신 수백 년 자란 아름드리나무를 베어 넘겼다.

쿠쿵!

금령의 도에 베인 거목이 태산이 무너지듯 쓰러졌다. 덕분에 순식간에 장내가 아수라장이 되었다. 그 사이로 다시 피분수가 솟는다. 금령의 도에 나무와 함께 왕홀이 베인 것이다. 다행인 점은 치명상이 아니라는 것, 왕홀이 피를 뿌리며 뒤로 물러났다. 그를 향해 다시 금령이 다가섰다. 단 한 걸음도 여유를 주지 않는 금령이다.

"대주!"

왕홀의 뒤쪽에서 왕춘의 목소리가 들린다. 동시에 왕홀이 앞으로 푹 허리를 숙였다. 그러자 그의 등을 타고 맹렬한 파공음을 일으키며 한 대의 철시가 날아갔다.

철시가 향한 곳은 왕홀을 향해 다가오는 금령의 심장, 금령이 날아드는 철시를 무섭게 노려보며 도를 휘둘렀다.

쩡!

금령의 도에 막힌 철시가 방향을 틀어 아름드리나무에 박힌다.

픽!

나무에 박힌 철시가 그대로 한 자 두께의 나무를 뚫고 반대편으로 헛바닥을 내밀었다. 가공할 만한 위력의 화살이다. 그 위력 때문인지 금령 역시 걸음을 멈췄다.

그사이 왕홀이 복면을 한 왕춘의 곁으로 물러났다.

"헛허! 삼대주 미안하이. 내 자네의 말을 경시했어. 정말 무섭군, 무서운 사람이야. 자네의 말대로 도저히 내 힘으로는 감당이 안 되는군."

팔과 옆구리에 가볍지 않은 부상을 입고도 왕흘이 웃음을 흘렸다. 강자와 겨루었다는 뿌듯함이 느껴지는 웃음이다.

"이제 그물을 거둘 때입니다. 시간을 끄는 것은 좋지 않습니다."

"그렇지. 일이 길어지면 반드시 마(魔)가 끼는 법! 그물을 걷는다!"

왕흘이 얼굴로는 웃으면서도 금령에게 당한 패배가 화가 나는지 차갑게 명을 내렸다. 그러자 순식간에 사방의 나무 사이에서 검은 인영들이 튀어나왔다.

파파팟!

동시에 금령을 공격했던 강력한 철시들이 북천십이문의 고수들을 향해 날아들었다.

"조심하시오! 위험한 화살이오!"

누군가의 경고성이 터졌다. 그러나 그 경고가 무색하게 순식간에 장내가 비명 소리로 뒤덮였다.

철시는 고수들의 도검조차도 튕겨냈다. 몸을 나무 뒤로 숨기면 나무와 사람을 함께 꿰뚫는다. 철시의 공격은 순식간에 금령이 이끌고 온 북천십이문의 고수들 삼분지 일을 고혼으로 만들었다. 그들의 무위를 생각하면 경악스런 일이 아닐 수 없었다.

"이게 바로 마시(魔矢)군."

대종담이 나무에 박힌 검은색 화살을 뽑아 들며 중얼거렸다.

"마시(魔矢)가 뭐요?"

철잠이 날아드는 철시들을 경계하며 물었다.

"추룡대들이 쓰는 활을 일컫는 말이오. 보통의 화살에 비해 다섯 배는 강한 위력을 지니고 있다고 하더이다. 과거 대요의 정병이 압록을 넘었다가 귀주에서 몰살을 당했을 때 바로 저 마시가 요의 맹장 수십 명을 죽여 요군의 사기를 일거에 꺾었다고 하더이다. 그때 요군이 그 화살에 마시(魔矢)라는 이름을 붙인 것이오."

"음……. 그런 일이 있었구려. 정말 무서운 무기요."

철잠이 날아드는 화살 하나를 쳐내며 말했다. 그때 문득 범교가 금령의 곁으로 다가서며 말했다.

"태상장로님, 이대로는 손실이 너무 큽니다. 벌써 삼분지 일이 상했습니다."

그러나 금령이 차갑게 대답했다.

"그러나 이젠 더 이상 죽는 사람이 없구려."

"그건……."

"마시를 견뎌낼 사람만이 살아남았다는 말이 아니겠소? 그것으로 되었소. 약자는 죽을밖에. 이젠… 강자의 법을 보여줄 때지. 모두 들으시오!"

금령이 살아남은 고수들을 둘러보며 소리쳤다. 그러자 추룡대의 화살에 신경이 곤두서 있으면서도 북천십이문의 고수들이 금령에게 시선을 돌렸다.

"저들의 화살이 떨어져 가고 있소. 지금 살아남은 그대들은 능히 저들의 마시를 막을 수 있는 능력이 있소. 그러나… 한 가지 아쉬운 것은 우리의 행보가 드러난 이상 선문을 치려던 계획은 중지할 수밖에 없다는 것이오. 이젠 목숨을 보전해 유황곡으로 돌아가는 것이 제일의 목적이오. 그러니… 지금부터 여러분은 스스로의 몸을 보전하는 일에 집중해 주시오. 나 또한 길을 열어 유황곡을 돌아갈 것이오. 모두 무사히 유황곡에서 만나도록 합시다."

금령의 말에 북천십이문의 고수들 얼굴에 생기가 돌기 시작했다. 선문을 공격하는 것이 아니라면, 혹은 이곳에서 추룡대와 한쪽이 전멸할 때까지 싸우는 것이 아니라면 이곳에 모인 고수들은 스스로의 목숨은 간수할 능력이 있다고 자부하는 자들이었다. 금령의 입에서 오직 사는 것임 목적이란 말이 나온 이상 도주를 꺼려할 것도 없었다. 이미 어둠을 뚫고 숲으로 달리는 자들도 있었다.

"태상장로 어찌 이리 쉽게 원정을 포기하시는 겁니까? 더군다나 사람들을 흩어버리면 어찌 추룡대를 감당하시렵니까?"

지낭 단중자가 금령의 명에 동의할 수 없다는 듯 물었다. 그러자 금령이 단중자를 보며 말했다.

"이들이 나에게 마음으로 충성하는 사람들인가?"

"…무슨 말씀이신지……?"

"이들은 나의 야망에 동의하고 나의 힘에 굴복한 사람들이다. 그런 그들에게 나를 위해 목숨을 내놓으라 할 수 있겠는가? 설혹 내가 그런 명을 내린다 해도 이들이 최후의 순간 어떤 선택을 할지 지낭 그대는 확신할 수 있는가?"

"그, 그것이……."

단중자가 미처 대답을 하지 못한다. 그러자 금령이 다시 입을 열었다.

"이들 중 일부는 오히려 최후의 순간 나의 등에 칼을 꽂을 수도 있다. 그리되면 과연 우리 중 누가 이곳에서 살아남겠는가? 오히려 이들에게 생로를 열어주어 저들을 혼란케 함이 유리하다. 추룡대의 천라지망이 흔들리면 길이 열릴 것이야. 금문의 문도들은 함께 간다!"

금령의 명에 범교와 호천단의 고수들이 일제히 고개를 숙인다. 금령을 따라온 몇몇 장로들 역시 굳은 표정으로 고개를 끄덕였다.

"와아아!"

문득 숲 저쪽에서 함성 소리가 일어난다. 연이어 몇 마디 비명 소리도 터져 나왔다. 그러자 물러났던 일대주 왕흘이 다시 모습을 드러냈다.

"태상장로, 그대의 무공이 하늘에 닿아 있음을 인정하겠소. 그러나 오늘 이곳에 펼쳐진 그물은 그리 성글지 않소. 천신이라도 이곳을 빠져나갈 수 없으니 순순히 나와 함께 개경으로 갑시다."

진심이 묻어나는 설득이다. 그러나 금령은 미동도 하지 않는다. 대신 뒤를 돌아보며 금문도들에게 말한다.

"내가 길을 열겠다. 모두 유황곡에서 다시 보자!"

그녀의 말이 미처 사람들의 귀에 다 들어가기도 전에 금령이 신형이 허공을 갈랐다. 동시에 강력한 도기가 일어나 벼락처럼 왕흘의 몸을 갈랐다.

쿠쿠쿵!

강렬한 파열음이 숲 곳곳에서 일어났다. 백림이 어느 순간부터 붉게 타오르기 시작했다. 추룡대가 만든 함정에는 화공도 포함되어 있었다. 백림 곳곳에 미리 염초를 깔아둔 것이 분명했다.

금령의 앞도 화염으로 가득 찼다. 그러나 금령은 숲과 사람을 함께 태우는 화염을 두려워하지 않았다. 그녀가 향하는 곳, 나무가 쓰러지고 땅이 갈라져 길이 열렸다. 추룡대의 그 누구도 그녀의 앞을 막아서지 못했다.

단언컨대 지금껏 강호에서 이토록 패도적인 무공을 선보인 사람은 없었으리라. 추룡대든 혹은 금령의 뒤를 따르는 금문의 고수들이든 누구 하나 금령의 무공에 두려움을 느끼지 않는 자가 없었다.

"이대로 두었다가는 그물을 벗어나겠습니다."

여전히 복면을 하고 있는 왕춘이 금령을 상대하느라 몸이 성치 않은 일대주 왕흘에게 말했다.

"그래서는 안 되지. 어떻게 잡은 신룡인데. 다른 자들은 모두 살려 보내도 좋으니 그물을 그에게로 모으게."

"그러나……."

"상관없어. 어차피 저들은 대부분이 북천십이문에서 불러 모은 자들이지 않은가? 금문의 태상장로가 죽으면 북천십이문은 다시 분열할 걸세. 한편으로는 오히려 다른 자들이 살아 돌아가는 것이 좋을 수도 있어. 본래 사지에서 살아 돌아온 자와 죽은 자들 사이에는 보이지 않는 벽이 생기게 마련이거든. 계림에서의 일도 그러하지 않았나?"

"알겠습니다. 그리 시행하지요."

왕춘이 대답을 하고는 신형을 감췄다.

스스슥!

다시 숲이 움직였다. 어둠 속에서 조용히 차오르는 밀물처럼 숲이 한쪽으로 이동했다. 그러더니 어느 순간부터 금령에게 날아드는 화살과 암기가 부쩍 늘어나기 시작했다. 곳곳에서 추룡대의 추룡사들과 생사결을 벌이고 있던 북천십이문 고수들의 기척이 서서히 멀어졌다.

"고립되고 있는 것 같습니다."

문득 금령의 뒤를 따르고 있던 장로 파야가 말했다. 금문 정종의 오장로 중 이번 원행에 동행한 장로는 모두 세 명, 어린 시절부터 금령을 딸처럼 보살핀 파야와 전대 장로 금지선으로부터 장로의 직을 이어받은 그의 손자 금보전 그리고 수불태가 그들이었다. 애초에는 정종 제일장로로 칭해지는 궐후도 따라나서려는 것을 유황곡의 대소사를 관장하는 일을 허술히 할 수 없다하여 궐후는 유황곡에 남았다.

"저들이 전력을 이쪽으로 집중하고 있습니다. 북천십이문의 다른 고수들은 놓아주려는 모양입니다."

범교가 거들었다. 그러자 잠시 도를 멈추고 주위를 살피고 있던 금령이 입을 열었다.

"나 하나를 목표로 하겠다는 것이군."

"그렇다면… 너무 위험합니다."

파야가 걱정스레 말했다. 그러자 금령이 잠시 생각에 잠겼다가 범교에게 물었다.

"전서는 보냈소?"

"예."

"그가 압록을 건널 수 있을까?"

금령이 다시 물었다.

"저들이 비록 우리의 행보를 눈치챘다고는 해도 금관유 장로의 움직임은 모르고 있을 것입니다."

"과연 그럴까? 우리의 움직임을 알고 있던 자들인데……."

그러자 문득 지낭 단중자가 입을 연다.

"그들이 금 장로의 존재를 알고 있다 해도 달라질 것은 없습니다. 추룡대가 관군을 동원하기 전에야 그 숫자에는 한정이 있지요. 그런데 우리가 오는 길에는 관군이 없었습니다. 금 장로와 백림의 거리가 하루 거리, 그 사이 관군이 개입할 시간은 없습니다. 더군다나 추룡대가 태상장로님의 무공을 견식했으니 그들은 절대 전력을 나눠 후방 금 장로의 진격을 막을 수 없을 겁니다. 지금 당장에도 북천십이문의 다른 고수들을 살려 보내고 있지 않습니까?"

단중자의 말에 금령이 고개를 끄덕였다.

"그렇군. 그렇다면 역시 시간이 관건이군. 하루라… 내가 압록으로 이동하는 것을 생각하면 시간이 조금 단축되겠군."

"쉽지 않은 시간입니다."

장로 수불태가 어두운 안색으로 말했다. 그러자 금령이 다시 생각에 잠겼다가 입을 열었다.

"속도를 좀 더 내겠소. 잘들 따라오시오."

"저희 걱정은 마십시오. 오직 태상장로님의 안위가 중요할 뿐입니다."

범교가 충심이 묻어나는 목소리로 말했다. 그러자 금령의 눈빛이 살짝 흔들린다.

"고맙소. 그러나 사람의 생명에 어찌 경중이 있겠소? 그대들도 날 생각지 말고 스스로 안위를 챙기시오."

"태상장로!"

범교가 비통한 음성을 흘린다. 그러자 금령이 가면 속에서 미소를 짓는다.

"걱정 마시오. 금문의 태상장로는 다른 자의 손에 목숨을 맡길 만큼 약하지 않소."

금령이 다시 도를 말아 쥐었다. 그녀의 팔뚝에 사내처럼 핏줄이 선다. 그러고는 허공으로 도약했다.

쿠웅쿠웅!

빠르지도 느리지도 않게 무거운 충돌음이 일어났다. 금령의 도가 변했다. 벼락처럼 빠르고 강력했던 그녀의 도가 이제는 마치 춤을 추듯 느리게 움직이고 있었다. 그러나 변하지 않은 것은 그녀의 도에 실린 무게다. 태산을 이어 나르는 듯 느리게 움직이는 그녀의 도에는 만근의 힘이 실려 있었다. 그래서 그녀의 앞을 막아서는 것은 그것이 무엇이든 무너져 내렸다.

"공력을 아끼고 있습니다."

왕춘이 말했다.

"그런 것 같군. 싸움을 길게 가져가겠다는 의미야. 그런데 정

말 놀라운 무공이군. 무공을 시전하며 오히려 공력을 회복하는 것 같지 않은가?'

"정말 그렇군요. 저래서야 공력이 마르지 않는 샘처럼 솟아나겠지요. 그녀의 곁에 있으면서도 그녀를 제대로 몰랐던 것 같습니다."

"음……. 이래서는 결국 그 아이의 도움을 받을 수밖에 없을 것 같은데……."

왕흘이 왕춘을 바라본다. 그러나 왕춘이 망설이는 듯한 표정을 짓는다. 왕흘이 말하는 것이 지낭 단중자임을 모르지 않는다. 단중자는 백림에서도 여전히 금령의 가장 가까운 곳에 있다. 비록 석요송의 일로 금령과의 사이가 멀어졌다고 해도 금령은 단중자가 자신을 암습할 거란 생각은 꿈에도 하지 못할 것이다. 그러니 단중자가 금령을 암습한다면 구 할의 승산이 있다. 그러나 그리되었을 때 단중자가 무사할지는 왕춘도 확신할 수 없었다.

"후우……!"

"힘들겠나?'

왕흘도 강요할 생각은 없는 모양이었다.

"조금 더 시간을 주십시오."

왕춘이 말했다. 아들의 목숨이다. 함부로 내던질 것이 아니었다.

"알겠네. 그럼 먼저 흑룡진으로 상대해보지."

왕흘이 순순히 왕춘의 부탁을 받아들였다. 그가 손을 들었다. 그러고는 차갑게 외쳤다.

"흑룡진을!"

백림에 거대한 흑룡이 내려앉았다. 진을 형성한 인원은 대략
삼십여 인, 머리 부분에 가장 강한 고수 다섯이 포진해 있고 그
뒤로 길게 이어진 몸통이 끊이지 않고 나무 사이를 헤집고 다녔
다. 그리고 가장 뒤쪽에 다시 일검에 나무 서너 그루를 벨 수 있
는 고수들이 위치해 있다.

머리가 금령을 공격하다 물러나면 나무 사이에서 몸통에 해
당하는 자들은 불쑥불쑥 튀어나와 금령을 향해 검기를 뿌려댄
다. 그러다가 한 치의 허점이라도 드러나면 단번에 후미에 숨어
있던 꼬리 부분의 고수들이 금령에게 비도를 던져 댔다.

"저게 무슨 진인가?"

살아 있는 용처럼 금령을 휘감아 도는 기진을 보며 금문의 장
로 수불태가 놀란 음성을 흘렸다. 그러자 지낭 단중자가 대답했
다.

"사진(蛇陣)의 일종인 모양인데 아마도 흑룡대에서 만들어 낸
기진인 모양입니다."

"음, 좋지 않군. 태상장로의 기세가 약해지고 있어. 진의 기운
에 휩쓸려 든 것이 분명해."

"아무래도 도와 드려야겠소."

장로 파야가 급한 표정으로 말했다. 그러자 수불태가 고개를
끄덕였다.

"그럽시다. 지체할 시간이 없겠소."

대답을 한 수불태가 먼저 몸을 날려 흑룡진에 휘말린 금령을

향해 날아갔다. 그러나 그 뒤를 따라 파야도 몸을 날렸다. 그러나 두 사람은 금령의 곁에 도달할 수 없었다. 그들이 몸을 날리는 순간 어둠 속에 숨어 있던 흑룡대의 또 다른 고수들이 담장처럼 그들을 막아섰기 때문이었다.

"한계인가?"

단중자가 나직하게 중얼거렸다. 그의 표정이 모호하다. 안타까움과 냉혹함이 함께 드러난다. 그런 단중자를 십여 걸음 옆에서 범교가 의아한 표정으로 바라보고 있었다.

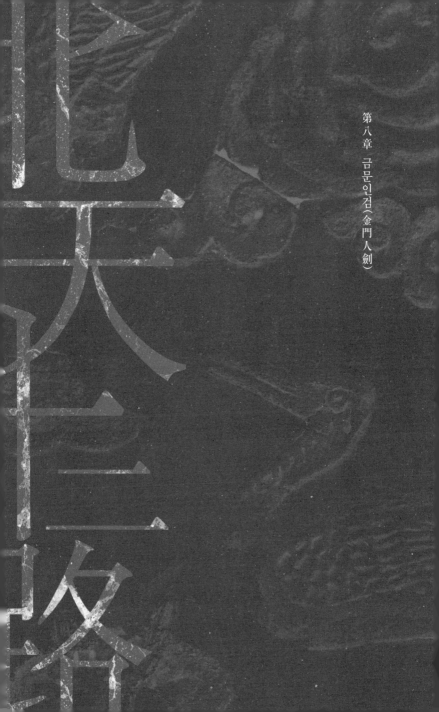

第八章 금문인검(金門人劍)

　금령은 고립되었다. 사방이 적이었다. 추룡대가 펼친 흑룡진은 빈틈없이 금령을 휘어 감았다. 이제 그녀는 거대한 뱀에 감긴 맹수처럼 점점 힘을 잃어가고 있었다.

　화수분 같던 그녀의 공력도 한숨의 여유도 주지 않고 닥쳐드는 흑룡진의 변화에 회복할 기회를 잃고 점점 사라지고 있었다. 금령이 힘을 잃어가자 왕흘과 왕춘의 얼굴에는 여유가 드리워졌다.

　"오늘에서야 흑룡진이 그 쓸모를 보이는군요. 그동안은 진법을 수련하면서도 과연 쓰일 날이 있을까 의문이었는데 말입니다."

　"그렇긴 하지만 아쉬운 일이지."

　"그렇지요. 한 번 흑룡진을 펼친 추룡사들은 원기를 소진해 한두 해는 정양을 해야 하니 말입니다."

"음……. 흑룡진으로 금문의 태상장로를 제압하지 못한다면 우린 전력을 반을 잃은 상태로 저들을 상대해야 하네. 그러니 실수가 있어서는 안 되네."

"알겠습니다. 제가 마무리를 짓지요."

왕춘이 복면을 한 채 대답했다. 그러자 왕흘이 물었다.

"죽일 셈인가?"

"제 능력으로 어찌 죽이지 않고 그녀를 제압할 수 있겠습니까?"

"하긴 그렇군."

왕흘이 고개를 끄덕인다. 그러나 왕춘이 가볍게 고개를 숙여 보이고는 천천히 금령을 향해 걸어갔다.

금령의 눈빛은 차갑게 굳어져 있었다. 그녀를 휘감고 있는 이 흑룡진은 그녀로서는 난생처음 겪어보는 기진이었다. 마치 살아 숨 쉬는 듯한 진, 정말 전설의 흑룡이 살아난 듯한 진은 태산도 무너뜨릴 그녀의 강력한 도기도 아랑곳하지 않고 유연하면서도 빈틈없이 그녀를 조여오고 있었다. 진의 허리를 자르기 위해 무리를 해 수장에 이르는 도기를 뿜어내도 흑룡진은 그 도기를 받아들인 후 진 안에서 소멸시켰다. 금령은 그것이 흑룡진을 형성한 흑룡사 개개인의 능력이 아니라 진에 포함된 오묘한 묘용 때문이란 것을 잘 알고 있었다.

금령이 공격을 멈췄다. 대신 자신을 공격해 들어오는 흑룡사들의 공세를 막아내기만 하며 잠시 흑룡진을 살폈다. 그러나 변화무쌍한 흑룡진 그 어디에도 빈틈은 없었다. 진의 생로와 사로를 파악할 수 없으니 그 허실을 노려 진을 파훼할 수도 없다. 그렇다면 결국 남는 것은 오직 힘이다.

그러나 흑룡진을 깨뜨리는 데 모든 힘을 쏟고 나서야 어찌 남아 있는 흑룡사들을 상대할 것인가. 뒷일을 생각하자면 함부로 시도할 수 없는 방책이다.

카룽!

고민에 든 금령을 향해 그녀의 등 쪽에서 매서운 비도가 날아든다. 잠시 공세를 늦춘 사이 그녀의 허점을 노려 흑룡진의 꼬리 쪽에 위치한 흑룡사들이 비도를 날린 것이다.

팟!

두 개의 비도를 피해 냈으나 하나의 비도가 그녀의 다리 옷자락을 스치고 지나간다. 순간 서늘한 긴장감이 그녀의 찾아든다. 그리고 그 순간 그녀는 깨달았다. 지금은 뒷일을 걱정할 때가 아니라는 것을.

금령의 시선이 흑룡진의 머리 부분으로 향했다. 다섯 명의 흑룡사가 위치한 흑룡진의 머리 부분은 흑룡진 전체를 지휘하며 수시로 그녀를 공격하고 있었다.

대저 뱀이든 용이든, 아니 모든 짐승은 그 머리를 자르면 힘을 잃게 마련이다. 허점은 아니지만 최소한 흑룡진의 급소가 머리인 것은 분명하다.

금령의 손에 힘이 들어간다. 그러자 그녀의 도가 부르르 몸을 떨었다. 지금까지 경험하지 못한 강력한 진기를 담은 도가 스스로 주체하지 못하고 도신을 떨고 있는 것이다. 몸을 떠는 도를 금령이 힘으로 억눌렀다. 그러자 고비가 당겨진 야생마처럼 그녀의 도가 손 안에서 꿈틀거린다.

한순간 금령의 신형이 살짝 허공으로 떠올랐다. 그러고는 틀어쥐고 있던 도의 고삐를 흑룡진의 머리를 향해 풀어 놓았다.

콰아!

벼락처럼 한 줄기 섬광이 금령의 도에서 흘러나왔다. 그 섬광은 흑룡진의 머리, 다섯 명의 흑룡사를 향해 뻗어나갔다.

"조심햇!"

어둠 속에서 누군가의 외침이 터져 나왔다. 금령은 그 목소리가 무척 귀에 익다고 느꼈다. 그러나 이미 시전된 도초다. 중간에 멈출 수 있는 자는 세상에 없다. 금령이 표정을 굳히며 더욱 강력하게 도기를 밀어냈다.

쿠우웅!

강력한 파공음이 일어났다. 한여름 노한 태풍이 일어나는 듯하다. 그 태풍이 흑룡진의 선두에 있는 다섯 명의 추룡사를 덮쳤다.

카카캉!

쇠 부러지는 소리가 요란하게 일어났다. 어둠을 뚫고 사방으로 부러진 도검이 날아갔다. 더불어 도검의 파편을 따라 혈무도 일어났다.

"컥!"

"악!"

비명이 터져 나왔다. 사람의 팔과 다리도 허공을 나른다. 삽시간에 흑룡진이 중심을 잃고 흔들렸다. 진세를 유지하고 있던 추룡사들이 하나둘 진을 이탈했다.

퍼펑!

진을 이탈한 추룡사들을 향해 어김없이 금령의 장력이 떨어져 내렸다.

"욱!"

추룡사들이 비명을 토해내며 땅에 쓰러진다. 이제 흑룡진은 완전히 와해됐다. 그 속으로 금령이 뛰어들었다. 추룡사들이 어지럽게 도검을 휘둘러 진 안으로 들어온 금령을 공격했다. 그러나 그들의 도검 중 어느 하나 금령의 몸을 베는 것이 없었다. 모든 진기를 끌어내 흑룡진을 와해시킨 금령이었지만 여전히 그녀에게는 흑룡사들이 감당하지 못할 공력이 남아 있었다.

그나마 다행인 것은 미처 공력을 회복할 시간이 없었기에 금령의 공력이 본신 내력의 육할에도 미치지 못한다는 것이다. 그래서 추룡사들은 비록 진이 와해되기는 했지만 단번에 전멸하지 않고 근근이 금령의 공세를 버텨낼 수 있었다. 그리고 그 한순간의 버팀이 그들에게 삶의 기회를 주었다.

슈욱!

한 자루 비도가 허공을 날았다. 비도의 모습이 괴이하다. 도면의 가운데 타원형의 구멍이 나 있어 미묘하게 공기와 마찰을 일으키며 예측할 수 없는 움직임을 만들어내는 비도다.

비도가 향한 곳은 금령의 등이었다. 금령이 추룡사들과 난전을 벌이고 있는 것을 생각하면 추룡사들의 안위를 생각지 않은 비도의 공격이다. 그 때문에 금령조차도 비도의 움직임을 미처 깨닫지 못하다가 비도가 그녀의 일장 안에 들어왔을 때에야 자신이 위기에 처했다는 것을 깨달았다.

탁!

금령이 재빨리 바닥을 찼다. 그러자 그녀의 몸이 뒤로 눕혀지며 허공으로 일장 이상 떠올랐다. 놀라운 임기응변을 보인 금령으로 인해 비도는 그녀의 등 아래를 스쳐 지나는 듯 보였다.

그런데 다음 순간 그녀를 향해 날아온 비도가 기이한 움직임을 보였다. 마치 살아 있는 생명인 듯 비도가 금령의 등 아래에서 갑자기 방향을 틀어 허공으로 치솟았던 것이다.

"음!"

지금껏 금령의 입에서 이런 음성이 나온 적이 없다. 그녀의 몸이 본능적으로 회전했다.

팟!

비도가 무섭게 회전하는 금령의 몸을 꿰뚫고 지나갔다. 그녀의 옷자락이 펄럭인다. 더불어 한 줄기 피분수가 솟구친다.

"놈!"

금령이 입에서 노성이 터졌다. 허공에 떠 있던 그녀의 발이 추룡사 한 명의 머리를 밟았다.

툭!

금령의 발에 밟힌 추룡사의 목이 부러져 나갔다. 금령이 그 힘을 이용해 흑룡진을 이루었던 추룡사들을 날아 넘어 자신에게 비도를 던진 복면인을 향해 날아갔다.

번쩍!

금령의 도에서 섬광이 번쩍였다. 빛보다 빠른 검기가 복면인의 심장을 향해 뻗어나갔다.

"헛!"

복면인의 입에서 한 줄기 다급성이 토해졌다. 복면인의 신형이 옆으로 기울어졌다.

퍽!

복면인을 아슬아슬하게 스쳐지나간 검기가 아름드리나무에 박혀들었다. 그러자 수백 년 묵은 나무 기둥에 둥근 구멍이 뚫렸다. 나무는 쓰러지지 않았다. 워낙 굵은 기둥을 가지고 있기 때문이기도 했지만 금령의 도기에 의해 뚫린 구멍이 얼음처럼 매끄러워서 나무가 서 있는 데는 조금도 영향을 주지 않았기 때문이었다.

오직 극도로 정제된 내공을 지닌 고수만이 보여줄 수 있는 초식이다. 복면인이 급히 뒤로 물러났다. 그런 복면인을 향해 금령이 태산처럼 진중하게 짓쳐 들었다. 복면 안쪽으로 보이는 복면인의 동공이 심하게 흔들렸다. 흑룡진에서 자유로워진 금령을 도저히 감당할 자신이 없는 눈이다.

그 와중에도 금령의 옆구리에서는 여전히 피가 흐르고 있었다. 비도에 당한 상처가 가볍지 않다는 의미다.

금령이 복면인의 오장 안쪽에 들어서자 재차 도를 휘둘렀다. 삼사 장에 이르는 도기가 뻗어 나와 활처럼 휘며 복면인을 때렸다. 그러자 복면인이 황급히 검을 들어 금령을 도기를 비껴내려 했다.

차앙!

복면인의 검에 닿은 금령의 도기가 소름끼치는 마찰음을 내며 옆으로 흐른다. 그러나 금령의 도기를 비껴냈다고 해서 복면인이 무사한 것은 아니었다. 한순간 그가 검을 놓치며 입으로 피를 토했다. 금령의 도기에 깃든 공력을 그의 내력이 감당하지 못한 것이다.

검을 놓친 복면인이 황급히 도주했다. 그러자 금령이 재빨리 방향을 틀어 복면인을 추격했다. 그런데 그때 도주하는 복면인 앞에 불쑥 한 인물이 나타났다. 장내의 싸움을 지켜보고 있던 지낭 단중자다.

단중자의 손에는 살기가 흐르는 검이 들려 있었다. 단중자는 도주하는 복면인의 가슴을 노리고 검을 겨누었다. 복면인은 시선을 뒤로 두고 금령을 경계하느라 미처 단중자를 발견하지 못한 듯 보였다. 그런 복면인을 향해 단중자의 검에서 한 줄기 검기가 뻗어 나왔다.

"삼대주님! 앞을 조심하십시오!"

흑룡사 중 누군가가 복면인의 위기를 보고는 벼락처럼 외쳤다. 순간 복면인의 시선이 금령을 벗어나 앞으로 향했다. 그의 눈에 지낭 단중자가 보인다. 두 사람의 눈빛이 찰나의 순간 허공에서 교차했다. 순간 복면인의 눈에 안도의 기운이 흘렀다.

슈욱!

지낭 단중자의 검에서 만들어진 검기가 단번에 복면인의 가슴을 꿰뚫었다.

"괜한 일을……!"

복면인의 뒤를 쫓던 금령이 단중자가 복면인을 급습한 것을 탓하려 입을 여는 순간 가면 속 그녀의 얼굴이 딱딱하게 굳었다.

파앗!

그녀의 눈에 복면인의 옆구리를 뚫고 나오는 차가운 검기가 들어왔다. 처음 그녀는 그 검기가 복면인의 몸을 관통한 것이라 생각했다. 그런데 사람의 몸을 뚫고 나온 검기치고는 단중자의 검기가 너무도 생생하다. 피도 튀지 않는다.

다음 순간 금령의 몸이 본능적으로 옆으로 기울어졌다. 그러나 그녀의 반응은 너무 늦었다.

퍽!

단중자의 검기가 금령의 허벅지를 꿰뚫었다. 금령의 신형이 크게 흔들렸다.

"이놈!"

한순간 단중자의 뒤로 범교가 날아들었다. 애초부터 단중자의 행동이 이상하다고 생각하고 있던 범교가 복면인을 공격하는 척하며 금령을 암습한 단중자를 덮쳤다.

호천단의 수장 범교의 무공은 능히 단중자의 목을 자를 만하다. 그러나 그는 단중자의 목숨을 취하지 못했다. 스치듯 단중자와 지나친 복면인이 어느새 품속에서 비도를 꺼내 범교의 검을 막아냈던 것이다.

깡!

차가운 소성과 함께 범교가 뒤로 물러났다. 작은 비도로 자신의 검을 막아내는 복면인의 공력이 생각보다 대단했다.

일순 장내의 움직임이 거짓말처럼 멎었다. 옆구리와 허벅지에 깊은 부상을 입은 금령은 무심한 눈으로 단중자를 바라보고 있었고, 단중자와 복면인은 어깨를 나란히 하고 금령을 응시하고 있었다. 추룡사들은 어느새 전열을 정비하고 금령과 남아 있는 금문의 고수들을 겹겹이 포위했다.

"태상장로는 백림을 벗어날 수 없소. 오늘 이곳에서 추룡사들이 모두 죽는다 해도 태상장로를 놓아줄 수는 없소."

왕흘이 앞으로 나서며 일갈했다. 금령에게 심한 부상을 입기는 했지만 그의 호기는 한 올도 줄지 않았다. 그러나 금령은 왕흘의 말에 관심을 두지 않았다. 그녀는 나란히 서서 자신을 바라보고 있는 복면인과 지낭 단중자를 바라볼 뿐이었다.

단중자는 그런 금령과 시선을 마주치지 못했다. 그의 시선은 금령으로부터 일 장 정도 벗어나 있었다.

"무슨 뜻이오?

금령이 물었다. 단중자에 향한 질문이다. 그러자 단중자가 잠시 침묵을 지키다가 입술을 깨물며 대답했다.

"인검이 살아 돌아온 순간, 아니, 인검의 실족에 관한 소식을 태상장로께서 들으신 순간 우린 함께 갈 수 없는 사람들이 되어 버렸지요."

"그래서 날 배신한 건가?"

"죄송합니다."

단중자가 정중하게 금령에게 허리를 숙인다.

"오늘 이 함정… 그대의 작품인가?"

금령이 다시 물었다. 그러자 단중자가 고개를 끄덕였다.

"부인하지 않겠습니다."

"독하군. 살겠다면 그저 몸이나 빼어 달아나면 그만인 것을 이토록 독하게 배신할 줄은 몰랐군."

"도망자로 평생을 살 수는 없는 일이지요."

"그 운명에서 벗어날 수 없을 거야. 내가 죽는다 해도 금문의 모든 문도가 그댈 쫓을 테니까."

그러자 단중자가 고개를 저었다.

"꼭 그렇지는 않지요. 오늘 이곳에서 나의 배신을 아는 사람이 모두 죽는다면 난 다시 금문으로 돌아가 새로운 사람을 태상장로로 세우고 다시 한 번 꿈을 펼칠 수 있을 겁니다."

"후후, 어리석군. 똑똑한 줄 알았는데……."

금령이 가는 웃음을 흘린다. 그러자 단중자가 무언의 질문을 눈으로 던진다.

"이곳의 모든 사람이 죽으면 그대도 죽을 거야. 과연 추룡대에서 그대가 금문으로 돌아가는 것을 허락할까? 금문의 뿌리를 뽑으려는 사람들이 금문을 이용해 야망을 꿈꾸는 그대를 돌려보내줄까?"

금령의 물음에 단중자가 대답을 하지 못했다. 그 또한 자신이 말한 일에 대한 확신은 없었다. 그렇다고 믿는 구석이 없는 것도 아니다. 단중자의 시선이 복면인에게로 향했다. 그러자 복면인이 천천히 복면을 벗으며 단중자를 대신해 금령의 물음에 대답했다.

"아마도 이 아이가 원하는 대로 될 것입니다. 태상장로."

"그대……?"

금령이 복면 안에서 드러나는 왕춘의 얼굴을 보고는 얼굴이 굳어진다. 예상치 못했던 사람이다. 설마 왕춘을 이곳에서 그것도 적으로 보리라고는 전혀 생각지 못했던 금령이었다.

"그대는 누구지?"

금령이 새삼스레 왕춘의 정체를 묻는다. 대막에서 혈사신보를 취할 때부터 보아온 왕춘이다. 특히나 석요송과 절친한 사이였기에 그녀 역시 가끔 왕춘의 얼굴을 보았었다. 그리고 급기야는 호천단에 불러들여 자신의 곁에 두지 않았던가. 그런 왕춘이 그녀의 적으로 눈앞에 있다. 그러니 어찌 그녀가 왕춘을 안다고 할 수 있을 것인가?

"새로 인사드리지요. 추룡대 제삼대주 왕춘이 금문의 태상장로를 뵈오!"

왕춘이 정중하게 포권을 한다.

"추룡대 제삼대주?"

"그렇습니다. 그리고 또한 이 아이의 아비기도 하지요. 해서… 이 아이의 뜻은 이뤄질 겁니다. 이 아이가 있는 한 금문은 향후 고려 황실의 뜻에 따라 움직이겠지요. 그러니 어찌 추룡대가 이 아이가 금문으로 돌아가는 것을 막겠습니까."

왕춘의 말이 끝나자 금령이 표정이 모호해졌다. 마치 꿈을 꾸고 있는 사람처럼 왕춘과 단중자 두 부자를 응시했다. 그러고 보니 두 사람이 닮아 있다.

"부자지간이라고?"

금령이 나직하게 중얼거렸다.

"태상장로! 이쯤에서 도를 내려놓으시면 목숨은 보전하실 수 있을 겁니다."

단중자가 금령을 설득한다.

"후후후, 그 말을 들으니 그대가 이제 진정 금문의 사람이 아님을 알겠군. 그러나 그대가 나를 안다면 내가 칼을 버릴 사람이 아니라는 것도 알겠지. 다시 시작해 볼까?"

쿵!

금령이 한 발을 땅에 내려놓았다. 그러자 수목이 벼락 맞은 것처럼 흔들린다. 그 일보로 사람들은 여전히 금령에게 힘이 남아 있음을 깨달았다. 왕흘이 탄식을 흘렸다.

"아, 정말 무서운 사람이군. 오늘 그대를 거두지 못한다면 고려 황실은 두 다리를 뻗고 잠을 자지 못할 것이오."

진심이 우러나는 감탄이다. 그러나 금령은 왕흘의 말에 대꾸를 하는 대신 왕춘을 향해 신형을 날렸다.

"막아랏!"

왕흘의 명이 떨어졌다. 그러자 금문의 고수들을 둘러싸고 있던 추룡사들이 일제히 금령을 향해 암기를 던졌다.

파아앗!

암기가 세우(細雨)처럼 고목들 사이를 날아 금령을 덮쳤다. 순간 금령이 도를 둥글게 휘둘렀다. 그의 도를 따라 도기가 만월을 만들었다.

따다당!

둥근 도기에 막혀 암기들이 사방으로 흩어졌다. 그 사이 추룡사들이 왕춘과 단중자 두 부자의 앞을 가로막았다. 그러자 금령이 도를 사선으로 그었다.

쿠우웅!

사람의 귀를 먹먹하게 하는 파공음이 일어나며 금령의 도기가 추룡사들을 쓸어 베었다.

차앙!

세 명의 추룡사가 동시에 금령의 도기를 막았다. 그럼에도 불구하고 삼 인의 추룡사는 동시에 금령의 공력에 밀려 뒤로 물러났다. 큰 부상을 입고도 전율적인 무공을 쏟아내는 금령을 보며 추룡사들이 질린 표정을 지었다.

"모두 벤다!"

금령이 눈에서 차가운 노기가 흐른다. 그 눈빛에 추룡사들이 두려움을 느낀 듯 다시 뒤로 움츠러들었다. 그러자 왕춘의 목소리가 흘러나왔다.

"적은 하나다. 그 하나에 추룡사가 뒤로 물러난다면 만고에 웃음거리가 되리라!"

추룡사들을 독려한 왕춘이 어느새 새로 구한 검을 들고 금령을 향해 뛰어 들었다. 그러자 금령의 무공에 놀라 물어나던 추룡사들도 힘을 얻어 일제히 금령을 덮쳤다.

어두운 숲의 밤을 번쩍이는 도검의 광채가 뒤덮었다. 금문의 고수들은 누구 하나 금령의 곁에 가지 못했다. 장로 수불태는 이미 목숨이 끊어져 있었고, 장로 파야는 근근이 자신의 목숨을 부지하고 있었다. 호천단의 단원 중 살아남은 자는 범교와 조창 그리고 금원보 삼 인에 지나지 않았다. 엄혹한 추룡사의 공격에서 조창과 금원보가 살아남았다는 것도 기이했다.

그런 면에서 보자면 오늘에서야 두 사람의 진면목이 드러났다고 할 수도 있었다. 두 사람이 금문 수뇌부에 어떤 연고도 없이 호천단원이 된 데에는 그만한 이유가 있었던 것이다.

그러나 그렇게 살아남은 자들의 목숨도 그리 오래 남아 있지는 않아 보였다. 그들의 처지가 수십 명의 추룡사를 상대하고 있는 금령보다 나은 것이 아니었다. 오히려 아마도 그들의 목이 금령보다 먼저 떨어질 가능성이 많았다.

팟!

한 자루 검이 금령의 등을 훔쳤다. 그녀의 등에서 피분수가 솟아난다. 금령이 번개처럼 도를 휘둘렀다. 그러자 그녀의 등을 벤 추룡사의 허리가 잘려 나갔다.

창!

순간 날카롭게 날아든 창날이 그녀의 은 가면을 스치고 지나간다. 은 가면이 창날에 실린 힘을 이기지 못하고 한쪽이 부서졌다. 그러나 금령은 그에 아랑곳하지 않고 광풍처럼 도를 휘둘러 창을 든 자의 등을 일직선으로 베었다.

"컥!"

등에 일도를 허용한 추룡사가 비명과 함께 맥없이 쓰러져 숨을 거뒀다. 금령의 몸에 하나씩 상처가 늘어날 때마다, 혹은 그녀의 순간순간 위기를 넘길 때마다 추룡사들도 한 명씩 죽어갔다. 순식간에 장내에는 추룡사들의 시신이 즐비하게 너부러졌다.

그러나 추룡대주 왕흘과 왕춘은 아낌없이 추룡사들의 목숨을 소비했다. 그들에겐 오직 금령의 목을 베는 것만이 최고의 목적이었다. 이곳에 온 모든 추룡사들이 죽는다 해도 금령을 벨 수 있다면 오늘의 싸움은 그들의 승리였다.

"후욱!"

한순간 금령이 급히 숨을 들이쉬었다. 온몸에 혈흔이 낭자하다. 물론 그중 대부분은 추룡사들의 피였지만 개중에는 그녀의 피도 제법 섞여 있었다. 마르지 않을 것 같던 공력도 이젠 서서히 그 밑천을 드러내고 있었다.

"이각만 있었어도……."

금령이 숨을 들이쉬며 나직하게 중얼거렸다. 패경의 무공이라면 그녀에게 단 이각의 시간으로 본래의 진기를 칠 할은 회복시켜 줄 수 있을 터였다. 그러나 왕흘과 왕춘은 그녀에게 시간의 여유를 주지 않았다. 그들도 싸움 초기에 금령의 싸우면서 공력을 회복하는 기이한 능력을 보았기 때문이다. 한숨의 쉼이 금령에겐 찬 샘물 같은 존재임을 아는 이상 그녀에게 한순간이라도 여유를 줄 왕흘과 왕춘이 아니었다.

"마지막이다. 몰아쳐라!"

왕흘이 서늘한 명을 내렸다. 그러자 다시 수십 명의 추룡사가 금령을 덮쳤다.

"끝인가요?"

추룡사들에게 휘감기는 금령을 보며 단중자가 쓸쓸한 목소리로 말했다.

"그런 것 같다."

"후운……."

단중자가 한숨을 내쉰다.

"마음이 좋지 않으냐?"

"좋을 수는 없지요."

"그녀는 마음에 담으면 안 되는 사람이다."

"알고 있습니다. 그러나 마음이 자신의 것인 사람은 드물지요."

"허허, 하긴 그렇구나. 역시 넌 나보다 똑똑해."

왕춘이 힘없는 웃음을 흘리자 단중자가 문득 검을 들었다.

"왜?"

"기왕에 이렇게 된 것 제 손으로 보내주고 싶군요."

"아서라. 위험해."

"이미 팔 할의 공력을 소비한 그녀입니다. 이빨 빠진 호랑이를 두려워할 저도 아니고… 단 일 검, 일 검이면 족할 겁니다."

"휴……. 알겠다. 말리지 않으마. 그 또한 네가 태상장로를 은애하는 방식이라면."

왕춘이 고개를 끄덕였다. 비록 추룡대의 일과 연관이 있기는 하지만 왕춘 자신도 단취월을 찾아 금문에 투신한 전력이 있지 않은가. 왕춘의 허락이 있자 단중자가 굳은 표정으로 금령을 향해 다가가기 시작했다.

금령의 도가 만드는 도기가 급격하게 작아지고 있었다. 이제 금령은 적을 베는 대신 자신을 보호하는 일에 더 힘을 쓰고 있었다. 상황은 절망적이었다. 백림이 그녀의 무덤이 될 것은 정해진 수순이었다.

그런데 죽음의 문턱에 선 금령의 표정은 오히려 편안해 보였다. 그녀는 마치 스스로 죽음을 원하는 사람처럼 그렇게 아주

평온하게 추룡사들을 상대하고 있었다.

팟!

다시 한 줄기 피분수가 그녀의 어깨에서 터져 나간다. 아마도 그녀의 몸에 생긴 자상이 이로써 열 개를 넘겼으리라.

한 순간 금령의 도가 땅으로 내려왔다. 마치 모든 것을 포기한 사람처럼 그녀의 도가 추룡사가 아닌 땅을 짚었다. 그녀의 갑작스런 행동에 추룡사들이 오히려 놀라 뒤로 물러났다.

"베라!"

금령의 입에서 서늘한 음성이 흘러나온다. 자신의 목을 내놓은 금령이다. 그러나 추룡사 중 누구 하나 감히 그녀의 목을 베지 못했다. 북천십이문을 일통한 금문의 태상장로를 베는 일은 추룡사들에게도 두려운 일이었다.

그런데 그런 금령을 향해 단중자가 다가섰다. 금령이 시선이 단중자를 향했다.

"그대의 뜻대로 되었군."

금령이 차갑게 말했다.

"이건 본래 제 뜻이 아니었습니다."

"어쩔 수 없었다는 건가?"

"태상장로께선 인검의 일을 듣지 마셨어야 했습니다."

"인검이라… 그대는 마지막까지 인검을 핑계 대는군."

"인검이 아니었다면 제가 태상장로께 검을 드는 일은 없었을 겁니다."

단중자의 말에 금령이 고개를 저었다.

"아니, 인검이 아니었어도 그대는 내게 검을 겨눴을 것이다.

그대는 결코 타인의 그늘에 있을 사람이 아니야. 어떤 이유를 가져다 대어서라도 날 배신했을 거야. 그게… 그대의 본성이다. 그대는 반골의 기질을 가지고 태어났어."

금령의 말에 단중자가 흠칫한 표정을 지었다. 어쩌면 금령의 말이 맞을지도 모른다. 사실 그는 금령을 보필하면서도 내내 그 자신이 금령을 움직이고 있다고 생각했지, 자신이 금령의 명을 따른다는 생각은 하지 않았다.

애초에 그가 금령에게서 여인으로서의 호감을 느끼지 못했다면 인검이 아니더라도 이미 오래전에 금령을 배신했을지도 모른다. 그가 지금껏 금령의 곁에 머물러 온 것은 아마도 그녀를 여인으로서 마음에 담고 있었기 때문일 것이다. 그리고 만약 그녀가 자신의 여인이 될 수 없다고 생각하는 순간 그는 그녀를 배신했을 것이다.

"아무튼 그대의 검에 죽을 수 있다니 다행이군. 왕씨 수하들에게 죽기는 싫었어. 그래도 내가 계림의 후예가 아닌가?"

금령이 차가운 미소를 머금는다. 단중자의 표정이 살짝 일그러진다. 죽으려는 자보다 베려는 자가 더 곤욕스런 상황이다. 금령은 여전히 그의 마음속에 있다.

"검을 버리고 살 수는 없겠습니까?"

단중자가 다시 물었다.

"무엇으로? 무슨 의미로?"

금령이 되물었다. 그러자 단중자가 뭔가 말하려다 한숨을 내쉬며 입을 닫았다. 자신의 여인으로 살아갈 수 있는 사람이 아니다. 단중자가 입술을 깨물었다. 깨끗이 베어주는 것이 사랑이

다. 다른 사람에게는 몰라도 금령에게는 그렇다. 누구보다 단중
자가 그 사실을 잘 알고 있었다. 단중자가 검을 들었다.

어둠 속에서 단중자의 검신이 번쩍였다. 모든 사람이 숨을 죽
였다. 금령이 누군가. 이제 막 강호천하의 북두로 우뚝 선 인물
이다. 그런 그녀가 죽음을 기다리고 있었다. 한 달 전만해도 아
무도 상상하지 못했던 일이다.

"베라!"

금령이 마지막 명을 내리듯 외쳤다.

"잘 가십시오."

단중자가 대답을 하고는 두 팔에 힘을 줬다. 그런데 그 순간
어둠 속에서 한 줄기 빛이 번쩍였다. 빛은 어둠을 빨아들이듯
그 주변을 더욱 칠흑처럼 만들었다. 빛은 정확하게 일직선을 그
리며 뻗어 와 금령을 향해 검을 든 단중자의 등에 달빛처럼 드
리웠다. 그러나 다음 순간 그 부드럽고 온화하던 빛을 타고 붉
은 선혈이 솟구쳤다.

"아들아!"

왕춘의 입에서 격한 음성이 터져 나왔다. 그의 신형이 빛보다
빠르게 단중자의 곁으로 다가왔다. 단중자는 어깨에서부터 등
을 지나 반대편 허리까지 사선으로 이어지는 검상을 입고 있었
다. 반면 단중자의 검에 쓰러져야 했을 금령은 조금 모호한 시
선으로 죽어가는 단중자를 보고 있었다.

"아, 아버지……!"

단중자가 숨을 헐떡이며 왕춘을 향해 손을 내밀었다.

"중자야!"

왕춘이 단중자의 손을 부여잡았다.

"아… 아버지……."

단중자가 다시 왕춘을 부른다. 순간 왕춘은 더 이상 단중자가 살 수 없다는 것을 깨달았다.

"웬 놈이냐! 나서라!"

왕춘이빛이 흘러나온 어두운 숲을 향해 소리쳤다. 그러자 어둠 속에서 몇 명의 인영이 움직이는 듯하더니 한 사내가 천천히 장내로 걸어 나왔다.

순간 단중자를 안고 있던 왕춘도, 혹은 모호한 눈빛을 흘리고 있던 금령도, 힘겹게 살아남은 금문 문도들도 모두 놀란 표정을 지으며 저마다 나직한 침음성을 흘린다. 그리고 몇몇이 자신도 모르게 나타난 사내의 별호를 뇌까렸다.

"아, 인검……."

"인검이라니……."

개중 가장 놀란 사람은 왕춘이다.

"요송… 자네였나? 자네가 어떻게……?"

왕춘이 단중자를 바닥에 조심스레 뉘고 천천히 자리에서 일어났다. 단중자는 여전히 숨이 붙어 있었지만 일각을 넘기기 어려울 터였다.

"내 충고를 듣지 않았더군요."

석요송이 담담한 표정으로 말했다.

"자네가 어떻게 여길……."

"오지 않을 수 없었지요."

"석문을 버린 건가? 자네가 이 일에 관여한다면 자네의 석문도 결코 온전치 못할 걸세."

왕춘이 물었다. 그러자 석요송이 고개를 저었다.

"석문을 지키기 위해 왔지요."

"무슨 소린가?"

"금문이 멸하면 석문도 무사치 못할 것이란 걸 추룡대가 보여주더군요."

"추룡대는 결코 석문을 공격할 생각이 없었네. 단지……."

"어르신의 생각이야 그렇겠지만 과연 단중자 그가 금문을 실질적인 주인이 된다면 석문을 그냥 놓아두겠습니까? 혹은 저들은 또 어떨까요?"

석요송이 추룡대주 왕흘을 가리켰다.

"석문 역시 계림에 뿌리를 둔 이상 저들이 과연 석문을 자유롭게 놓아두겠습니까? 오히려 금문을 제압하면 그 여세를 몰아 석문의 뿌리를 뽑으려 할 겁니다. 그게 지금껏 행해왔던 추룡대의 행보가 아니었던가요?"

석요송이 묻자 왕춘이 답을 하지 못한다. 석요송의 말대로 지금껏 추룡대는 계림의 후예들을 처단하는 데 있어서 한 올의 인정도 허용치 않았다. 그러므로 자신이 아무리 석문을, 석요송을 지켜주려 해도 십중팔구는 금문의 일이 마무리된다면 추룡대의 검이 석문을 향하는 것을 막을 수 없었으리라.

"와야 했겠군."

"그렇습니다."

"애초에 추룡대를 동원해 석문을 압박한 것이 오히려 실수였군."

왕춘의 말에 석요송이 고개를 끄덕였다. 추룡대의 수장들은 그저 석문의 발을 묶어 놓으려는 심산이었지만 석요송은 추룡대의 행보에서 앞날의 위험을 읽어냈던 것이다.

"타초경사라…… 실수를 했군."

"아버지……."

문득 쓰러져 있던 단중자가 왕춘을 불렀다. 그제야 왕춘이 자신의 발밑에 죽어가는 아들이 있음을 새삼 깨달았다. 왕춘이 재빨리 무릎을 꿇고 단중자의 손을 잡았다.

"그를……."

단중자의 말에 왕춘이 석요송을 바라봤다. 그러자 석요송이 단중자의 곁으로 다가왔다.

"하아……. 결국 그대에게… 졌군."

단중자가 힘겹게 말했다. 그러자 석요송이 고개를 저었다.

"그대는 그대 자신에게 진 거요."

"나 자신에게?"

"난 그대의 것, 그 무엇도 빼앗을 생각이 없었는데 그대는 내가 그대의 야망에 걸림돌이 된다고 생각했지. 그 조급함이 오늘날 그대를 이 지경으로 만든 거요."

석요송의 말에 단중자가 한참 동안 생각에 잠긴 듯하다 희미하게 미소를 지었다.

"과연 그렇군. 정말 그대는 내게서 아무 것도 빼앗지 않았군. 팔 하나 잘린 것이야… 그 또한 내 고집 때문이었고. 후후 정말 어리석은 사람 아닌가. 적아의 구분조차 하지 못하면서 천하를 손에 올려놓고 저울질하려 했으니. 후…….”

단중자가 힘겨운 듯 숨을 내쉰다. 그러고는 왕춘을 보며 나직하게 말했다.

“아버님!”

“말하거라.”

왕춘이 대답했다.

“복수일랑 생각지도 마세요. 내겐 복수할 상대가 없습니다. 내 스스로 날 죽인 겁니다. 그러니… 복수일랑 생각지 마세요. 그리고…….”

단중자의 목소리가 좀 더 낮아졌다.

“그리고… 추룡대를 떠나세요. 태상장로가 살아난다면 추룡대든 고려 황실이든 그 누구도 살아남기 어려울 겁니다. 어머님을 위해… 이쯤에서 추룡대를 떠나주십시오.”

“중자야…….”

“약속해 주십시오.”

단중자의 재촉에 왕춘이 잠시 망설이는 듯하다 고개를 끄덕였다.

“오냐. 약속하마!”

왕춘이 대답하자 단중자가 만족한 듯 고개를 끄덕인다. 그러고는 천천히 시선을 돌려 그 자신이 죽이려 했던 금령을 바라봤다. 금령은 거할 등 이십사룡 삼 인에게 호위를 받으며 운기조식을 하고 있었다. 아마도 그녀의 무공을 생각하면 금세 공력을 회복할 것이다.

“얼굴도 제대로 보이지 않는군…….”

단중자가 나직하게 중얼거렸다. 왕춘이 단중자의 몸을 일으켜 금령의 모습을 제대로 보여주려 했다. 그러나 그 순간 단중자의 목이 옆으로 흘러내렸다. 숨을 거둔 것이다.

"아들아!"

왕춘이 죽은 단중자를 가슴에 부여안았다. 장내에 긴 침묵이 이어졌다. 죽은 자와 그 아비도, 무서운 속도로 공력을 회복하고 있는 금령도, 그리고 그런 금령과 석요송을 두려운 빛으로 바라보고 있는 왕흘도 한순간 깊은 적막에 빠져들었다. 그러다 먼저 침묵을 깬 것은 왕흘이다. 그의 입에서 다급한 명이 떨어졌다.

"모두 공격하라. 그녀가 공력을 회복하면 전세를 돌이킬 수 없다."

역시 추룡대 일대주다. 왕흘은 장내의 상황을 정확하게 읽고 있었다. 금령이 공력을 회복하는 순간 더 이상 추룡대에게는 기회가 없을 것이다. 그리고 이곳에서 금령을 살려 보낸다면 그 뒷일은 어린아이도 짐작할 수 있다. 금령은 금문의 모든 힘을 몰아 고려를 침범할 것이다. 여진이 그녀의 입에 따라 움직이니 고려의 안위는 풍전등화로 변할 터였다.

왕흘의 마음이 추룡사들에게 전해졌을까. 추룡사들이 살기를 번뜩이며 금령을 향해 날아들었다. 살아 있는 추룡사의 숫자는 이제 겨우 서른 명 남짓, 수백의 추룡사를 모두 동원했으니 전황으로 본다면 전멸이나 마찬가지다. 그러나 이 싸움의 승패는 금령의 목숨으로 결정된다. 아직은 패한 것이 아니다.

거할, 점몽, 안사 삼 인의 이십사룡이 도검을 빼 들고 날아드는 추룡사들을 기다렸다. 이십사룡은 지난날 계림혈사 이후 금문의 요직에서 배제되었지만 그들은 여전히 금문의 사람이다. 그러니 그들로서는 목숨을 걸고 금령을 지키지 않을 수 없었다.

그러나 겨우 세 사람이 죽음을 각오하고 달려드는 추룡사들을 모두 막을 수는 없다. 더군다나 그들은 운기에 들어간 금령을 지켜야 한다.

콰아아!

삼십여 명의 추룡사가 쏟아내는 도기와 검기가 하늘을 메운다. 태산이라도 밀어버릴 듯한 기세다. 그 기세에 거할 등 삼 인의 눈에도 두려움 깃들었다. 그러나 물러날 수도 없다. 그런데 그 절체절명의 그 순간 문득 석요송의 입에서 조용한 음성이 흘러나왔다.

"단(斷)!"

그리고 다시 한 줄기 빛이 허공을 갈랐다.

  백림의 모든 정기가 석요송의 검기에 몰린 듯 보였다. 천하에
존재하는 모든 빛이 석요송의 검으로 빨려들어 검기로 나타난
것 같았다. 눈이 부셨다. 장내에 있는 모든 사람들이 손으로 눈
을 가렸다. 태양을 눈앞에서 보면 이럴까. 동공이 파열되는 듯
한 느낌을 받는 사람도 있었다. 그리고 그 빛줄기가 목표에 닿
았다.

  꽈릉!

  태산이 무너지는 듯한 굉음이 일어났다.

  "크악!"

  "악!"

  단말마의 비명 소리가 빛 속에서 터져 나왔다. 수백 년 묵은
아름드리나무가 속절없이 꺾였고, 빛이 닿은 곳에 있던 모든 것

들이 산산조각 나 허공으로 그 파편을 날려 보냈다.

마치 거대한 운석이 밤하늘에서 떨어진 것 같았다. 빛이 닿은 지점은 반 장 깊이로 움푹 파여 있었는데 그 안에서 죽은 자와 산자들이 뒤엉켜 아우성을 치고 있었다.

사람의 무공일까. 왕흘은 아득함을 느꼈다. 가끔은 이렇게 무림에서 사람의 이성으로는 가늠할 수 없는 고수가 나타나곤 한다. 그런데 그때가 왜 지금인가. 그리고 그 일이 왜 자신과 추룡대에게 일어난 걸까. 왕흘의 시선이 자연스레 석요송에게로 향했다.

석요송은 파리한 얼굴로 검을 든 채 자신이 만들어 낸 아비규환을 바라보고 있었다. 그 자신조차도 놀란 것일까. 그의 눈에서 승자의 득의함 같은 것은 찾아볼 수 없었다. 아니, 오히려 어찌 보면 패배한 사람처럼 눈가에 비통함이 느껴진다.

스윽!

석요송이 왕흘에게로 시선을 돌렸다. 자신을 응시하고 있는 왕흘의 시선을 느꼈는지도 모른다.

"계속하시겠소?"

석요송이 물었다. 왕흘의 대답은 정해져 있다. 더 이상 이 싸움을 이어갈 힘도 수하도 없었다. 석요송의 단 일검에 십여 명의 추룡사가 죽임을 당했고 또 그만큼의 추룡사가 부상을 입었다. 이제 몸 성한 추룡사는 겨우 이십여 명, 그 인원으로 금문 인검을 상대할 수는 없다.

"청도주 금온이 또 한 명의 괴물을 만들어 냈군."

석요송의 질문에 왕흘이 다른 대답을 내놨다.

"계속하시겠소?"

석요송이 다시 물었다. 그러자 왕흘이 고개를 저었다.

"이 지경에 무얼 할 수 있겠나?"

"그럼 가시오."

석요송이 차게 말했다. 순간 왕흘의 눈이 가늘게 흔들렸다. 아마도 모멸감을 느낀 듯 보였다. 주먹을 쥔 그의 손이 가볍게 떨린다. 그러나 그는 수십 년 추룡대를 이끌어 온 고수, 이 정도 수모쯤은 능히 참을 수 있는 사람이다.

"삼대주, 가세."

왕흘이 왕춘을 불렀다. 그러자 왕춘이 고개를 돌려 왕흘을 바라본다. 왕흘이 가볍게 고개를 끄덕였다. 백 마디 말보다 한 번의 고갯짓이 왕춘을 설득하는 데 더 유용하다는 것을 왕흘은 알고 있다.

왕춘이 천천히 단중자의 시신을 들고 일어났다. 그도 가야 할 시간임을 알고 있었다. 비록 아들을 죽인 사람이 눈앞에 있지만 그 또한 자신이 석요송의 상대가 아님을 알고 있다. 추룡사는 자식의 죽음 앞에서도 냉정을 일어서는 안 되는 존재들, 왕춘은 그런 추룡사의 정점에 있는 사람이었다.

"다시 보게 될 걸세."

왕춘이 석요송에게 말했다.

"그런 일이 없기를 바라지요."

석요송이 진심 어린 표정으로 대답했다.

"아니, 다시 보게 될 걸세. 이제 추룡대의 시선은 자네에게로 도 향하게 될 걸세."

무서운 경고다. 추룡대의 시선이 자신에게 닿는다면 석문은 아주 길고 오랜 싸움을 해야 할지도 모른다. 그런데 그때였다. 문득 무겁고 진중하면서도 생기가 느껴지는 목소리가 들렸다.

"그대들은 더 이상 누구도 겁박할 수 없다."

순간 석요송과 왕춘 그리고 왕흘의 시선이 거의 동시에 목소리의 주인공에게로 향했다. 어느새 운기를 마친 금령이 천천히 몸을 일으키고 있었다.

여전히 그녀의 몸은 혈흔이 낭자하다. 그녀 자신과 그녀가 벤 추룡사들의 피가 그녀의 옷을 적시고 있었다. 그러나 그녀의 눈은 달랐다. 그녀의 동공에서 푸른 정광이 흘러나오고 있었다. 그건 그녀가 죽음의 위기에서 완전히 벗어났다는 것을, 그녀의 몸이 이곳에 남아 있는 추룡사와 그 대주들을 벨 만큼 충분히 회복되었다는 것을 의미한다.

왕흘의 눈에 살짝 그늘이 깃든다. 금문의 태상장로든 혹은 금문 인검이든 둘 중 하나만 있다면 어찌 생을 구해볼 수도 있으리라. 그러나 두 사람을 동시에 상대하는 것은, 아니 두 사람으로부터 생명을 구해 도주하는 것은 불가능하다. 이들 두 사람의 무공은 범인의 경지를 크게 벗어나 있었다.

"흑룡대는 다시 만들어지겠지."

왕흘이 검을 들며 중얼거린다. 죽음을 각오한 자의 홀가분함이 느껴진다.

"그들조차 그 기회가 없을 것이다. 유황곡으로 돌아가면 금문의 모든 힘, 변경 이족의 모든 힘, 초원 이족의 모든 힘을 몰아 다시 압록을 건널 테니까. 왕씨의 나라도 그 길로 종말이다. 그대들이 그토록 지키고자 했던 왕씨의 나라를 내가 무너뜨려 주마."

금령이 차갑게 말했다. 그녀의 말에 왕흘의 동공이 떨린다. 이건 그저 겁을 주기 위한 위협이 아니다. 이 여인은, 금문의 태상장로는 충분히 그리하고도 남음이 있었다. 지금껏 주저한 것은 요가 건재하고, 송이 황하 이남에 똬리를 틀고 있기 때문이었으리라. 그들을 괘념치 않는다면 금문의 눈이 장성 너머가 아니라 압록 너머 고려로 향한다면 고려의 존망은 장담할 수 없다.

"고려는 그리 만만치가 않소. 그대가 모든 힘을 모아 온다면 적어도 양패구상, 결국 이득을 얻는 쪽은 요가 되겠지."

"상관없다. 그대들의 검은 수작을 더 이상은 봐줄 수 없어."

금령이 단단히 결심을 한 듯 말했다.

"정녕 파국을 일으키겠다는 말이오?"

"시작은 그대들이 먼저 했다. 난 싸움을 피하는 사람이 아니야. 생사지도, 패도의 길을 걷는 사람이 나다. 그러니 그대들이 선택한 길을 거부하지 않겠다. 먼저⋯ 그대부터!"

금령이 성큼 성큼 왕흘을 향해 걸어갔다. 그러자 그녀의 주위에서 낙엽이 사방으로 휘날렸다. 진기의 폭풍이 도를 휘두르기도 전에 일어나고 있었다.

왕흘이 절망적인 시선으로 다가오는 금령을 응시했다. 어떤 수단을 동원해도 지금으로선 그녀를 막을 수 없다. 흑룡대가 백림에 준비했던 모든 계책들은 이미 소모되었다.

그녀를 막을 사람이 누가 있을까. 왕흘의 시선이 본능적으로 석요송에게 향했다. 그러나 석요송은 다른 곳으로 시선을 돌리고 있었다. 금령을 막을 생각이 없다는 말이다. 하긴 그 스스로 살아 돌아간다면 다시 돌아올 거라 협박을 했으니 어찌 금문 인검이 이 싸움을 말릴까.

"후욱!"

왕흘이 한숨을 내쉬며 검을 들어 올렸다. 가만히 서서 목을 내어줄 수는 없다. 적어도 마지막 힘은 모두 몰아내 버텨봐야 하지 않겠는가. 그는 흑룡대의 일대주다. 그 끝이 허무할 수는 없었다.

왕흘이 검을 들자 금령도 도를 들어 올렸다. 그녀의 도가 머리 위로 올라갔다. 걸음은 여전히 왕흘을 향해 움직이고 있었다. 살아남은 흑룡사들은 감히 두 사람의 싸움에 끼어들 엄두를 내지 못했다. 왕흘이 죽으면 그들에게도 죽음만이 남는다는 것을 알면서도 흑룡사들은 금령을 공격할 수 없었다. 일대주 왕흘의 죽음을 더럽히고 싶지 않기 때문이었다.

"오라!"

왕흘이 소리쳤다. 그러자 금령이 그의 말에 따르듯 허공으로 신형을 날렸다.

우웅!

그녀의 머리 위로 솟구친 도가 강맹한 울음을 운다. 그러자 삼장에 이르는 도기가 밤하늘로 솟구쳤다. 그 기세는 태산이라도 쪼개 버릴 거세다.

"잘 가시오!"

금령이 왕흘의 머리 위에서 외쳤다. 동시에 그녀의 도가 왕흘을 향해 떨어져 내렸다. 왕흘이 검을 치켜들었다. 그의 검에서 청색 검기가 일었다. 그러나 그의 검기는 금령의 도기에 비하면 바람 앞의 촛불처럼 위태로웠다. 금령의 도기가 가까이 다가가 자 왕흘의 검기가 이내 빛을 잃었다. 태양 같은 섬광이 왕흘의 검기를 뚫고 들어가 그의 목으로 떨어져 내렸다.

화려한 종말이다. 왕흘이 눈이 부신지 눈을 감았다. 그런데 그 순간 갑자기 한줄기 부드러운 미풍이 불어오듯 청색 기운이 허공에 나타나더니 순식간에 왕흘을 향해 떨어져 내리던 금령 의 도기를 휘어 감았다.

콰릉!

금령의 도기가 거대한 바위를 때렸다. 그러자 집채만 한 바위 가 금령이 펼쳐낸 도기의 위력을 견뎌내지 못하고 산산조각이 났다.

"누구냐?"

금령의 입에서 차가운 노성이 터져 나왔다. 왕흘은 여전히 목 숨을 부지하고 있었다. 금령의 도기는 청색 기운의 방해를 받아 왕흘의 목을 베지 못했다. 사람들의 시선이 일제히 청색 기운이 흘러나온 어두운 숲으로 향했다. 그러자 어둠 속에서 한 명의 노승이 천천히 장내로 걸어 나왔다.

"선사!"

갑자기 왕흘의 얼굴에 생기가 돌았다. 수염을 가슴까지 기른 노승의 등장이 그에게 생명의 기운을 불어넣은 듯 보였다.

"그대는 참으로 어리석군."

노승은 장내에 나서자마자 왕흘을 꾸짖었다.

"죄송합니다. 선사의 충고를 따르지 못했습니다."

"내 분명 그대가 감당할 사람이 아니라고 했을 텐데……."

"……."

왕흘이 대답을 하지 못하고 고개만 조아렸다. 그러자 노승이 혀를 차며 왕흘을 바라보고는 시선을 금령에게로 돌렸다.

"누구냐?"

금령의 몸에서 패도적인 기운이 물씬 흘러나온다. 그건 왕흘을 상대할 때와는 또 다른 기운이다. 마치 천적이라 만난 것처럼 본능적으로 흘러나오는 기운이었다.

"그대가 금패경의 주인이군."

"……?"

금령이 의아한 표정을 짓는다. 그녀가 조부인 금온으로 부터 전해 받은 패경의 존재를 아는 사람은 그리 많지 않다. 죽은 금온과 차유, 그리고 석요송 정도가 전부다.

"아는 사람이오?"

금령이 문득 석요송에게 물었다. 그런데 그때 석요송도 평소와는 다른 모습을 보이고 있었다. 그 또한 어느새 검을 들어 노승을 경계하고 있었던 것이다. 이 또한 그의 이성이 아닌 본능에서 나온 행동이었다.

석요송이 고개를 저었다. 그러자 노승이 이번에는 시선을 석요송에게 주었다. 그러고는 천천히 고개를 끄덕였다.

"토정경도 제대로 주인을 만난 것 같군. 하아, 역시 오경의 조화란 이토록 신비한 것인가!"

노승이 나직하게 탄식을 흘린다.

"뉘신지요."

석요송이 금령과 달리 정중하게 물었다. 그러자 노승이 부드럽게 대답했다.

"난 태을이라 하네."

순간 금문 정종의 장로 파야가 경악성을 흘렸다.

"태을… 선사! 정녕 그대가……?"

놀라기는 금령도 마찬가지였다. 그들이 목표로 했던 자가 바로 이 노승이다. 태을선사, 선문의 당대 최고승으로 알려진 자다. 그 능력이 하늘에 닿아 신선들과 노닌다는 그다.

"그대가 태을선사이었군."

태을선사를 부르는 말은 사람에 따라 달랐다. 누구는 그의 출신이 불가라 하여 선사라 불렀고, 그가 불법뿐 아니라 선도에도 능통하다하여 선인이라 부르는 자도 있었다.

"맞네, 내가 바로 그대가 찾던 사람이지. 어떤가? 내 목을 벨 수 있겠나?"

태을 선사가 부드럽게 물었다. 순간 금령의 눈에서 투기가 솟구쳤다.

"베지 못할 것도 없지."

"진정하십시오."

한순간 도를 들어 올리려는 금령의 앞을 석요송이 가로막았다.

"무슨 뜻이오?"

금령이 자신의 앞을 막은 석요송에게 물었다.

"내가 먼저 그를 상대하지요."

"왜 그러는 거요? 그대는 이미 금문을 떠난 사람 아니오? 이 것은 금문의 일이오?"

그러자 석요송이 금령을 보며 말했다.

"이미 검을 들어 추룡대를 베었으니 남의 일은 아니지요."

순간 금령의 눈빛이 흔들린다. 금령은 석요송을 알고 있다. 같이한 시간이 길다고는 할 수 없었다. 그러나 그 시간 동안 사실 금령의 시선은 언제나 석요송에게 닿아 있었다. 그래서 이 사내가 유한 성정을 지니고 있지만 한 번 고집을 부리면 누구도 말릴 수 없다는 것을 그래서 알고 있었다. 그러고 그녀는 또 얼마나 이 사내에게 의지하고 싶었던가.

"그를 감당할 수 있겠소?"

금령이 걱정스레 물었다. 그러자 석요송이 그늘진 표정으로 대답했다.

"지금 그걸 가늠하려 하는 것입니다. 어쩌면 그는 우리 두 사람이 나서도 부족한 사람일지도 모릅니다. 그 경우에는… 무리하지 마시고 삶을 구하십시오."

순간 금령의 재빨리 말했다.

"당신은 더 이상 나의 인검이 아니오."

그러자 석요송이 고개를 끄덕였다.

"맞습니다. 난 더 이상 금문의 인검이 아닙니다. 그러나… 당신을 저 노승 앞에 내놓을 수는 없군요."

석요송이 더 이상 말하기 싫다는 듯 훌쩍 날아올라 태을선사 앞에 내려섰다. 그런 석요송을 보며 금령이 복잡한 감정으로 중얼거렸다.

"왜지? 왜 당신이 나 대신 목숨을 걸지?"

금령의 눈동자가 계속 흔들린다. 그러다가 입술을 깨물며 다시 홀로 말했다.

"나도 이제는 당신을 홀로 두고 갈 수 없소."

금령이 한순간 반쯤 부서진 은 가면을 벗었다. 그 순간 석요송과 태을선사의 대치로 팽팽한 긴장감이 흐르던 장내에 갑자기 기이한 기운이 솟아났다.

"아!"

"음……!"

곳곳에서 살아남은 자들의 침음성이 일어났다. 가면을 벗은 금령의 모습은 충격적으로 신비롭고 아름다웠다. 누가 이 여인을 북천십이문을 일통한 철혈의 도객이라 생각하겠는가.

사람들의 탄식에 석요송과 태을선사도 금령에게 시선을 주었다. 석요송의 눈동자가 가늘게 흔들렸다. 그러자 그런 석요송을 보고 금령이 말했다.

"금문의 태상장로가 아닌 금령이라는 한 사람으로서 약속해요. 오늘은 절대 그대를 사지에 홀로 두지 않겠어요."

금령의 말에 석요송의 표정이 더욱 크게 흔들렸다. 그녀가 언제 이렇게 자신의 감정을 드러낸 적이 있던가. 존대를 하는 그 말투 또한 정인을 향한 여인의 말투처럼 단호하지만 공손하다. 그런데 그런 두 사람을 보며 태을선사가 너그러운 표정으로 말했다.

"목숨을 건 대전을 앞두고 감정이 흔들리면 필패를 면치 못

할 텐데?'

순간 석요송의 얼굴이 굳어졌다. 어쩌면 이 노승이 생각보다 훨씬 높은 경지에 이른 자일지도 모른다는 생각이 들었다. 그의 여유가 한편으로는 두렵기까지 했다.

"패경과 정경을 어찌 아십니까?"

석요송이 궁금한 것을 먼저 물었다.

"사람들이 너무 많아, 그 이야기를 상세히 해주기에는. 그대들 두 사람이 도검을 버리고 순순히 날 따라온다면 말해주지."

태을선사가 말했다.

"무릎을 꿇으라는 말이오?"

"무릎까지야. 그저 도검을 버리면 그뿐. 생명을 보존하고, 조용히 산속에 묻혀 살 수 있을 걸세."

말이야 그렇지만 병기를 버리고 항복하라는 말이다. 그러자 석요송이 검을 들어 태을선사를 겨누며 말했다.

"선사의 무공이 천외천의 경지에 이른 것은 알겠습니다. 그러나 나 또한 검 한 번 휘두르지 못하고 무릎을 꿇을 수는 없군요. 지켜야 할 사람이 많은지라……."

"다정도 병이라. 그 병 내가 고쳐주겠네. 아무튼 운이 좋아. 오늘 이곳에서 두 개의 동경을 얻는다면 나머지도 곧 회수할 수 있겠지. 마물들이 세상에 너무 오래 있었어."

"동경의 주인이라는 겁니까?"

석요송이 물었다.

"음, 주인은 아니지만 이 할의 자격은 있지. 물론 그대들도 이 할의 자격은 있어. 동경은 다섯 개다. 이제 난 그것들을 회수할 걸세. 지금까지는 엄두를 내지 못했지만 자네들에게서 두 개의 동경을 얻어 세 개의 동경에서 그 정수를 얻는다면 나머지 두 개의 동경을 회수하는 일은 그리 어렵지 않겠지. 시작하세!'

태을선사가 마치 이미 패경과 정경이 자신의 손에 들어온 것처럼 말했다. 그러자 석요송이 눈빛을 가라앉히며 신중하게 태을선사를 상대하기 시작했다.

태을선사는 바람과 같았다. 바람이 나무를 흔들면 그도 흔들리고 바람이 잦아들며 그도 침묵했다. 아마도 석요송의 검이 검풍을 일으키면 그 바람을 타고 물러날 것이다. 또한 석요송이 공격을 멈추면 그 또한 침묵을 지킬 것이다.

'정말 어렵군.'

석요송이 내심 생각했다. 모든 것이 허점이면서 동시에 모든 것이 단단하게 차 있다. 도저히 공격의 수를 내놓을 시기를 찾을 수 없었다. 그런데 그때 문득 석요송의 곁으로 금령이 다가섰다. 석요송이 금령을 바라본다.

"그의 기도로 보건대 혼자서는 힘들 것 같군요."

패도의 길을 걷는 금령의 입에서 지극히 현실적인 말이 흘러나왔다. 그녀도 태을선사의 무공이 두 사람을 능가한다는 것을 석요송과 태을선사의 대치만으로 깨달은 것이다.

"우린 겨우 십여 년의 수련이고 그는 수십 년 적공을 하였으니 그가 우리와 같은 무공을 가지고 있다면 아마도 그는 그 무공의 정수에 이르렀을 겁니다. 우리 둘로도 힘들 수 있지요."

석요송이 무겁게 말했다.

"그렇다고 그의 말처럼 도검을 던지고 항복할 수는 없지요?"

"그야 물론이지요."

"시작은 항상 내게 어울리는 일이고요."

금령이 한마디 말을 남기고는 태을선사를 향해 도약했다.

쿠웅!

금령의 도에서 오장에 이르는 도기가 번뜩이더니 그대로 태을선사를 덮쳤다. 그러자 태을선사가 바람에 흩날리는 갈대처럼 한 차례 휘청하더니 어느새 삼장을 옆으로 이동하며 가사자락을 휘둘렀다.

창!

옷자락과 도기가 격돌했는데 쇠 부딪히는 소리가 일어난다. 태을선사의 옷자락에 깃든 공력의 깊이가 드러나는 순간이다. 그때 석요송도 움직였다. 석요송이 일직선으로 전진하면 태을선사를 향해 검을 뻗었다. 그러자 그의 검에서 흘러나온 검기가 기이한 곡선을 그리며 태을선사를 감쌌다. 천광검 환의 초식이다. 금령과 합공을 할 때는 그녀와 다른 종류의 무공이 어울린다. 환의 초식으로 태을선사의 움직임을 제약한다면 금령의 패도가 한층 더 위력을 발휘할 터였다.

석요송의 검기가 허리를 휘어 감자 태을선사가 이번에는 검기를 피하지 않고 손에 들고 있던 짧은 검으로 석요송의 검기를 내려쳤다.

쿠룽!

천둥치는 소리가 일어나며 석요송의 검기가 잘라져 나갔다. 그사이 어느새 하늘로 솟구친 금령의 도가 태을선사의 등을 가격했다. 순간 태을선사의 한 차례 몸을 흔들었다. 그러자 거짓말처럼 태을선사의 신형이 그 자리에서 사라졌다.

쾅!

금령의 도기가 무섭게 땅에 떨어져 내렸다. 반경 삼사 장의 웅덩이가 한순간에 생겨난다.

"아!"

싸움을 지켜보는 자들 사이에서 탄성이 일었다. 세 사람의 무공은 사람의 무공이 아니다. 그들의 일초 일보에 나무가 부러져 나가고 땅이 갈라진다. 세상에 이런 무공은 없었다. 세 사람이 펼쳐내는 무공은 지금껏 단 한 번도 세상에 드러난 적이 없는 무공이다.

특히 태을선사의 무공은 놀라웠다. 그는 겨우 팔 하나 길이의 검을 들고 석요송과 금령을 상대했는데 석요송과 금령 두 사람이 당대 무림에서 적수를 찾아볼 수 없는 절정의 고수들임에도 불구하고 두 사람의 합공을 너끈히 받아내고 있었던 것이다.

그의 움직임은 바람처럼 가볍고 물처럼 부드러웠지만 석요송과 금령의 태산과도 같은 무공을 너무도 쉽게 상대하고 있었다.

그러나 그렇다고 태을선사가 싸움의 승기를 잡은 것은 아니었다. 태을선사의 신묘한 검술이 가끔 석요송과 금령을 위협하기도 했지만 싸움 내내 공세를 취하는 쪽은 석요송과 금령이었다.

석요송과 금령은 묘하게도 원앙합격을 수련한 사람들처럼 반틈없는 합공을 펼치고 있었는데 한 사람이 강하게 나가면 다른 사람이 은밀히 뒤에서 다른 사람의 허점을 보충했고, 한 사람이

지쳐 뒤로 물러나면 다른 사람이 앞으로 나서 천신처럼 용맹하게 태을선사를 공격하는 것이었다.

그리하여 싸움은 일진일퇴의 공방전을 이어갔다. 그러다가 앞에 나서 공세를 퍼붓던 금령이 뒤로 물러나고 석요송이 앞으로 나서는 순간 갑자기 석요송이 지금까지와는 전혀 다른 초식을 펼쳤다.

그의 검이 하늘로 솟구치더니 갑자기 검기가 삼사 장 길이로 늘어났다. 동시에 그의 검이 활처럼 휘어지더니 이내 벼락처럼 태을선사를 향해 떨어져 내렸다. 천광검 단의 초식이다. 지금껏 석요송은 금령에 비하면 유한 초식들을 펼쳐 태을선사를 상대했다. 천광검 쾌와 환의 초식은 금령이 펼치는 패경의 무공들에 비하면 부드럽기까지 한 무공들이었다. 그래서 당연히 이번에도 그러한 무공을 펼칠 것으로 생각하고 있던 태을선사에게 천광검 단의 초식은 갑작스런 공세가 아닐 없었다.

"음!"

태을선사의 입에서 한마디 침음성이 흘러나왔다. 동시에 검이 눈에 보이지 않는 속도로 움직였다. 그저 그의 손에서 한 가닥 빛이 움직이는 것 같았다.

쾅!

석요송과 태을선사 사이에서 강렬한 빛의 폭발이 일어났다. 일순간 세상이 정지하는 듯하더니 태을선사의 신형이 뒤로 홀홀 날아갔다. 석요송 역시 하얗게 변한 얼굴로 주춤주춤 뒤로 물러났다. 누가 이득을 보고 누가 손해를 보았는지 모르지만 두 사람 모두 큰 충격을 받은 것이 분명했다. 그리고 이런 기회를 놓칠 금령이 아니었다.

번쩍!

금령의 도가 허공을 갈랐다. 강렬한 빛의 기둥이 태을선사의 가슴을 향해 날아갔다. 이 도기의 강력함은 앞서 석요송이 펼친 천광검 단의 초식에 못지않았기에 내기에 충격을 받은 태을선사로서는 쉽게 감당할 수 없는 공세였다.

"흠!"

태을선사의 입에서 나직한 침음성이 흘렀다. 그가 검을 아래로 내려 옆구리를 보호하면서 슬쩍 몸을 틀었다. 순간 금령의 도기가 그의 검을 때렸다.

콰릉!

다시 천번지복의 굉음이 터져 나왔다. 검으로 막기는 했지만 금령의 도기에 실린 강력한 진기의 힘을 견디지 못한 태을선사가 십여 걸음 뒤로 물러났다. 그러자 그 사이 본색을 회복한 석요송이 독수리처럼 몸을 날려 태을선사를 덮쳐 갔다. 그리고 이번에는 금령 역시 뒤로 물러나지 않고 석요송과 함께 태을선사를 공격했다.

"아!"

추룡사 중 한 명이 탄식을 흘린다. 누가 봐도 싸움의 전세가 완전히 기울어져 있었다. 천외천의 무공을 지니고 있다는 태을선사라도 지금의 상황에서 석요송과 금령의 합공을 받아내는 것은 무리였다.

그런데 두 사람의 도검이 막 태을선사의 머리 위에 떨어지려는 순간 갑자기 어둠 속에서 녹색을 띤 투명한 기운이 금령과 석요송을 향해 날아왔다.

그 기운은 절대지경에 이르렀다는 석요송과 금령조차도 감히 무시할 수 없는 힘과 빠름을 지니고 있었다. 태을선사를 공격하던 두 사람이 약속이나 한듯 허공애에서 동시에 몸을 틀어 녹색 기운을 막았다.

팟!

그런데 두 사람의 도검에 녹색 기운에 닿으려는 순간 거짓말처럼 그 기운이 사라져 버렸다. 두 사람의 도검이 허무하게 허공을 갈랐다. 그러나 그것으로 태을선사는 두 사람의 압박에서 벗어났다. 석요송과 금령도 더 이상 태을선사를 공격하지 않고 훌쩍 몸을 날려 뒤로 물러났다. 그러고는 녹색 기운이 날아온 방향을 향해 시선을 주었다.

"뉘시오. 어느 분께서 이 노승의 명을 이어준 것이오?"

태을선사 조차도 그를 구한 사람이 누구인지 알지 못하는 것 같았다. 그렇다면 장내에 전혀 새로운 인물이 등장했다는 말이 된다.

"강호에 연을 끊은 사람이라 그냥 지나치려 했으나 향후 고려가 겪어야 할 겁란이 두려우니 그냥 갈 수가 없구려."

백발의 노인이 어둠 속에서 나타났다. 머리와 수염 그리고 옷이 모두 순백색이다. 알 수 없는 신비감이 절로 묻어나는 노인이다. 어찌 보면 태을선사조차도 노인에 비해 신비로움이 부족한 듯싶었다.

나이도 짐작할 수 없다. 언뜻 보면 태을선사보다 젊은 듯 보이지만 또 자세히 보면 얼굴에 인 주름이 태을선사보다 나이가 많아 보이기도 했다.

"뉘시오?"

태을선사가 다시 물었다.

"불초는 허소산이라고 합니다."

노인이 대답했다. 그러자 다른 사람은 모두 가만히 있는데 갑자기 왕흘이 경악스런 표정으로 되뇌었다.

"허… 소산! 독황!"

순간 노인 허소산이 왕흘을 바라봤다.

"날 아시는가?"

"일백여 년 전 항주에서 금문의 발호를 막았다는 바로 그……."

"날 기억하는 사람이 아직도 있군. 내가 알던 사람들은 모두 늙거나 병들어 죽었는데 날 기억하는 사람이 아직도 있을 줄이야. 정말 세상의 업이란 질긴 것이군. 완벽히 잊힌 사람이라 생각했거늘……."

노인 허소산이 나직하게 탄식을 흘린다. 그러자 태을선사가 묘한 표정으로 백발의 노인 허소산을 보며 물었다.

"노사께서 정녕 그 유명한 독황이시오?"

"독황이란 별호는 내가 붙인 것이 아니나 사람들이 아주 오래전 날 그리 부른 것은 맞소."

"독황께서 강호에서 활동하신 것이 일백여 년 되었거늘 오늘날 이곳에서 독황을 뵈올 줄은 몰랐군요."

태을선사의 말이 무척 정중하다. 강호의 배분을 생각하자면 놀라운 일이 아닐 수 없었다. 그런데 그때 문득 금령이 입을 열었다.

"전전대 금문의 태상장로이신 큰조부께서 중원에서 대업을 도모하다 한 명의 젊은 독의 고수에 의해 대업은 깨어지고 금문은 멸문의 지경까지 갔었다는 말이 있었지요. 허소산이라면 바로 그때의 그 절대독인이시겠군요?"

금령의 말도 정중하다. 그러자 노인 허소산이 빙그레 웃으며 대답했다.

"맞네, 내가 그 사람일세. 그대는 김류의 혈손인가?"

"그분이 제겐 큰조부가 되시지요."

"그랬군. 음…… 김류가 죽은 이후 금문은 멸문할 거라 생각했는데 오늘날 다시 천하일통의 패업을 노리니 역시 금문의 저력은 놀라운 것이야."

노인 허소산이 고개를 끄덕이며 말했다. 그러자 금령이 물었다.

"조부님께 듣기로 당시 독황께서는 단지 큰조부님의 패업을 개인적인 이유로 막았을 뿐, 처음부터 금문을 적대하진 않으셨다 들었습니다. 해서 큰조부가 돌아가신 것도 독황께서 손을 쓰신 것이 아니라 추룡대에서 암격한 것으로 알고 있습니다만…… 그래서 조부께서는 금문을 다시 세우시면서도 독황께 대한 어떤 원한이나 보복도 시도치 않으셨지요."

"그랬지."

허소산이 고개를 끄덕였다.

"그런데 오늘 이렇게 금문의 행보에 관여를 하시는 것은 어떤 연유인지요?"

"음……. 두 가지 이유가 있네."

노인 허소산이 대답했다.

"듣고 싶군요."

"하나는 내가 고려의 사람이라는 거네. 왕조가 어느 성씨로 이어지든지는 사실 민초에게는 상관이 없네. 그중 성군이 나오 길 바랄 뿐이지. 그러나 예외가 있어. 이족의 사람들이 들어와 새로운 왕조를 창업하는 것은 다르네. 그렇게 되면 고려 땅의 모든 민초들은 이족의 노예로 전락하고 말걸세."

"금문은 결코 이족이 아닙니다. 우린 계림의 후예지요."

"물론 금문 수뇌가 계림의 후예라는 것을 부정하려는 것이 아니네. 그러나 금문의 다른 식솔들은 어떤가? 청도주가 금문을 재건하면서 끌어들인 수많은 무인들 중 계림의 피를 이은자가 몇 할이나 되는가?"

허소산의 물음에 금령이 답을 하지 못한다. 그의 말대로 현재 금문의 식솔들 중 계림의 후예들은 겨우 삼 할이 되지 않는다.

"금문이 계림에 뿌리를 둔 것을 부정하지는 않지만 온전히 해동의 문파라고 할 수도 없네. 더군다나 금문도들 중 상당수는 변성하여 이족으로 살아가고 있지 않은가? 이번에 동북구성을 두고 고려의 별초군과 싸운 완안부의 경우에도 금씨 성을 버리 고 이족의 성을 취하지 않았는가?"

"그것은……."

"물론 여러 사정이 있겠지만 어쨌든 지금으로서는 그 뿌리가 계림이라 하더라도 이미 다른 가지로 뻗어 나간 금문이네. 해동을 점한다면 고려의 민초들은 결국 노예 신세를 면치 못할걸세. 그대는 현명한 사람이니 이 이치를 부인하지 못하겠지. 그래서 내가 나선 것일세. 난 내 이웃이 노예로 전락하는 것을 두고 볼 수는 없네."

"두 번째 이유는 무엇입니까?"

금령이 물었다. 그러자 허소산이 잠시 생각에 잠겼다가 태을 선사를 보며 말했다.

"이 일은 아주 오래전의 일이고 또한 뿌리가 깊어 그 진위가 명확치 않은 일이니 나 또한 확실히 말할 수 없네. 조화오경에 대한 진실을 아는 사람은 아마도 선사 한 분뿐이 아닐까 하오 만……."

그러자 태을선사가 허소산을 보며 물었다.

"역시… 독황께서 독경을?"

태을선사의 물음에 노인 허소산이 고개를 끄덕였다.

"아, 이렇게 오경이 다시 세상에 오는구나."

태을선사가 나직하게 탄식을 흘렸다. 그러자 노인 허소산이 금령과 석요송을 번갈아 보며 말했다.

"그대들이 수련한 무공은 모두 조화오경에서 나온 무공일세. 이 조화오경은 사실 세상에 나오면 안 되는 것인데 오늘날에 와 서 다시 세상에 그 모습을 나타냈네. 나 또한 오경의 한 주인으 로서 패경과 정경이 세상에 나온 이상 나서지 않을 수 없었던 거지. 오경주의 행보는 결코 홀로 자유로울 수 없네. 왜냐하면 오경의 중 하나라도 준동을 하면 천하가 피로 물들기 때문이지. 그대들도 오경의 무공을 수련했으니 오경의 무서움을 잘 알걸

세. 아마도 그래서 선사께서 그대들에게서 오경을 회수하려 한 것일 테지. 그러나 선사!'

노인 허소산이 다시 태을선사를 불렀다.

"말씀하시지요."

태을선사가 대답했다.

"선사께서는 한 가지 계산을 잘못하신 것 같군요."

"..……?"

"선사께서는 이 두 사람이 정경과 패경을 얻었다고 해도 수련 기간이 부족하니 능히 저들을 제압하고 두 개의 동경을 회수하실 수 있을 거라 생각하셨겠지요. 하지만 제가 오늘 가만히 살펴보니 이 두 사람의 공력이 결코 우리 늙은이들에 못지않은 것 같더구려. 특히… 정경주의 무공은 아직 그 바닥을 다 드러내지 않은 것 같소. 아니 그런가?'

노인 허소산이 석요송을 바라봤다.

"과찬이십니다."

석요송이 대답했다. 그러자 허소산이 진중한 눈으로 석요송을 바라보며 입을 열었다.

"난 내가 무척 뛰어난 재질을 타고 태어났다고 생각했지. 독경을 수련한 것조차 난 홀로 해냈으니까. 그런데 오늘 보니 나의 재질이 정경주에 크게 못 미치는 것을 알겠군."

그러자 사람들이 의아한 표정을 지었다. 석요송의 무공이 대단하기는 해도 금령과 비교 월등한 것도 아니고 태을선사나 독황 그 자신에게는 미치지 못하기 때문이었다. 더군다나 독황 허소산은 석요송을 오늘 처음 본다. 그런 그가 어찌 석요송의 자질이 자신을 뛰어넘는다고 말할 수 있을까.

"그의 무엇이 독황의 마음을 끌었습니까?"

태을선사가 호기심을 드러낸다. 그러자 독황이 대답했다.

"대기만성! 무공에서 이처럼 고통스런 재능은 없지요. 하루 하루 칼날 위에 목숨을 얹고 사는 무인들에게 시간이란 견뎌야 하는 위험이라 이를 버텨내기엔 여간 어려운 것이 아닙니다. 그래서 무인들은 누구나 빠르게 공력을 증진할 수 있는 무공을 찾아 헤매지요. 오랜 시간이 걸리는 수련은 아무리 그 무공이 훗날 대성을 이룰 수 있는 것이라도 뒤로 미뤄놓게 마련입니다. 그런데 조화오경 중 정경이 바로 그런 무공인 듯합니다. 그렇다면 필시 정경주의 무공은 그의 나이로 보건대 우리는 물론 패경주보다도 한참 미치지 못해야 정상인데 지금 그의 무공은 어떻소이까?"

독황 허소산이 반문했다. 그러자 태을선사가 망설이지 않고 고개를 끄덕였다.

"듣고 보니 과연 그렇군요. 그의 무공이 비록 우리의 수준에 이르지 못했지만 그 나이를 생각하면 놀라운 수준이군요. 향후 십 년이 지나면……."

태을선사가 시선을 돌려 석요송을 바라봤다. 그러자 금령 역시 새삼스러운 눈빛으로 석요송을 바라본다. 석요송은 내심 불편함을 느꼈다. 지금까지는 장내의 중심은 금령에게 있었다. 무공으로라면 석요송이나 태을선사, 혹은 독황 허소산이 금령을 능가할지 모르지만 오늘 이 싸움의 중심은 누가 뭐래도 금령이었다. 금령의 생사 여부가 오늘 이 분란의 가장 중요한 일이었던 것이다.

그런데 독황 허소산이 석요송의 무공과 그 재질을 입에 올리는 순간 사람들의 관심이 금령을 떠나 석요송에게로 이동했다. 석요송은 이 관심이 부담스러웠다. 그러나 세상에는 자신이 어쩔 수 없는 일이 있다. 갑자기 자신의 존재가 부각되어 버린 것은 그가 거부할 수 있는 일이 아니었다.

그런데 태을선사의 표정이 조금 기이했다. 그는 단지 석요송의 무공에 대한 관심이나 놀람을 드러내는 것만이 아니라 경계의 빛도 함께 드러냈다. 그리고 굳이 그 경계심을 감추지 않았다.

"아무래도 오늘 꼭 두 개의 동경을 회수해야겠군."

태을선사가 결심을 굳힌 듯 말했다. 그러자 독황 허소산이 물었다.

"진정 그리하셔야겠습니까?"

"독황께서도 한 번 생각해 보십시오. 수백 년 금문의 업은 계림 부활이었지요. 그 염원은 아직도 변함이 없을 겁니다. 그런데 오늘 우리가 이들에게서 동경을 회수치 못한다면 수십 년 후 고려는 결국 금문의 손에 멸하고 말 것입니다. 오늘이야 우리가 이들을 막을 수 있다 해도 우리가 죽은 후에는 과연 누가 있어 이들을 막을 수 있겠습니까? 더군다나 독황께서 그리 찬탄하신 정경주의 재능을 생각한다면……."

"그러나……."

독황 허소산이 망설이는 듯한 모습을 보였다. 그는 오늘 피치 못해 이 싸움에 관여하기는 했으나 여전히 강호의 일에는 깊이 개입하고 싶지 않은 모양이었다.

"해동의 안위를 위해 결심을 해주십시오. 독황께서 도와주신다면 우리는 능히 이 두 사람의 무공과 동경을 거둘 수 있을 것입니다."

태을선사는 마음을 굳힌 듯 보였다. 그러나 여전히 독황 허소산은 결심을 하지 못하고 망설인다. 그러다가 문득 석요송에게 물었다.

"오늘 이곳에서 살아 돌아간다면 다신 압록을 넘지 않겠다는 약속을 할 수 있나?"

그러자 석요송이 대답했다.

"저 한 사람의 약속은 언제든 드릴 수 있지요. 사실 우리 석문은 이미 금문과 연을 끊은 지 오래입니다. 오늘 금문의 일에 관여한 것은 추룡대가 석문을 위협하고 있기 때문이었지요."

석요송이 대답에 독황 허소산이 천천히 고개를 끄덕였다. 그러고는 금령에게 물었다.

"그대는 어떠하오."

"금문의 염원이 어찌 쉽게 사라지겠습니까? 금문은 저 혼자의 문파가 아닙니다."

금령의 대답에 허소산이 얼굴을 찌푸리면서도 고개를 끄덕인다

"하긴, 금문은 그대의 문파만이 아니지. 그러나 그대 한 사람은 강호에서 물러날 수 있겠나?"

허소산이 다시 묻는다.

"그게 무슨 의미가 있겠습니까?"

금령이 되물었다.

"당연히 의미가 있지. 솔직히 내가 걱정하는 것은 금문이 아니라 오경지주가 세상의 일에 관여하는 것이거든. 선사의 걱정도 마찬가지 아닙니까?"

독황 허소산이 태을선사에게 물었다. 그러자 태을선사가 망설이는 듯하면서도 천천히 고개를 끄덕였다. 그런데 그때 문득 지금까지 침묵을 지키고 있던 추룡대의 수장 왕흘이 입을 열었다.

"어르신 금문의 뿌리를 자를 수 있는 기회를 이대로 놓쳐 버릴 수는 없습니다. 그들은 항상 고려 황실의……."

"갈!"

독황 허소산의 입에서 매서운 일갈이 터져 나왔다. 순간 백림이 진동했다. 말을 하던 왕흘의 표정이 굳어졌다. 그런 왕흘을 보며 허소산이 말했다.

"감히 그대가 오경지주의 논의에 끼어들 일이 아니다!"

냉정한 독황의 말에 왕흘의 얼굴이 붉게 물들었다. 그가 어디서 이런 수모를 겪어 보았겠는가. 왕흘이 분기를 참지 못하고 다시 입을 열려는 순간 태을선사가 손을 들어 왕흘을 제지했다. 그러고는 차분한 목소리로 독황 허소산에게 말했다.

"독황께서 파국을 막아보려 하심을 모르지 않습니다. 그러나 언제까지 오경이 강호를 떠돌게 만들 수는 없지 않겠습니까? 혹여라도 악인의 손에 오경이 들어가게 된다면……."

그런데 그때였다. 문득 다시 한 번 숲이 흔들렸다. 이유는 좀 전과 마찬가지로 누군가의 사자후 때문이었다.

"천하에 선인과 악인이 어디 있는가? 불가의 노승이라는 태을 그대조차도 오늘은 악인이 아니던가? 정경주와 패경주가 그대에게 무슨 죄를 지었길래 그들 겁박하는가. 혹 그대의 마음속에 조화오경에 대한 검은 욕심이 있기 때문은 아닌가? 그대 스스로에게 물어보라! 정경주의 앞에서 선을 논한다는 것 자체가 어불성설! 가지고 싶은 것이 있다면 마음을 숨기지 말고 본심을 드러내라. 그리고 겨루라. 겨루어 취하면 그만 아니겠는가?"

사람들의 시선이 일제히 목소리의 주인에게로 향했다. 그러자 어두운 숲속에서 한 명의 화인(火人)인 천천히 걸어 나왔다.

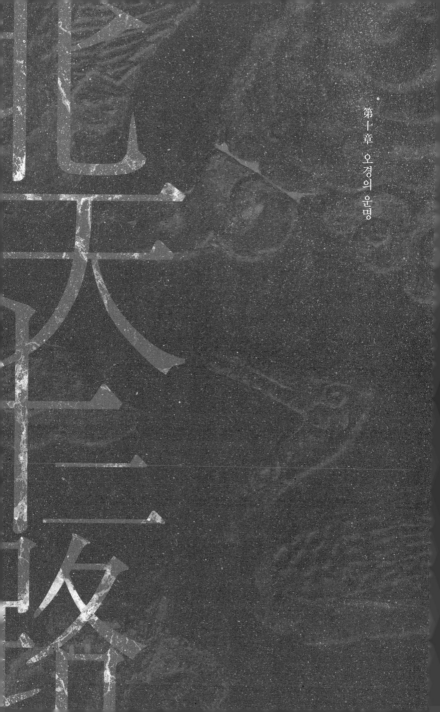

第十章 오경의 운명

　노인은 화염 속에 있었다. 아니 적어도 보이는 것은 그랬다. 사람이 화염 속에 있다면 타들어가거나 고통스러워하는 것이 정상이지만 노인은 화염 속에서도 편안해 보였다. 그러니 실제로 노인이 불길에 싸여 있는 것은 아니었다.

　적염의 빛을 흘려내는 노인의 기운은 사람들의 착시를 일으킬 뿐 아니라 본능적인 공포를 만들어냈다. 장내의 고수들 중 일부는 노인의 등장에 놀라 뒤로 물러났고, 또 다른 일부는 노인 등장만으로도 두려움에 몸을 떨 정도였다.

　그런데 모든 사람들이 노인의 등장에 놀라고 있을 때 오직 태을선사만이 침착하게 노인을 맞았다.

　"참으로 숙명이란 기이한 것이구려. 어서 오시오, 마경주!"

　"하하하! 역시 선경의 후예답군. 오직 선경의 후예만이 날 알아볼 것이라고 생각했지. 이백 년 전 송추월 조사께서 오경의 전설을 깨뜨리고 독경과 정경 그리고 패경의 주인들을 멸하였을 때 오직 그대의 선조 선경주만이 몸 성히 돌아갔지. 그러니 다른 경주들은 오경의 전설과 송추월 조사께서 행한 일을 모를 것이고, 당연히 나에 대해 알 수 없을 것이나 그대 선경주만은 조화오경의 모든 역사를 알고 있으니 날 알아볼 것이라 생각했지."

화염에 휩싸인 노인의 말에 태을선사가 천천히 고개를 끄덕였다.

"그렇소. 다른 세 개의 동경은 사람으로 인해 전해진 것이 아니라 하늘의 인연에 의해 새로운 경주를 찾았으니 세 경주들께서는 오경의 진실한 내력을 알지 못하실 것이오. 그러나 난 오경의 그 오랜 역사를 모두 알고 있소. 그러니 내가 어찌 화마경주를 몰라보겠소."

"후후후, 오경의 역사를 그토록 잘 알고 있는 선사께서 지금 이런 일을 벌이고 계시나?"

"그게 무슨 소리요?"

태을선사가 싸늘하게 물었다.

"신인 도명께서 세상에 오경을 전하면서 남긴 유언이 무엇인가? 아니지 오경지주가 서로에게 한 약속은 무엇인가? 오경의 주인은 절대 강호사에 관여치 않아야 한다는 것이 아닌가? 그런데 선경주는 어째서 오늘 금문과 고려 황실의 일에 개입하고 있는 것인가?"

화마경주가 정색을 하며 추궁했다. 그러자 태을선사가 당황한 표정을 짓다가 얼른 침착함을 회복하고 입을 열었다.

"이는 어쩔 수 없는 일이었소. 패경주와 정경주가 조화오경의 역사를 몰라 세상의 일에 깊이 관여하고 있으니 그를 막기 위해선 나도 어쩔 수 없는 일이었소."

"후후후, 그렇다면 차라리 그들을 불러 조화오경의 역사를 일러주고 강호에서 은거할 것을 권하면 그뿐인데 어찌 그들을 핍박해 정경과 패경을 손에 넣으려 하셨는가? 정경과 패경을 손에 넣은 이후에는 당연히 화마경과 목독경도 노렸겠지? 결국 선경주 그대는 새로운 오경의 주인, 제이의 신인 도명이 되려 했음이 아닌가?"

화마경주의 추궁이 차갑다. 화마경주의 추궁에 태을선사가 쉽게 대답을 하지 못했다. 그런데 비록 두 사람의 논박은 치열했지만 장내의 사람들은 두 사람이 무슨 이야기를 하는 지 알 수 없었다. 대충 다섯 개의 동경이 존재하고 그 주인 간에 오래 전부터 내려오는 맹약이 있음을 짐작할 수 있었으나 그 안의 세세한 사정을 두 사람의 대화만으로는 알 수 없었다.

그런데 그렇게 갑작스레 출현한 절대고수들의 논쟁으로 시간이 이어지는 동안 문득 숲에서 일단의 사람들이 나타났다.

"대주!"

먼저 모습을 나타낸 것은 동쪽 숲에서 나온 사람들이었는데 그들은 나타나자마자 왕흘에게 다가가 고개를 숙였다. 그러자 왕흘이 반갑게 그를 맞이했다.

"어서 오게. 이대주!"

나타난 노인은 석요송을 쫓아 학산 교동으로 향했던 추룡대의 이대주였다. 생각지 않았던 원군이 나타나자 추룡 일대주 왕흘의 표정에 한층 생기가 돌았다. 이제 다시 자신이 장내의 상황을 주도할 수 있을 것이란 자신감이 생기는 모양이었다. 그런데 그도 잠시 추룡 이대주와 거의 동시에 서쪽의 숲에서도 일단의 인물들이 나타나 금령 앞에 선다.

　"태상장로!"

　괄괄한 인상, 태산 같은 진중함을 자랑하는 중년 사내는 금문북종의 수장 금관유다.

　"오서 오시오. 생각보다 빨리 왔구려."

　금령도 다른 때와 달리 밝은 표정으로 금관유를 맞이한다. 금관유가 왔다는 것은 압록 서변에 대기하고 있던 수백의 금문 고수들이 백림에 근접했다는 의미다. 이젠 세상의 그 어떤 세력과도 일전을 벌일 만하다는 자신감이 금령의 표정에서 읽혀졌다.

　"하아! 일이 참 난감하게 되었구나."

　문득 독황 허소산이 탄식을 흘렸다. 금문과 추룡대 양쪽에서 몰려 온 무사들의 숫자가 적지 않을 터였다. 아마 백림 인근에 운집한 양쪽 세력이 충돌을 한다면 필시 백림이 싸움은 거대한 전쟁으로 변할 수도 있었다.

　"독황께선 오늘의 일을 어찌 처리하셨으면 좋겠습니까?"

　태을선사도 일이 이렇게 될 것이라고는 예상치 못했는지 허소산에게 물었다. 그러자 허소산이 고개를 저으며 말했다.

　"지금의 상황은 무책이 상책이라고 할 수 있을 것입니다."

　"무책이 상책이라면……?"

"서로 아무런 일도 하지 않고 물러나는 것이지요. 만약 누구라도 이 상황에서 욕심을 낸다면 파국에 이르고 말 것입니다."

"그렇기 합니다만……."

태을선사가 망설였다. 그가 구산선문을 나와 백림의 일에 관여할 때에는 이곳에서 반드시 금령과 석요송을 제압해 오경을 회수하는 것뿐 아니라 고려에 대한 금문의 위협을 종결시키겠다는 의도도 있었다. 그런데 이 상황에서 그냥 물러난다면 그가 선문을 나선 의미가 없어지는 것이다.

"추룡대가 왔으니 다시 저들을 멸하는 것은 어려운 일이 아닐 것입니다."

태을선사가 망설이자 왕흘이 말했다. 그가 보기에 태을선사와 독황 허소산은 고려 쪽의 사람이므로 두 사람이 나선다면 충분히 금문의 세력을 멸하고 금령을 제압할 수 있을 것 같았던 것이다. 그런데 그때 문득 마경주가 차가운 목소리로 말했다.

"감히 오경주가 대사를 논하는데 외인이 끼어들다니. 그대는 입을 닫고 조용히 있으라. 오늘 일은 오직 우리 오경주가 정한다."

마경주의 말에 왕흘의 얼굴이 벌겋게 달아올랐다. 비록 스스로 오경의 주인이라 칭하는 자들의 무공이 무서운 것은 알겠지만 그는 추룡대의 수장이다. 이제 이대주가 이끄는 추룡대가 도착했으니 아무리 오경의 주인들이라 해도 감히 그의 의견을 함부로 묵살할 수는 없었다. 더군다나 벌써 한 번 독황에게 모멸을 당한 그가 아닌가.

"이 일은 고려 땅에서 일어나는 일이고, 난 고려 추룡대의 수장이오. 그런데 감히 누가 나에게 이 일에 관여치 말라고 할 수 있겠소? 그대야말로 오히려 오늘의 일에 대해선 외인이 아니오?"

왕흘이 대담하게 마경주에게 대꾸했다. 순간 마경주보다 태을선사의 표정이 일변했다.

"일대주! 지금 무슨 소리를 하고 있는 것이오! 얼른 마경주께 사죄하시오."

예상치 않게 태을선사가 타박을 하고 나서자 왕흘의 얼굴에 당황한 빛이 어리더니 이내 입술을 깨물며 말했다.

"선사께는 죄송한 말씀입니다만 오늘 제가 이 일을 행하는 것은 황상의 명에 의한 것입니다. 그러니 어찌 제가 뒤로 물러나 있을 수 있겠습니까? 지금부터는 추룡대가 백림을 일을 맡겠습니다."

왕흘은 자신이 있었다. 이대주가 이끌고 온 추룡대의 숫자가 앞서 백림에 포진했던 추룡사의 숫자에 버금간다. 마경주 한 사람을 두려워 할 이유가 없었다. 그러자 태을선사가 가볍게 탄식을 흘렸다.

"아……. 사람의 마음이 어찌 이리 가볍단 말인가!"

그런데 태을선사의 탄식이 끝나자마자 마경주가 붉은 기운을 흩뿌리며 허공으로 치솟았다.

"감히 오경의 권위를 더럽혔으니 선경주와 독경주도 내가 저자를 치죄하는 데 반대치는 않을 것이오!"

마경주의 말이 채 끝나기도 전에 그의 신형이 어느새 왕흘의 위에 도달해 있었다. 순간 왕흘이 갑작스런 마경주의 공격에 놀라 검을 휘두르며 뒤로 물러났다. 그러나 그는 결국 마경주의 장력을 피하지 못했다. 사방 수장에 이르는 염기를 뿜어내는 마경주의 장력이 위력적이기도 했지만 이미 금령에게 당한 부상이 깊어 평소 자신의 무공에 채 오 할도 발휘하지 못하는 왕흘이기 때문이었다.

"화악!

마경주의 일으킨 염기가 왕흘을 덮쳤다. 왕흘이 재빨리 검기를 일으켜 마경주의 장력을 막아내려 했으나 마경주의 장력은 잠시 주춤하는 듯하다 밀물이 모래성을 휩쓸어 버리듯 왕흘의 전신을 휘감았다.

"악!"

왕흘의 입에서 비명이 터져 나왔다. 한순간에 그가 화인으로 변했다. 그 순간 태을선사가 무서운 속도로 마경주를 향해 달려들었다.

"멈추시오!"

태을선사가 나서자 마경주가 빙글 신형을 돌리더니 왕흘을 놓아두고 태을선사를 향해 장력을 내친다.

"번쩍!

태을선사 검기와 마경주의 장력이 허공에서 격돌했다. 붉은 염기와 푸른 검기가 만들어내는 황홀한 빛이 백림을 뒤덮었다.

"아!"

누군가의 입에서 탄성이 흘러나온다. 절대고수 두 사람이 만들어내는 아름다움 때문인지 혹은 그들의 경천동지할 무공에 감탄해서인지는 알 수 없었다.

마경주와 태을선사가 느린 듯하면도 빠르고 가벼운듯하면서
도 무거운 초식을 쉬지 않고 펼쳤다. 두 사람의 몸속에 깃든 공
력의 깊이는 측량할 수 없어서 두 사람은 단 한 호흡도 쉬지 않
고 계속해서 뒤섞였다. 싸움은 한량없이 길어졌다.

어느새 밤이 가고 새벽이 오고 있었다. 어스름한 새벽빛이 이
슬을 몰고 와 백림을 축축하게 물들였다. 그러나 마경주와 선경
주의 싸움은 여전히 이어지고 있었다. 팽팽한 균형 역시 마찬가
지였다. 그러나 겉으로 보이는 것과 달리 사실 어느 순간부터
싸움은 조금씩 마경주 쪽으로 기울어지고 있었다.

어찌 보면 두 사람의 싸움은 시작부터 공평한 것이 아니었다.
선경주는 이미 석요송과 금령을 상대하느라 제법 많은 진기를
소비했기에 싸움이 길어질수록 마경주가 우위를 차지할 수밖에
없었던 것이다.

쿠웅!

한순간 마경주의 붉은 빛이 도는 장력이 태을선사의 옆구리
를 스치고 지나갔다. 그러자 태을선사의 가사 자락이 검게 그을
렸다.

"음!"

태을선사가 낮은 침음성과 함께 뒤로 물러난다. 그러자 마경
주가 여유를 주지 않고 재차 태을선사를 덮쳤다.

"이 정도로 오경을 모두 회수할 생각을 하셨소?"

마경주가 비웃듯 소리치며 태을선사의 정수리를 향해 강력한
일장을 내리꽂았다. 태을선사가 급히 검을 들어 마경주의 장력

을 비껴냈다.

콰앙!

마경주의 장력을 막은 태을선사의 검이 크게 흔들렸다. 태을
선사의 신형 역시 부르르 떨렸다. 점점 더 위기로 다가서는 태
을선사의 모습에서 패배의 기운이 읽혀졌다. 그런데 그때 갑자
기 독황 허소산이 마경주를 향해 가볍게 손을 내밀었다.

팟!

한순간 녹색의 지력이 빛처럼 뻗어 나와 마경주의 옆구리를
찔러갔다.

"흥!"

마경주의 입에서 한마디 비웃음이 흘러나왔다. 그가 태을선
사에 대한 공격을 멈추고 허공에서 빙글 몸을 돌려 독황의 지력
을 피했다. 그러고는 금령과 석요송에게 소리쳤다.

"두 경주는 이대로 나를 방치할 건가? 내가 죽으면 그대들도
무사치 못해!"

마경주의 외침에 금령이 퍼뜩 정신을 차리고는 석요송이 말
을 꺼내기 전에 세 사람의 싸움에 끼어들었다. 금령까지 끼어들
자 싸움은 다시 팽팽한 균형을 유지하기 시작했다.

이미 지친 태을선사를 금령이 상대했고, 마경주와 독황 허소
산이 손속을 겨루고 있었다.

"아, 이것이 어찌 사람의 일이란 말인가?"

문득 석요송의 귀에 왕춘의 목소리가 들린다. 석요송이 왕춘
을 돌아보았다. 그때 왕춘은 마경주의 화기에 그슬린 왕홀을 부
축하고 서 있었는데 그는 눈앞에서 펼쳐지는 천외천의 싸움에

넋을 잃은 듯 보였다.

"인검께선 어쩌시렵니까?"

문득 석요송의 곁에 금관유가 다가섰다. 금관유가 다가서자 거할, 점몽, 안사가 석요송 곁으로 모여들었다. 그들은 마치 금문의 주인이 금령이 아니라 석요송인 듯 석요송을 바라보고 있었다. 그러자 석요송이 침착한 표정으로 말했다.

"데리고 온 사람이 몇이나 됩니까?"

"솔직히 말하자면 워낙 급히 오느라 채 오십 명도 되지 않습니다. 대신 한 시진 정도만 버티면 수백의 형제들이 올 겁니다."

"그럼 일단 싸움에 끼어들지 마세요. 추룡대를 견제하며 시간을 끄십시오. 지금 저들의 싸움에 끼어들었다가는 전멸을 면치 못할 겁니다."

"하면 인검께서는……."

"이 싸움을 말려야겠습니다."

"저들을 말입니까?"

금관유가 조금 걱정스런 표정으로 말했다. 그도 그럴 것이 서로 뒤엉켜 싸움을 벌이고 있는 오경주들의 무위는 금관유 같은 고수조차도 두려움을 느끼게 하는 것이었다. 석요송 역시 오경의 주인이기는 하지만 무턱대고 이 싸움에 끼어들었다가는 오히려 큰 화를 당할 수가 있었다.

"이대로는 저들 모두 죽거나 혹은 산다 해도 서로에 대한 원한이 깊어질 겁니다. 그러면 세상이 대혼란에 빠지겠지요. 저들의 능력을 보면 한 사람 한 사람이 능히 천하를 오시할 만한데 그런 자들이 한 번에 강호에 출도하여 생사전을 벌이면 어찌 되겠습니까?"

"그건 그렇지요. 두려운 일이긴 합니다."

금관유가 고개를 끄덕였다. 오경의 주인들이 세상에 나오면 강호는 파멸적인 종말을 맞을 수도 있었다.

"물러나 경계를 하세요. 일단 저들의 싸움을 멈추게 해야겠습니다."

석요송의 말에 거할 등이 뒤로 물러났다. 그러자 석요송은 검을 들고 천천히 네 명의 경주를 향해 다가가기 시작했다.

폭풍처럼 몰아치는 전장의 기운이 백림을 휩쓸었다. 아름드리나무 수십 그루가 쓰러졌고, 백림의 중앙은 평지로 변해 갔다. 그에 따라 추룡대와 금문의 고수들도 뒤쪽으로 물러나 숲에 몸을 숨겼다. 이제 와서는 왕홀이 마경주를 도발한 것이 얼마나 어리석은 일인지 장내의 고수 누구라도 알 수 있었다.

오경의 주인들은 천외천의 인물들이었다. 추룡사의 숫자가 백을 넘어도 함부로 상대할 수 없는 인물들인 것이다. 하물며 그런 인물 다섯이 모여 있으니 일백의 추룡사는 기실 아무런 의미가 없는 숫자였다.

그렇게 백림을 초토화시켜 가는 싸움 속으로 석요송이 걸어 들어갔다. 석요송이 네 명의 경주와 오장 안쪽으로 가까워졌을 때 검을 들어 올렸다. 그러자 그의 검에 푸른 검기가 맺히기 시작했다. 이슬처럼 작았던 검기가 한순간 달덩이처럼 커졌다.

"단(斷)!"

천광검 단의 초식이다. 그러나 지금 펼치는 단의 초식은 이전까지 석요송이 펼쳤던 것과는 전혀 달랐다. 가장 큰 차이는 소리가 나지 않는다는 것이다. 본래 단의 초식은 강력한 파괴의 초식이라 시전을 하면 천둥치는 소리가 일어나게 마련인데 지금 석요송이 펼친 초식에선 소리가 나지 않았다.

그러나 소리가 나지 않는다 해서 초식에 힘이 없는 것은 아니었다. 아니 그 어느 때보다도 강력한 기운이 이 일검에 내포되어 있었다.

아지랑이 같은 것이 네 명의 경주 사이를 파고들어 갔다. 그건 마치 석공들이 바위를 쪼개기 위해 바위에 구멍을 뚫고 물을 흘려보내는 것과 비슷했다.

처음 네 명의 경주는 자신들 사이로 투명한 기운이 밀려드는 것을 크게 괘념치 않았다. 그러나 다음 순간 그 기운이 단단한 바위처럼 네 사람 사이에 자리를 잡고 그들의 움직임을 방해하자 그제야 그들의 시선이 석요송에게로 향했다.

석요송은 하얗게 변한 얼굴로 검을 경주들에게로 향한 채 부들부들 몸을 떨며 서 있었다.

"제길! 저 친구 도대체 뭘 한 거야!"

독황 허소산과 일전을 벌이던 화마경주가 소리쳤다. 그러자 독황 허소산이 말했다.

"싸움을 말리려는 거요."

"누가 그걸 몰라서 그러오? 도대체 이 무모한 짓을 왜 하느냐는 거요? 아마 일각만 지나면 정경주의 숨이 끊어질 거요."

화마경주의 말에 금령의 표정이 하얗게 변하더니 순식간에 십여 장 뒤로 물러났다. 그러자 다른 경주들도 공력을 거두고 분분히 뒤로 물러났다.

"무슨 의미인가?"

독황 허소산이 석요송에게 물었다. 그러자 석요송이 창백한 얼굴로 말했다.

"그쯤 했으면 충분하다는 거지요."

"무슨 말인가?"

"이대로 싸워봐야 양패구상일 뿐입니다. 설혹 모두가 살아 돌아간다 해도 오늘의 원한을 씨앗으로 강호에 일대 분란을 일으키시겠지요."

"그래서?"

"싸움을 멈추고 대화를 하지요."

"대화를 하자, 말로 하자는 말인데……."

독황 허소산이 화마경주와 태을선사를 번갈아 본다. 처음부터 독황은 이곳에서 생사결을 벌일 생각이 없었던 사람이었다.

"저 친구가 원하면 그리해야지. 만약 저 친구의 말을 듣지 않으면 그는 반대편 쪽의 편을 들 터인데 그러면 필패지. 경주가 다섯이니 말이야."

화마경주가 투덜거린다. 그러자 태을선사 또한 어쩔 수 없다는 듯 고개를 끄덕였다.

"강호의 혈란을 막을 수 있다면 나 또한 동의하네."

이제 남은 사람은 금령 하나다. 그런데 사실 금령의 결정은 그리 쉬운 것이 아니었다. 그녀는 오경주이기도 하거니와 금문의 수장이다. 금문은 추룡대와 연결된다. 그녀의 마음을 읽었을까. 태을선사가 말했다.

"추룡대는 걱정 마시오. 우리의 대화가 끝날 때까지 추룡대가 도발하는 일은 없을 것이오. 또한 우리의 결정을 그들도 따를 것이오. 그렇지 않다면 오경주 모두를 적으로 돌려야 하는데 그리되어서는 추룡대가 아니라 고려 황실이 절단날 것이오. 아니 그렇소?"

태을선사가 확인하듯 화마경주에게 당해 몸이 성치 않은 왕흘에게 물었다. 그러자 왕흘이 입으로는 대답을 하지 못하고 고개만 끄떡인다. 왕흘까지 동의하자 금령이 석요송을 보며 물었다.

"몸은… 괜찮은가요?"

그녀도 동의한다는 말이다.

"쓰러질 정도는 아닙니다."

"좋아 좋아. 그럼 자리를 옮깁시다."

화마경주가 호탕하게 말했다. 그러고는 먼저 몸을 뽑아 올려 새벽빛이 도는 백림 저편으로 사라졌다. 그러자 그 뒤를 따라 석요송 등도 한순간에 장내에서 사라졌다.

"설마 우리가 꿈을 꾸고 있는 것은 아니겠지요?"

문득 금관유가 거할에게 물었다. 그러자 거할이 대답했다.

"꿈이라면 제발 빨리 깼으면 좋겠네. 평생 무인으로 살아온 내 자신이 초라해지는군."

"그러게 말일세. 내 생전 이런 무공을 구경할 줄은 몰랐군. 돌아가신 청 도주께서도 이 정도는 아니었지."

점몽도 거든다. 그러자 과묵한 안사가 입을 열었다.

"그중에서도 가장 놀라운 것은 인검입니다. 설마 그가 다른 네 사람의 싸움을 멈추게 할 줄은 몰랐군요. 그런 무공이란 것은……. 우린 그와 함께 지내면서도 그를 잘 몰랐던 것 같아요."

"음……. 맞아. 만약 그가 강호에 관심을 갖는다면 아마 오래지 않아 천하가 그의 손에 들어갈지도 모르겠군."

점몽이 고개를 끄덕인다. 그러자 거할이 응대했다.

"그러나 그는 그럴 사람이 아니지요."

"하긴 그래. 그리고 보면 세상은 참 이상하단 말이야. 진정한 능력을 지닌 사람들은 대부분 세상의 권세에서 초연하고 능력이 미치지 못하는 자들이 세상의 권세를 탐하니 말이야."

"그래서 세상이 혼탁한 것 아니겠습니까?"

안사가 대답했다.

"역시 권력이란 실패자들이나 추구하는 앵속이런가……."

거할이 나직하게 탄식을 흘렸다.

*   *   *

묘한 일이다. 어째서 산 중턱에 다섯 구루의 소나무가 서로 엉키듯 서 있는 것일까. 마치 오늘을 위해 수백 년을 기다려온 것 같은 장소다. 새벽바람이 불어 소나무에 맺힌 이슬들을 털어냈다. 그러자 소나무가 밤새 머금었던 향을 사방에 흩뿌렸다.

"좋군."

화마경주가 북쪽의 소나무 아래 앉으며 말했다. 그러자 뒤를 따라온 다른 네 명의 경주가 각기 자리를 잡았다. 누구는 화마경주처럼 가부좌를 틀고 앉았으며 또 다른 누구는 나무에 기대어 섰다. 석요송은 태산 같은 무게감으로 우뚝 선 채 다른 사 인을 지켜보고 있었다.

"정경주가 우리의 싸움을 중지시킨 것은 참으로 의외였소. 정경주는 금문과 한 운명을 선택할 줄 알았는데?"

태을선사가 가식이 담기지 않은 표정으로 물었다. 그는 진심으로 석요송의 결정을 의아해하고 있었다.

"금문 태상장로의 목숨이 위험하다면 전 그의 편에 섰을 겁니다."

순간 금령의 표정이 살짝 흔들린다.

"음, 목숨을 지켜줄 수는 있으나 금문의 야망을 지켜주는 것은 아니다?"

독황 허소산이 어느새 석요송의 속내를 정확하게 읽어낸다.

"그렇습니다."

"개인적인 인연으로 족하다는 것이군."

독황 허소산이 고개를 끄덕였다. 그러자 이번에는 화마경주가 입을 열었다.

"그래, 그대의 의도대로 오경주의 싸움은 멈췄네. 하지만 백림을 이대로 떠날지 아니면 다시 싸워 승패를 결한 후 떠날지는 아직 모르지. 자네는 어떻게 우리의 싸움을 중재하려는가?"

"먼저 마경주께서 혹은 태을선사께서 이 다섯 개의 동경에 얽힌 이야기를 나머지 세 사람에게 들려주셨으면 합니다. 그래야 우리의 운명을 논할 수 있겠지요."

석요송의 말에 화마경주가 고개를 끄덕였다.

"그도 그렇군. 가만있자, 난 말을 조리있게 하는 사람이 아니니 선사께서 하시겠소?"

화마경주가 태을선사를 보며 물었다. 그러자 태을선사가 한숨을 쉬며 대답했다.

"휴, 알겠소. 어쩔 수 없는 일이지. 본래 내 대에서 오경을 회수해 더 이상 세상에 위협이 되는 것을 막으려 했는데 일이 이지경이니 오경의 유래를 전하고 서로 간에 약속을 정해 다시 예전의 법을 되살리는 수밖에……."

"예전의 법이란 뭘 말하는 것이오?"

마경주가 묻는다.

"오경의 경주는 세상의 권세에 관여치 않는다는 맹약 말이오."

태을선사가 대답했다.

"흠……. 그도 좋은 방법이지."

화마경주가 다시 고개를 끄덕인다. 그러자 태을선사가 다른 사람을 돌아보며 이야기를 시작했다.

수백 년 전 신인 도명이라는 절대고수가 출현해 홀로 강호무림을 제패했다. 그는 살아 있는 동안 천하제일고수로서 강호에 우뚝 섰는데 그의 제자 중 누구도 그의 진전에 절반도 이어받지 못했다. 해서 신인 도명은 자신의 무공을 오행으로 나누고 오행지기를 타고난 제자를 들여 다섯 가지로 분류한 무공을 동경에 새겨 넣어 제자들에게 전했다.

그의 제자들은 각자 물려받은 무공을 간직하고 세상 곳곳으로 흩어졌다. 그들 각자의 마음속에는 신인 도명의 뒤를 이어

천하제일인 되고자 하는 욕심을 가지고 있었으나 다섯 사람의 성취가 우열을 가릴 수 없이 팽팽해 누구도 다른 네 사람 위에 설 수 없었다.

그들은 현명했다. 그들 자신의 무공과 그들이 만든 세력이 강호에서 충돌할 경우 누구도 승리하지 못하고 오히려 강호에 엄청난 혈겁만 일으킨 채 무림이 공멸하는 상황이 올 수 있다는 것을 다섯 모두 알고 있었다. 해서 그들은 한 가지 약조를 했다. 그것이 오경지주의 맹약이다.

"오경지주의 약조란 별것이 아니오. 그들은 수십 년마다 한 번 약속한 기일에 만나 무공을 겨루기로 했소. 그들은 그것을 오경지회라 불렀는데 사실 그 장소로 정해진 곳은 신인 도명이 죽은 곳으로 알려진 작은 산봉우리의 외로운 고성이었소. 신인 도명은 그곳에 절진을 펼쳐 놓아 세인들의 시선을 피했는데 그 고성은 다섯 동경의 주인들, 즉 오경주가 모여야 본래의 모습을 드러냈소. 참으로 신비한 진법이 아니오? 오경지회는 어느 때는 삼십 년, 어느 때는 십오 년마다 열렸소. 그리고 그들은 오경지회를 통한 승부에서 한 사람이 오경을 모두 얻어 신인 도명의 모든 진전을 얻을 때까지 그 누구도 강호에 출도하는 일이 없도록 하자는 약조를 했소."

"그 덕분에 강호천하는 오경지주의 존재를 모르고 평안했소이다. 그게 수백 년이야. 그러다가 이백여 년 전 오경지회에 파국이 닥쳤소."

화마경주가 태을선사의 말을 거들었다.

"파국이라니 무슨 일이 있었던 것이오?"

독황 허소산이 궁금한 표정으로 물었다.

"에… 사실 오경에 실린 무공은 그 우열을 가리기가 몹시 어려운 것이오. 그러니 결국 오경주들의 승패는 각자의 자질에 따라 달라질 수밖에 없었소. 그럼에도 그동안 승부가 나지 않은 것은 각 경주들이 제자를 들일 때 무척 신중하게 그 재질을 살펴 들였기에 그 후예들의 무공 또한 서로 승부를 내지 못할 정도로 엇비슷했기 때문이오."

"그렇겠지요. 오경의 주인들이 제자를 허투루 들일 리는 없으니까."

허소산이 고개를 끄덕였다. 그러자 화마경주가 조금 고개를 뻣뻣이 세우며 말했다.

"그런데 이백여 년 전 오경지회에서 특별한 일이 일어났소. 바로 오경주 중 한 사람이 다른 네 사람을 압도할 만한 출중한 실력을 드러냈던 것이오. 그 사람이 바로 나의 삼대 전 화마경주이신 송추월이란 분이오."

화마경주의 도도함이 어디에서 비롯되었는지 드러나는 순간이다. 그러자 그의 말을 다시 태을선사가 받았다.

"당시 오경지회에서 무사히 돌아간 사람은 오직 두 사람뿐이오. 한 사람은 당연히 화마경주이고 다른 한 사람은 선경의 경주이신 본 승의 조사시오. 그리고 나머지 세 명의 경주는 모두 자신들의 고향으로 돌아가지 못했소. 당연히 세 명이 지니고 있던 동경도 실전이 되었다오. 그러던 것이 천연이 닿아 세 분 경주께서 실전되었던 세 동경의 주인이 되신 것이오."

태을선사의 말이 끝나자 석요송 등은 이 다섯 개의 신비한 동경에 얽힌 과거사를 그제야 온전히 알게 되었다. 그런데 그때 문득 금령이 입을 열었다.

"이백년 전 오경지회에서 화마경주께서 승리를 하셨다면 어째서 그분께서는 다른 동경들을 회수하지 않은 것이지요?"

"음……. 그게 나도 무척 아쉬운 일이긴 하네. 그러나 내 듣기로 송추월 조사께서는 이 동경들에 대해 큰 욕심이 없었던 듯하이. 어쩌면 이미 스스로 신인 도명의 경지를 넘어섰다고 자신했었는지도 모르지."

화마경주의 말은 대담하기 이를 데 없었다. 지금 이곳에 모인 다섯 사람은 오경의 경주로서 각 동경에 담긴 무공이 세상에서 짝을 찾을 수 없이 강력한 무공들이란 것을 안다.

그러니 그런 무공을 남긴 신인 도명의 경지는 감히 세인들이 추측할 수 없는 것이었다. 그런데 화마경주는 그런 신인 도명의 경지를 과거 오경지회의 승자가 되었던 송추월이란 인물이 넘어섰을 수도 있다고 말하고 있었다.

"음, 과연 그런 분이 존재할 수 있었을까?"

독황 허소산이 혼잣말로 중얼거렸다.

"허허, 뭐 나도 뵙지 못한 분이니 뭐라 말해줄 수는 없소. 그러나 어쨌든 그분은 오경지회에서 승리했고, 그럼에도 불구하고 동경들을 회수하지 않았소. 그게 실수라면 실수일까? 그래서 오늘날 우리 다섯 사람이 다시 이렇게 골치 아픈 일에 직면했으니 말이오. 자, 이제 조화오경에 대한 이야기는 모두 끝이 났고, 우리 다섯 사람은 어찌해야 좋겠는가?"

화마경주가 석요송에게 물었다.

"다른 분들의 뜻은……?"

석요송이 입을 열자 화마경주가 고개를 저었다.

"아니 아니, 다른 사람의 의견보다 정경주의 의견이 먼저네. 왜냐하면 이 자리는 결국 정경주가 만든 자리가 아닌가? 음… 그나저나 몸은 벌써 회복하신 것 같군."

화마경주의 말에 석요송이 고개를 끄덕였다.

"이제 괜찮습니다."

"하아, 정말 놀라운 일이야. 어느새 몸을 회복하다니. 역시 정경의 뒷심이 놀랍군."

정(正)의 힘은 끈기에서 나온다. 사필귀정이라는 말의 또 다른 의미는 모든 것이 정으로 귀결될 때까지 기다리라는 의미도 있을 터이다. 어쨌든 화마경주든 독황이든 혹은 태을선사도 새삼스레 깨닫게 되는 석요송의 저력에 은근한 감탄을 보냈다.

"자, 이제 정경주의 의견을 들어봅시다. 어찌했으면 좋겠나?"

화마경주가 다시 묻자 석요송이 잠시 생각에 잠겼다가 갑자기 금령에게 물었다.

"금문을… 떠날 수 있습니까?"

순간 금령의 표정이 변했다.

"그게 무슨 말이오? 금문을 버리란 말이오?"

"금문을 버리는 것이 아니라 떠나는 것이지요. 대신… 선사께서도 더 이상 추룡대와 금문의 일에 관여치 않겠다는 약속을 하셔야겠지요. 나머지 두 분께서는 애초에 강호사에 관여할 생각이 없으셨던 것 같고……. 이리되면 다시 오경주의 맹약이 부활하게 되는 것이지요. 강호사에 관여치 않겠다는…….”

“음, 다시 세상을 버리고 은거한다? 나야 뭐 그리 살아왔으니 상관이 없지만…….”

마경주가 말꼬리를 흐린다. 그러자 독황 허소산도 말했다.

“나도 상관없소.”

남은 것은 금령과 태을선사다. 태을선사가 눈을 감고 한동안 침묵을 지켰다. 그러다가 금령에게 물었다.

“금문이 다시 압록을 넘지 않겠다면 나와 선문도 산을 내려올 일은 없을 것이오.”

태을선사의 말에 금령이 한참 동안 고민을 하다 어렵게 입을 열었다.

“추룡대가 금문에 대한 도발을 하지 않는다면… 금문도 더 이상 압록을 넘지 않지요. 그런데 선사께서 추룡대의 행보를 약속해 주실 수 있습니까?”

금령이 물었다.

“음……. 내 황상을 만나보리다. 금문이 해동을 넘보지 않겠다면 황상도 굳이 무리해서 추룡대를 요동으로 보내지는 않을 것이오.”

“그 약속이 지켜진다면… 저도 정경주의 제안에 동의합니다.”

“괜찮겠습니까?”

석요송이 금령에게 다시 물었다. 석요송은 금령의 삶을 안다. 그녀는 오로지 계림 부활, 천년 왕국의 부활을 위해 살아온 여인이다. 그런 그녀가 과연 그 꿈을 버리고 살아갈 수 있을까?

"할아버지께서 우리 두 사람에게 패경과 정경을 전하는 순간 우리의 운명은 기실 금문에서 벗어난 것이라고 할 수 있지요. 운명이 정해준 길을 거스르고 싶은 생각은 없어요. 사실… 이 길이 맞지 않는 옷처럼 버겁기도 했고……."

"하면 금문은……?"

"금문에는 인재가 많지요. 특히 장로 금관유라면 나보다 금문을 훨씬 더 잘 이끌 것입니다. 나야 무공은 몰라도 그 품성이 천하의 패자가 될 만하지요……."

금령이 말꼬리를 흐린다. 석요송은 어쩌면 금령이 금문을 떠날 핑계를 기다리고 있었는지도 모른다는 생각을 했다.

"하하, 그럼 이야기는 끝이 났군. 그런데 오경지회는 어쩌하노? 다시 오경의 주인 자리를 놓고 한 번씩 겨뤄봐야지 않겠소?"

화마경주가 장난스레 오경의 경주들을 둘러보며 말했다. 그러나 다섯 중 누구도 더 이상 이곳에서는 싸움이 없으리라는 것을 알고 있었다.

終

　훗날 강호의 소식에 밝은 자들이 백림기사(白林奇事)라 부른 일대 사건이 끝난 후 금문의 세력은 압록을 넘어 요동으로 돌아왔다.

　추룡대 또한 더 이상 금문을 쫓지 않았다.

　그리고 한 가지 사실이 더 전해졌는데 그건 백림에서 금문과 고려 사이에 한 가지 맹약이 맺어졌다는 사실이었다.

　압록을 경계로 서로의 영역을 침범하지 않겠다는 맹약이 그것으로 사람들을 그를 또한 백림의 맹약으로 불렀다.

　백림맹약에 대한 유불리는 사람에 따라 제각기 달랐다. 어떤 이는 금문에 어떤 이는 고려 황실에 유리하단 말들을 하곤 했는데 의견이 다른 사람들조차도 한 가지 사실에는 서로 그 의견이 같았다.

그건 바로 이제 금문의 시선이 해동이 아니라 장성 넘어 중원으로 향할 것이라는 것이었다.

그리고 그로부터 얼마 지나지 않아 완안부를 앞세운 금문은 장성을 넘어 중원을 손에 넣게 되었다. 또한 백림에서의 맹약을 끝까지 지켜 더 이상 금문과 고려와의 충돌은 일어나지 않았다.

*　　　*　　　*

"진정 물러날 수 있으십니까?"

어제 비가 와서인지 압록의 물이 탁하다. 강변에서 배를 기다리며 석요송과 금령이 나란히 서 있었다. 북쪽에서 오는 바람이 두 사람의 옷깃을 날린다.

"못할 것 같은가요?"

"금문을 놓고 어찌 살아가실지……."

"날 걱정하는 건가요?"

금령이 석요송을 돌아본다. 패업의 유산을 내려놓은 금령의 모습은 한결 여인답다.

그리고 그녀는 여인으로 돌아오자 세상의 그 어떤 여인보다도 아름다웠다. 석요송은 아주 오래전에 느꼈던 가슴의 떨림을 느꼈다.

그런 석요송의 가슴을 천둥치게 하는 금령의 말이 계속 이어졌다.

"나도 학산 교동이란 곳으로 가면 안 되나요?"

"태상장로……!"

석요송이 검에 찔린 듯 목소리가 흔들린다. 그러자 금령이 한바탕 웃음을 터뜨린다.

"하하하! 걱정 마세요. 교동으로 가는 일은 없을 거예요. 오경의 경주 둘이 한곳에 있다면 다른 경주들의 심기가 몹시 불편할 테니. 음……. 나는 금산으로 갈 생각이에요."

"북으로 가시려는 군요."

"금산에는 과거 우리 선조들이 계림에서 도망쳐 와 몸을 숨기고 은거하던 비처들이 많이 있지요. 그중 하나를 골라 들어가패경의 극에 한 번 도전해 보려 해요. 어차피 나의 삶이란……."

여인이고 싶어도 여인일 수 없는 운명이라는 말을 하고 싶었지만 금령은 차마 그 말을 하지 못했다. 그 말이 석요송을 심란하게 할 것이란 걸 금령도 잘 알고 있었다.

석요송은 이쯤에서 헤어져야 한다는 것을 깨달았다. 금령과 더 시간을 보낸다면 어쩌면 그 자신이 금령을 학산 교동으로 데려갈지도 몰랐다. 그러나 학산 교동에는 불현이 있지 않은가.

"태상장로, 저는 이만 돌아가 보겠습니다."

순간 이번에는 금령의 눈이 흔들린다.

"가시겠어요?"

금령이 되물었다.

"이젠 태상장로님의 곁에 정말 제가 필요없을 때가 되었습니다. 향후의 일은 이십사룡에게 맡기시면 큰 실수가 없을 겁니다."

"그렇군요, 이십사룡……. 사실 그들이야말로 진정한 금문의
적통들이지요. 계림혈사… 그 일이 여러 사람에게 상처를 주었
어요. 인검!"

"예, 태상장로!"

석요송이 금령을 보며 대답한다. 그러자 금령이 한 걸음 뒤로
물러나더니 그 자리에서 고개를 땅에 대며 석요송에게 절을 한다.

"태상장로!"

석요송이 화들짝 놀라 함께 무릎을 꿇으려는데 금령이 고개
를 들며 말한다.

"이것은… 조부께서 저지른 계림혈사에 대한 나의 사죄예
요!"

그리고 금령이 다시 한 번 이마를 대고 절은 한다.

"이것은… 그대에게 행한 금문의 악행에 대한 나의 사죄예
요!"

"태상장로……!"

석요송이 나직하게 탄식을 흘렸다.

한참 동안 머리를 땅에 대고 있던 금령이 천천히 신형을 일으
켜 세웠다. 그러더니 한층 밝아진 표정으로 석요송에게 말했
다.

"그걸 아세요? 이렇게 두 번 사죄하기가 천하를 얻기보다 어
려웠다는 것을 말이에요."

"태상장로……!"

"이젠 정말 홀가분해요. 이제 그럼 그만 가보세요. 훗날 아주

시간이 많이 흐른 뒤에 내 교동을 한번 찾아가지요. 아, 교동을 떠나 중원으로 갈지도 모른다고 했군요."

"그런들 어찌 태상장로의 눈을 피할 수 있겠습니까?"

"후후, 그렇긴 해요. 또 오경지회도 있고……. 비록 삼십 년 뒤지만."

"그럼!"

석요송이 금령에게 가볍게 포권을 한다. 그러자 금령이 마주 포권을 했다. 석요송은 이 이별이 빠를수록 좋다는 것을 잘 알고 있었다. 석요송이 훌쩍 신형을 날렸다. 그러자 그의 신형이 금세 강변의 수풀 사이로 사라졌다. 그러자 금령의 눈에서 한 줄기 눈물이 흘렀다.

"그대는… 정녕 이대로 가는군요. 단 한 번이라도 날 잡아주길 원했는데……."

압록을 떠난 석요송은 모든 공력을 쏟아 남으로 달렸다. 배를 타거나 말(馬)을 구하지도 않았다. 그러나 그의 귀령보는 세상에서 가장 빠른 속도로 그를 학산 교동으로 데려갔다.

산을 만나면 산을 넘고 강을 만나면 강을 날아 넘었다. 그는 한 마리 새처럼 자유롭게 산과 강을 넘어 학산 교동으로 향했다.

그리하여 그가 마침내 학산 교동의 초입에 도달했을 때 그는 높다란 바위 위에서 그를 기다리고 있는 금불현을 볼 수 있었다.

                  *   *   *

백림기사가 벌어지고 있던 바로 그 시각, 유황곡에서 결코 무시할 수 없는 사건이 일어났다.

쾅!
아이 팔뚝만 한 철문이 박살 났다. 그러자 한 명의 노인이 불쑥 옥(獄) 안으로 들어왔다.

유황곡의 금문 뇌옥에 갇혀 있던 가섭몽이 천천히 고개를 들었다.

머리카락은 얼굴을 가리고 옷은 남루하기 이를 데 없었지만 그의 눈빛은 여전히 형형하다.

"놈, 눈빛은 여전히 살아 있구나."

"보… 주!"

가섭몽이 놀란 눈으로 노인을 바라봤다. 그러자 노인이 혀를 찼다.

"참으로 못난 놈이로다. 대혈사신보의 후계자가 한낱 옥에 갇혀 있다니……. 가자!"

노인이 말했다.

"보주!"

"나 은올기가 비록 강호를 떠났다지만 혈사신보의 맥이 끊어지게 놓아둘 수는 없지. 마침 금문의 고수들이 모두 고려로 떠나 일이 수월했다. 그러나 시간을 오래 끌 수 없으니 일어나거라."

노인은 바로 은올기였다. 가섭몽이 은올기의 재촉에 얼른 자리에서 일어났다.

그러자 은올기가 혈색이 도는 검을 들어 가섭몽을 묶고 있던 쇠사슬을 단번에 끊어냈다.

"걸을 수 있겠느냐?"

"끄떡없습니다."

"좋아. 가자."

은올기가 가섭몽의 어깨를 툭 치고는 뇌옥을 빠져나갔다. 그러자 가섭몽이 은올기를 따라 뇌옥을 나섰다.

뇌옥을 나서자 옥을 지키던 금문도들을 죽어 있는 것이 눈에 들어온다.

"그런데 말이야. 네가 잡힌 것이 아주 나쁜 일은 아니었어."

뇌옥을 나선 은올기가 문득 걸음을 멈추고 말했다.

"무슨······?"

"내가 이곳에 오기 전에 금문 태상장로의 거처에 들렸지. 화가 나서 분탕질이나 하고 가려고 말이야. 그런데 그곳에서 이걸 얻었지 뭐냐?"

은올기가 금보에 쌓인 물건을 들어보였다.

"그게 무엇입니까?"

"후후, 바로 혈사신보의 나머지 반쪽이다. 이제··· 넌 온전한 혈사신보를 가지게 된 것이지. 하하하, 이런 걸 전화위복이라 하나? 초원으로 가자. 초원에서 온전한 혈사신보로 힘을 기른다면 백 년 후에는 천하가 다시 혈사신보 주인의 뜻에 따라 움직일 것이다. 물론… 난 죽고 없겠지……. 가만, 너도 죽은 후일까?"

은올기가 가섭몽을 보며 장난스레 물었다. 그러자 가섭몽도 한 줄기 미소를 지었다.

『북천십이로』 완결

이제부터 전자책은

이젠북

www.ezenbook.co.kr

새로운 세계가 열린다!

서현 『조동길』　　남운 『개방학사』　　백연 『생사결』
목정균 『비뢰도』　　좌백 『천마군림』　　수담옥 『자객전서』
용대운 『천마부』　　설봉 『도검무안』　　임준욱 『붉은 해일』
진산 『하분, 용의 나라』　　천중화 『그레이트 원』

이름만 들어도 황홀할 정도의 별들의 향연!

이들의 "유료연재"가 시작됩니다!

검색창에 **이젠북** 을 쳐보세요! ▼ 🔍

ALCHEMIST
알케미스트

FUSION FANTASTIC STORY 시이람 **장편 소설**

2013년, 또 하나의 현대물이 깨어난다.
현대에서 펼쳐지는 연금마법진의 진수!

인간 최초의 9서클을 이룩한 마법사 아스란.
죽음의 위기에서 그가 남긴 유지가
차원을 넘어 지구에 떨어진다.

일리미트 비블리어시카(Illimite bibliotheca)!

그 무한한 힘과 지식을 얻게 된 김창준.
3년 전으로 돌아간 날을 기점으로,
삶이, 인생이, 그의 희망이 바뀐다!

현대에 강림한 진정한 마법사의 전설!
끝도 없이 세상을 향해 날개를 펼치다!

Book Publishing CHUNGEORAM

유행이 아닌 자유추구 -
WWW.chungeoram.com

獨步行

독보행

임영기 新무협 판타지 소설

FANTASTIC ORIENTAL HEROES

그날, 심산유곡에서 수련하던
한 명의 소년이 강호로 내려왔다.

모든 이가 소년을 비웃고,
모든 무사가 그를 깔봤다.

소년은 흔들리지 않는다.
"이 천하를 독보(獨步)하리라!"

한번 시작한 걸음, 결코 멈추지 않으리라.
천하여! 무림이여!
대무영(大武英)이 간다!

Book Publishing CHUNGEORAM

무정철협

월인 新무협 판타지 소설

FANTASTIC ORIENTAL HEROES

「두령」, 「사마쌍협」, 「장흥관일」의 작가 월인
2013년 벽두를 여는 신무협이 온다!

삭초제근(削草制根)!
일단 손을 쓰면 뿌리까지 뽑아버렸다.

무정(無情)!
검을 들면 더 이상 정을 논하지 않았다.

그래서 나는 무정철협이 되었다.

진정한 협(俠)을 아는가!
여기 철혈의 사내 이한성이 있다!

「무정철협」

Book Publishing CHUNGEORAM

까불지마!

FUSION FANTASTIC STORY

무람 장편 소설

『태클 걸지 마』의 무람 작가가
풀어내는 신개념 현대판타지 소설!

24살의 대한민국 청년, 강태영
타고난 병으로 인해 온몸의 근육이 힘을 잃어가는 그가 부모마저 잃었다!

"제기랄! 이 빌어먹을 몸뚱이!"

좌절하여 모든 걸 포기하려던 바로 그날.

꽈르르릉! 번쩍!
강태영을 향해 떨어진 푸른 날벼락.
그리고 그가 눈을 떴을 때
그를 기다리고 있는 것은……

날 비참하게 만들던 세상이여
더 이상 까불지 마라!

Book Publishing CHUNGEORAM

유행이 아닌 자유추구 -
WWW.chungeoram.com

ALCHEMIST
알케미스트

FUSION FANTASTIC STORY 시이람 장편 소설

2013년, 또 하나의 현대물이 깨어난다.
현대에서 펼쳐지는 연금마법진의 진수!

인간 최초의 9서클을 이룩한 마법사 아스란.
죽음의 위기에서 그가 남긴 유지가
차원을 넘어 지구에 떨어진다.

일리미트 비블리어시카(Illimite bibliotheca)!

그 무한한 힘과 지식을 얻게 된 김창준.
3년 전으로 돌아간 날을 기점으로,
삶이, 인생이, 그의 희망이 바뀐다!

현대에 강림한 진정한 마법사의 전설!
끝도 없이 세상을 향해 날개를 펼치다!

Book Publishing CHUNGEORAM

유행이 아닌 자유추구 -
WWW.chungeoram.com